हमन हैं इश्क़ मस्ताना

विमलेश त्रिपाठी

हिन्द युग्म
hindyugm.com

ISBN : 978-93-87464-10-0

प्रकाशक :
हिन्द-युग्म
201 बी, पॉकेट ए, मयूर विहार फ़ेस-2, दिल्ली-110091
मो.- 9873734046, 9968755908

मुद्रक : विकास कम्प्यूटर ऐंड प्रिंटर्स, दिल्ली-100032
कला-निर्देशन : विजेंद्र एस विज

पहला संस्करण : 2018
मूल्य : ₹130 | $7

Haman Hain Ishq Mastana
(A novel by *Vimlesh Tripathi*)

Published By
Hind Yugm
201 B, Pocket A, Mayur Vihar Phase 2, Delhi-110091
Mob : 9873734046, 9968755908
Email : sampadak@hindyugm.com
Website : www.hindyugm.com

First Edition: 2018
Price : ₹130 | $7

हमन हैं इश्क़ मस्ताना
(उपन्यास)

मिम्मा (मनीषा) के लिए
जिसकी
स्मृतियाँ ही अब पाथेय हैं

लगभग दो–तीन साल तक इस दूसरे उपन्यास को लिखते–देखते–परखते रहने के बाद अब आपके हवाले करते हुए बेहद ख़ुशी है। साथ ही डर और झिझक भी।

उपन्यास के शीर्षक के लिए संत कवि कबीर को आभार।

और कुछ नहीं बस यही कहना है कि यह उपन्यास पूर्णत: काल्पनिक है और किसी भी घटना, व्यक्ति, समूह या नाम से इसका कोई संबंध नहीं है– यदि ऐसा कुछ होता है तो यह महज संयोग ही होगा।

यकीन है कि पहले उपन्यास से भी अधिक इसे आपका मान मिलेगा।

एक

मन हीन-खिन्न था। लगता था कि बहुत दूर किसी समंदर के पार से कोई ज़ोर-ज़ोर से पुकार रहा है- एक बिछड़ गया कोई आत्मीय। मुझे वहाँ फ़ौरन से पेश्तर पहुँच जाना था, लेकिन मैं यहाँ चुपचाप बैठा था- यथार्थ की कठोर धरती पर घुटने में सिर दबाए। अपने ऑफ़िस के एकमात्र कम्प्यूटर टेबल पर बिखरे हुए सरकारी काग़ज़ और पुरानी फ़ाइलों के बीच। मैं जानता था कि यह दूर से आने वाली बेतरह आवाज़ मेरे अंदर की कोई एक कविता है, जो कुछ ही समय बाद मेरे सामने आकर प्रकट होगी- मुझे विवश और उद्वेलित करती हुई। मुझे बेचैन करती हुई, सिरे से झंकझोरती हुई।

ऐसी ही उदासियों और उद्वेलन के क्षणों में मेरे अंदर कोई एक कविता पैदा होती है- इसलिए ही वहाँ उदासी की कई परतें होती हैं। शुरू के दिनों में वह इन परतों को उधेड़ती हुई ही आई थी। कविता से उसे प्रेम नहीं था- उसने कथा-साहित्य में डॉक्टरेट किया था। महिला कथाकारों की एक पूरी जमात को उसने पढ़ रखा था- पूरी गंभीरता से। वह जितनी पढ़ाकू थी, मैं उतना नहीं रह गया था- कॉलेज और यूनिवर्सिटी के दिनों का पढ़ा हुआ ही अब तक मेरे काम आ रहा था। उसमें तर्क करने की अद्‌भुत क्षमता थी- उसके तीखे प्रश्नों ने ही मुझे सबसे पहले प्रभावित किया था। उसने मेरी कविताएँ कहीं से पढ़ ली थीं और उसके अंदर झीम-झीम बजती उदासी की चर्चा कर रही थी- कि क्यों है यह उदासी। और मैंने यूँ ही सपाट ढंग से और बहुत जल्दी में बोल दिया था कि जीवन और समय में उदासी है- इसलिए कविता में भी है। लेकिन

वह संतुष्ट नहीं थी। इसका कारण यह कि बाद में उसने कई बार और कई तरह से इसी तरह के प्रश्न दुहराए थे और मैं बार-बार टालकर एक दिन निरुत्तर हो गया था। तब वह चुप हो गई थी और देर तक चुप रही थी कि कई समयों तक कि कई दिनों तक कि कई हफ्तों तक।

यह उदारीकरण के बाद का वह समय था, जब इंटरनेट की दुनिया में फ़ेसबुक जैसी एक सोशल साइट बहुत प्रसिद्ध हो गई थी और जिसका फ़ेसबुक पर अकाउंट नहीं था उसे पिछड़ा हुआ माना जाने लगा था। लोग खाँसने, थूकने से लेकर हगने तक के बारे में अपना स्टेटस फ़ेसबुक पर लगाकर ख़ुश होते थे। कई तरह के ग्रुप बनाकर लोगों को उसमें दनादन जोड़ते थे- पेज़ बनाकर अपनी किताब या अपनी संस्था इत्यादि का प्रचार करते थे। यह नया-नया था सब कुछ और हर नई चीज़ अपने नएपन में एक रंगत में होती है, वह लोगों को लुभाती है, बनाती है, हँसाती है और रुलाती भी है। यह कुछ ऐसा ही मामला था। लोग फ़ेसबुक पर घंटों टहलते थे, चैटिंग करते थे तरह-तरह की तस्वीरें लगाते थे। नए-नए और रंगीन स्टीकर्स के ऐप्स डाउनलोड करते थे मतलब उनके हाथ जादू जैसा कुछ आ लगा था। वे ख़ुद मदारी थे, ख़ुद तमाशा और ख़ुद ही दर्शक भी।

हिंदी के रचनाकारों की भी एक जमात फ़ेसबुक पर सक्रिय थी। ये लोग तरह-तरह की चर्चाएँ फ़ेसबुक पर करते थे, हुड़दंग मचाते थे, हँसते थे और कभी-कभी गाली-गलौज भी करते थे। कभी-कभी कोई बहस ऐसी तूल पकड़ती कि वे एक-दूसरे के कपड़े नोचने लगते और नंगे हो जाते थे- जब उनके शरीर पर अपनी चड्ढी-बनियान भी न रह जाती थी तो कुछ पाठकनुमा लोग इनकी नंगई देखकर अफ़सोस करते थे- कोई ज़ोर-ज़ोर से अपनी छाती पीटने लगता था, कोई गंभीर पाठक उपदेशक की मुद्रा में इन नंगे लोगों को समझाता था। लेकिन इन्हें कोई ख़ास फ़र्क़ पड़ता महसूस नहीं होता था। वे कुछ दिन शांत रहकर फिर से किसी एक दिन नंगई पर उतर ही आते थे। यह चीज़ इतनी बार दुहराई गई थी कि अब इसे एक साधारण घटना की फ़ेहरिस्त में रख दिया गया था और इसमें फ़ेसबुक पर के तमाम लोगों की मौन सहमति शामिल हो गई थी।

इंटरनेट घाँटते हुए मैं भी अचानक एक दिन इस दुनिया में आ गया था।

यहाँ आने का फ़ायदा यह हुआ कि कई छूटे हुए लोगों से मुलाक़ात हुई- कई नए लोग मिले। छूटे हुए लोगों में मेरे कॉलेज और यूनिवर्सिटी के कई साथी थे- कुछ गाँव के लोग जो अब सूरत, मुंबई, दिल्ली या अरब के रहनवारी हो गए थे।

वह भी यहीं मिली थी।

उसने 'हाय' कहा था और बहुत देर तक मेरे उत्तर का इंतज़ार करती रही थी।

बहुत देर के बाद मैंने भी 'हाय' कहा था। यह कहने के साथ ही मैंने उसकी तस्वीर देखने के लिए उसकी प्रो.फ़ाइल पर क्लिक कर दिया। तस्वीर की जगह एक सूरजमुखी का फूल लगा हुआ था- मैं निराश हुआ। नाम से तो वह लड़की ही लगती थी- शिवांगी। मैं उसकी प्रो.फ़ाइल की और तस्वीरों को देखने लगा, वहाँ एक तस्वीर थी। एक ऐसी तस्वीर जो मटमैली होने के बाद स्कैन की गई थी और फिर उसको अपलोड किया गया था। तस्वीर थोड़ी 'हेज़ी' थी, लेकिन तस्वीर की मुस्कुराहट को सा.फ़ तौर पर महसूस किया जा सकता था। बहुत बुरी नहीं है देखने में- मैंने सोचा।

"आप क्या करते हैं?" यह सवाल तब तक मैसेज बॉक्स में आ चुका था- मुझे कुछ-कुछ झटका-सा देता हुआ। मुझे लगा कि उसने 'हाय' कहा है तो वह जानती होगी कि मैं एक स्थापित युवा लेखक हूँ। इस जगह जब भी कोई यह सवाल पूछता कि आप क्या करते हैं तो मैं सोच में पड़ जाता था। ऐसा लगता था कि अब तक की लिखने-पढ़ने की मेरी मिहनत बेकार गई- क्या ख़ाक लेखक हूँ कि कोई पहचानता ही नहीं मुझे और सवाल पूछ रहा है कि आप क्या करते हैं।

"यही, कुछ लिखना-पढ़ना और नौकरी। आपने क्या मेरी लंबी कविता 'अनुनाद' पर पढ़ी?"

"नहीं...।"

"मैं लिंक दे रहा हूँ, आप पढ़िए और बताइए कि कैसी है कविता?"

"जी मैं वैसे कविताएँ नहीं पढ़ती। मैंने कथा-साहित्य में शोध किया है। मेरा रुझान कथा-साहित्य की ओर है।"

"पढ़कर देखिए, शायद आपको अच्छी लगे।"

मैंने 'अनुनाद' का लिंक उसके मैसेज बॉक्स में चिपका दिया था। मुझे इस लड़की को प्रभावित करने का फ़िलवक़्त कोई और रास्ता नहीं सूझा था। मुझे आशंका थी कि वह कविता पढ़ने के बाद बोर हो जाएगी और कहेगी कि कविता उसकी समझ में नहीं आई। फिर धीरे-धीरे कई और लड़कियों की तरह वह भी मुझसे दूर हो जाएगी।

यह पहली बात थी उससे।

रात के बारह बजे जब पत्नी सो गई थी, बच्चा उछल-कूद मचाकर बिस्तर पर जा चुका था- मैं कम्प्यूटर पर था। पहले की बात होती तो मेरे हाथ में कोई अच्छी-सी किताब होती- निर्मल वर्मा या विनोद कुमार शुक्ल या कृष्णा सोबती। लेकिन यह आदत छूट गई थी। ऐसा लगभग दस साल पहले हो चुका था। और अब जब से फ़ेसबुक में प्रोफ़ाइल बनाई थी, तब से ख़ाली समय यहीं बीतने लगा था। उसके भी पहले याहू मैसेंजर हुआ करता था। कम्प्यूटर के की-बोर्ड पर तेज़ गति से हाथ चलाने की कला मैंने याहू मैसेंजर पर लड़कियों से चैट करते हुए ही सीखी थी।

आपको आश्चर्य होगा कि मैं याहू मैसेंजर पर चैट करते हुए पता नहीं कितनी लड़कियों और औरतों से संभोग कर चुका था। यह कई बार मेरी मर्ज़ी से हुआ था और कई बार उन आवारा लड़कियों की मर्ज़ी से जो याहू मैसेंजर पर पुरुषों के शिकार में घूमती रहती थीं- अपनी पहचान छुपाकर। वे अश्लील और कामुक बातों से मनोरंजन किया करती थीं। लेकिन वह अब अतीत हो चुका था। मैं उस तरह के संभोग से तंग आ चुका था और मुझे एक दूसरी जगह चाहिए थी जहाँ लोग अपनी पहचान न छुपाते हों, जहाँ मेरी बेचैन रुह को शांति मिल सके। एक जगह जहाँ मैं अपने जीवन के सारे तनाव कचड़े की तरह फेंक सकूँ।

अचानक इंटरनेट घाँटते हुए ही फ़ेसबुक जैसी कोई चीज़ हाथ में आई थी। पहले तो मेरी समझ में कुछ नहीं आया था। मुझे लगा कि यह भी 'ऑर्कुट' जैसी कोई चीज़ होगी, जहाँ कई लोगों के प्रोफ़ाइल बने रहते हैं और बहुत सुंदर-सुंदर तस्वीरों से उनकी दीवार भरी रहती है। मैं वहाँ गया था- अपनी प्रोफ़ाइल भी बनाई थी, लेकिन वहाँ सीधे बातचीत का कोई ज़रिया नहीं

ढूँढ़ पाया था। शुरू के दौर में याहू मैसेंजर पर कोई लड़की पूछती, "हैव यू क्रिएटेड प्रो.फ़ाइल ऑन ऑर्कुट?"

इस पर मैं सीधे 'नो' कह देता था। शायद यह जानकर लड़कियाँ निराश होती थीं। बाद में मैंने ऑर्कुट पर अपनी प्रो.फ़ाइल बना ली थी और वहाँ एक-आध जाने-पहचाने दोस्त मिल गए थे, लेकिन उन दोस्तों से ज़्यादा रुचि मुझे उन लड़कियों में थी जिनकी प्रो.फ़ाइल मुखपृष्ठ पर चमकती थी और ऑर्कुट बताता था कि आप इन सुंदर लड़कियों से दोस्ती कर सकते हैं।

मैंने वहाँ कई लड़कियों को मित्रता के प्रस्ताव भेजे थे, लेकिन मुझे याद है कि उनमें से कुछ ने ही उसे स्वीकार किया था और उनके साथ आप कैसे हैं, क्या करते हैं और कहाँ रहते हैं... से ज़्यादा बात आगे नहीं बढ़ पाई थी।

मैं बहुत ही गर्व से उन्हें बताता था कि आय एम अ राइटर। आय राइट पोएट्री ऐंड शॉर्ट स्टोरीज़। तब मैंने नया-नया लिखना शुरू किया था। एक दिन में दस-दस कविताएँ लिखता और ख़ुश होता था। मुझे लगता था कि ये कविताएँ जब लोगों के सामने आएँगी तो वे हक्के-बक्के रह जाएँगे और मैं रातों रात मशहूर हो जाऊँगा। मैंने सुन रखा था कि लेखकों के कई प्रेम-प्रसंग होते हैं। उनकी कविताओं पर रीझकर लड़कियाँ उनसे प्रेम करने लगती हैं। यह बात भी मुझे कहीं न कहीं गुदगुदाती थी और मैं और अधिक ऊर्जा से लिखना शुरू कर देता था।

मेरे मुँह से राइटर शब्द सुनकर लड़कियाँ घबरा जाती थीं। कुछ को यह लगता होगा कि मैं फेंक रहा हूँ। उन्हें इंप्रेस करने के लिए यह सब बक रहा हूँ। जो भी हो मैं बहुत दिन तक वहाँ नहीं रह पाया और वापसी याहू मैसेंजर पर ही हुई। लेकिन याहू मैसेंजर पर आप किसी से बौद्धिक बहस नहीं कर सकते, मतलब मुझे तो कम से कम ऐसा कोई नहीं मिला था जो मेरे राइटर होने की बात से प्रभावित हुआ हो। वहाँ लोग लड़कियाँ ढूँढ़ने के लिए आते थे। ऐसे लोगों की तादात वहाँ सबसे अधिक थी जो दब्बू क़िस्म के लोग थे- जो मुहल्ले में सिर झुकाकर चलते थे- लड़कियों से बात करने तक में शरमाते थे और हस्तमैथुन करने की आदत के शिकार थे। यहाँ आकर अचानक उनका दब्बूपन ग़ायब हो जाता था और वे खुलकर लड़कियों को प्रेम का प्रस्ताव देते थे। लड़की ने अगर ठीक से बात कर ली तो .फ़ोन नंबर माँगते थे, अगर .फ़ोन

नंबर मिल गया तो एसएमएस का सिलसिला चल निकलता था और फिर आगे बात किसी रिसॉर्ट या होटल में जाकर ख़त्म होती थी।

मेरा मन वहाँ अधिक दिनों तक नहीं लगा। हाँ, मैंने भी लड़कियों से चैट किया। उनसे नंबर भी लिया। पत्नी से छुपकर अकेले छत पर उनसे बातें कीं। इस तरह की लड़कियाँ पहले तो बहुत सभ्य तरीके से बात करती थीं, लेकिन कुछ दिन हो जाने पर अचानक उनकी आवाज़ बदल जाती थी। एक बार तो एक लड़की ने फ़ोन पर इस तरह की हरकतें कीं कि मैं सिहर गया, "फ़ोन सेक्स करोगे?" उसने प्रस्ताव दिया। मुझे यह समझते देर नहीं लगी कि वह बातों के ज़रिए वह सब करना चाहती है जिसे किसी भी प्रकार से प्राकृतिक और स्वाभाविक नहीं कहा जा सकता है।

"हाँ।" मैं हकलाया। यह पहली बार था जब कोई लड़की मुझसे ऐसे बात कर रही थी।

इसके बाद उसकी आवाज़ बेतरह कामुक हो गई थी, जिसने मुझे धीरे-धीरे पिघलाकर रख दिया। हम देर तक शब्दों की मार्फ़त एक दूसरे को नोचते रहे थे- वह ज़्यादा, मैं कुछ कम। इस बीच अचानक उसका फ़ोन कट गया था।

वह रोज़ रात को फ़ोन करती थी। यह सिलसिला तीन-चार दिनों तक चला था। उन्हीं दिनों के आख़िरी दिन में मैंने उससे कहा था, "हम कब मिलेंगे?"

"मिलेंगे मतलब, हम तो मिल ही तो रहे हैं और यह सब कर रहे हैं।"

"नहीं, मतलब हम लोग रियल में यह सब कब करेंगे?"

"करेंगे, उसका भी समय आएगा।" लड़की ने कहा था और उसका फ़ोन कट गया था। उसके बाद वाली रात मैं उसके फ़ोन का इंतज़ार कर रहा था, लेकिन उसका फ़ोन नहीं आया। मैंने भी कई बार उसे फ़ोन किया, लेकिन फ़ोन बंद बता रहा था। कई दिनों तक मैं बेचैन रहा। बार-बार उसे फ़ोन करता रहा, लेकिन वह फ़ोन जो बंद हुआ कि फिर चालू नहीं हुआ।

इस तरह की अनेक घटनाओं का ज़िक्र मैं कर सकता हूँ। हो सकता है कि आपको इस तरह की घटनाओं में कोई रुचि न हो। लेकिन आपकी रुचि न होने के बावजूद जो मुझे याद आता जाएगा, मैं आपको बताता जाऊँगा।

तो मैं आपसे बता रहा था कि वह फ़ेसबुक पर मिली थी। शायद मैंने आपको बताया है कि उसका नाम शिवांगी था, न बताया हो तो फिर बता रहा हूँ कि उसका नाम शिवांगी ही था। और यह भी कि उसने हिंदी कथा-साहित्य पर पीएचडी की थी- कथा साहित्य मतलब महिलाओं के द्वारा लिखित कथा-साहित्य।

आप यक़ीन कीजिए मुझे एकदम इल्म नहीं था कि वह मेरे इतने क़रीब आ जाएगी। मेरे अंदर के ख़ालीपन को अपने एकांत और निश्छल प्रेम से भरती हुई- यह जानते हुए भी कि मेरा प्रेम-विवाह हो चुका है और मैंने अपने घरवालों की मर्ज़ी के ख़िलाफ़ कई सालों के संघर्ष के बाद यह विवाह किया है कि मेरे अब तक कई लोगों के साथ अधूरे प्रेम संबंध रह चुके हैं, न जाने कितनी लड़कियों को मैंने प्रेम-प्रस्ताव दिए हैं और तिरस्कृत होकर वापिस अपने अँधेरे कोने में लौट आया हूँ।

लेकिन वह आई। पत्थर पर दूब की तरह। सूख चुकी जड़ में नवांकुर की तरह। एक असंभव सपने के हक़ीक़त में बदलने की तरह।

वह आई लेकिन।

दो

शब्दों के साथ ही एक तरह एक नाता बन सका था। शब्द से तात्पर्य यह कि मैं हिंदी साहित्य का विद्यार्थी था। कविताओं और कहानियों से शुरू से लगाव। मुझे याद है कि जब मैं आठवीं कक्षा का विद्यार्थी था तब मेरे ट्यूशनिया गुरु शुकुल जी ने कहा था, "आपकी भाषा इतनी अच्छी है कि कल को आप साहित्यकार भी बन सकते हैं।" उनकी कही हुई बात रह-रहकर मेरे मन में गूँजती। मैं और अच्छा लिखने की कोशिश करता, लेकिन लिखने के बाद लिखा हुआ बहुत स्तरहीन और सस्ता लगता। इसलिए हर बार उसे फाड़कर फेंक देता था।

कोई दोस्त नहीं। एक घर और साथ में किताबें। वह भी कितनी किताबें? कथा-कहानी की किताब के नाम पर वही टेक्स्ट-बुक जिसकी कविताएँ मुझे मुखस्थ हो आई थीं। बाक़ी अख़बार आता नहीं था घर में। पिता कारख़ाने से आते थे तो कभी-कभी अख़बार के टुकड़े में बाँधकर जीतनदास की दुकान से जलेबी ख़रीद कर लाते थे, कभी-कभी एक ठोंगे में झाल-मुढ़ी भी ले आते थे- परसाई अहीर के खोमचे से।

मैं जलेबियाँ खा लेता, अपने छोटे भाई-बहनों को खिला देता और फिर अख़बार के टुकड़ों को पढ़ता था। उसमें अजब-ग़ज़ब बातें लिखी रहती थीं। धर्मनिरपेक्षता, सांप्रदायिकता और लोकतंत्र जैसे बड़े-बड़े शब्द तब मेरी समझ में नहीं आते थे। कभी-कभी शादी के बाद होने वाली गुप्त बीमारियों के बारे में कुछ लिखा हुआ मिलता था। एक दिन एक विज्ञापन में स्त्रियों के स्तन को

सुडौल बनाने वाला विज्ञापन भी मुझे पढ़ने को मिला था। तब मैंने सोचा कि लता के स्तन उसके फ्रॉक के नीचे से दिखते नहीं हैं, शायद वे बड़े नहीं हैं। मैं चाहता था कि वह विज्ञापन उसे पढ़ने के लिए दूँ, लेकिन लाख सोचने और हिम्मत करने के बाद भी मैं सिर्फ़ उसे देख भर ही पाता था- चोरी-चोरी की नज़रों से। आज तक मैं उससे बात नहीं कर पाया था। लता एक लड़की का नाम था। वह बहुत सुंदर थी। उसकी आँखों में जादू जैसा कुछ था और उसके स्तन अभी इतने नहीं उगे थे कि फ्रॉक के नीचे से उभरे हुए दिखें।

यह बहुत पुरानी बात है, जब मेरी मूँछों की पाम्ही गहरा रही थी। हम कारख़ाने के द्वारा बनाए गए मज़दूर क्वार्टर में रहते थे। तब मेरी एक माँ हुआ करती थी जिसका नाम शांति देवी था, लेकिन वह हर समय किसी न किसी बात पर चिल्लाती रहती थी और एक पिता थे जिनका नाम गुरुनाथ था, लेकिन वह बिल्कुल अनपढ़ थे। उनके घर वालों ने बहुत कोशिश की थी कि उन्हें पढ़ा लें, लेकिन वह दूसरी कक्षा के बाद स्कूल नहीं गए कभी। बाद में दादा ने उन्हें खेती में लगा दिया, और कुछ दिन गुज़रने के बाद शांति देवी से उनकी शादी करा दी।

यह स्कूल के टेक्स्ट बुक से शुरू हुआ शब्दों का सफ़र था जिसे एक ख़ास जगह पहुँचने की महत्वाकांक्षा के साथ मेरे ज़ेहन में पलना था।

आज जबकि मैं कुछ कविताएँ जोड़ने लगा था, किसी को सुंदर गद्य में चिट्ठियाँ लिखने लगा था, तो लगने लगा था कि मैं भी एक जगह पहुँचूँगा। कहीं न कहीं तो ज़रूर- यह एक बेचैनी तो थी ही, जो कविता में ढलती थी। साथ में यह एक महत्वाकांक्षा भी थी कि यह मुझे समाज में एक जगह दिलाएगी। जब लोग उसे पढ़ेंगे, मेरी तारीफ़ करेंगे। कुछ-कुछ वैसे ही जैसे केदारनाथ सिंह या राजेश जोशी की करते हैं। बाद में वह जो एक दोस्त मिला था, उससे मैंने बहुत सारे जोश के शब्दों में कहा था, "यार लेखक बनकर चिरकुट की तरह घूमने से अच्छा है कि लिखना छोड़ दो। अगर बनना ही है लेखक तो उदय प्रकाश की तरह बनो। इतना चर्चित कि लोग देखकर रश्क करें। और देखना मैं लिखकर अगर नामी-गिरामी लेखक नहीं बन पाया तो लिखना छोड़ दूँगा और भोजपुरी गीत गाने लगूँगा।"

वह दोस्त जो उम्र में मुझसे छोटा था, मेरी बातें सुनकर भटर-भटर देखता रहा था, ''बनेंगे आप वैसा ही लेखक बनेंगे। आपके अंदर वह ख़ूबी है। आपकी भाषा में वह दम है। मेरे लिए समय लगेगा, लेकिन आपने तो कविता लिख-लिखकर ख़ुद को माँजा है।''

और तभी मुझे उस लड़की की याद हो आई जिससे पहली बार मुझे प्रेम हुआ था और सिर्फ़ उसी के लिए मैं रोज़ एक कविता लिखता था। मुझे नहीं पता था कि कविता क्या होती है, मतलब उस तरह पता नहीं था कि जैसे कवियों को पता होती है। मुझे जयशंकर प्रसाद और निराला और दिनकर के बारे में मालूम था और बाद में मुक्तिबोध, रघुवीर सहाय, धूमिल और केदारनाथ सिंह की कविताएँ पढ़ने में आई थीं। उन कविताओं में से भी अधिकांश मेरे सिर के ऊपर से गुज़र जाती थीं, लेकिन उनको पढ़ते हुए मैंने अपनी एक भाषा ईजाद कर ली थी जिसमें ख़ूब-ख़ूब प्रेम हुआ करता था।

यह वही लड़की थी जो अब मेरी पत्नी बन चुकी है। और वह दोस्त अब कुछ-कुछ कहानियाँ लिखने लगा है और हर छुट्टी के दिन आकर मेरा भेजा खाता रहता है।

उन दिनों मेरी कविताओं का वह बेसब्री से इंतज़ार करती थी। मेरे शब्दों पर हाथ फेरती थी। प्यार से मेरे गालों पर थपकी देती थी कि तुम एक दिन बहुत बड़े लेखक बनोगे। वह पूरे आत्मविश्वास के साथ कहती थी। उसका वह आत्मविश्वास मेरे ज़ेहन में कहीं प्रवेश कर मुझे बड़ा लेखक बना देता था। उसके बाद मेरे सारे आचरण किसी बड़े लेखक की तरह हो जाते थे।

लेकिन बाद के दिनों में वह सब ख़त्म-सा हो गया था। समय प्रेम के चेहरे पर धूल-गर्द डाल देता है, सिर्फ़ प्रेम की स्मृति भर टिकी रह जाती है। अब वह प्रेम नहीं रहा था। वह ख़ूब ग़ुस्से में कई-कई बार मेरी कविताओं को शाप दे चुकी थी।

वही जिसके लिए मैं रोज़ कविताएँ लिखता था। वही जो पूरे आत्मविश्वास के साथ कभी कहती थी कि तुम एक दिन बहुत बड़े लेखक बनोगे।

वह समय रीत गया था धीरे-धीरे।

मुझे जल्दी-जल्दी अपने काम निपटाने हैं। शाम को दफ़्तर से निकल कर साइबर कैफ़े जाना है। वहाँ याहू मैसेंजर पर कई लड़कियों से बातें करनी

हैं। घर लौटते–लौटते आज भी देर रात हो जाएगी। मैं फिर से अनुजा से वही पुराना बहाना करूँगा– दफ़्तर में मीटिंग हो गई। शाम को ज़रूरी काम आ गया इत्यादि, इत्यादि...।

मैं घर तक जाने वाली आख़िरी बस पकड़ता हूँ। बस में लोग कम हैं। पीछे की सीट पर एक जोड़ा बैठा है। लड़की ने अपना सिर लड़के की छाती से लगा लिया है और वह ऊँघ रही है। कभी इस तरह हम भी बैठा करते थे– मैं और अनुजा। यादों का एक लंबा पुल है उसके साथ का जिस पर मैं बार–बार चढ़कर समय की एक लंबी पाट वाली नदी पार करता हूँ।

हम जम्मू से कटरा जा रहे थे। हमारी नई–नई शादी हुई थी और उसकी इच्छा थी कि हम हनीमून के लिए कश्मीर जाएँ। हम कश्मीर गए थे, लेकिन वहाँ जाने के पहले वैष्णो देवी का मंदिर। हम वहीं जा रहे थे। वह मेरे पास की सीट पर बैठी थी। उसने अपना सिर मेरे कंधे से टिका लिया था। उसकी आँखें बंद थीं– बेपरवाह थी वह। लेकिन समय की इन लंबी पगडंडियों के पार इस तरह की बेपरवाही अब देखने को नहीं मिलती। अब वह कहीं जाने के लिए बस में बैठती है तो अपना सिर मेरे कंधे से नहीं टिकाती। वह सिर बस की सिट पर टिका लेती है और कई बार नींद के मारे हवा में झूलती रहती है। मैं चाहता हूँ कि कहूँ, ''मेरे कंधे पर सिर टिका लो।'' लेकिन मैं कहता नहीं, सिर्फ़ उसे देखता रहता हूँ– देखता और सोचता।

बस फाटक बाज़ार पहुँच चुकी है। यहाँ से उतरकर मुझे पैदल चलना होगा। घर पहुँचने में अभी मुझे थोड़ा और वक़्त लगेगा। मैं बस से उतर चुका हूँ। मैं घड़ी को ऐसे देख रहा हूँ जैसे लंबी नींद के बाद जगा हूँ। दस बजकर पैंतीस मिनट हो रहे हैं। नीचे का गेट बंद हो चुका होगा। मुझे नीचे से चिल्लाना होगा। मैं अनुजा का नाम नहीं पुकारूँगा। अपने तीन साल के बच्चे अंकू का नाम पुकारूँगा। ऐसा नहीं है कि पहले अनुजा का नाम पुकारता था। पहले अपने छोटे भाई का नाम पुकारता था। वह मेरे देर से आने पर भी जगा रहता था और आकर दरवाज़ा खोलता था। अब वह नहीं रहता घर में। उसने रहने के लिए अलग घर ले लिया है।

अब मैं छोटे भाई का नाम नहीं पुकारता। अपने तीन साल के बेटे अंकू

का नाम पुकारता हूँ और उस नाम के पुकारने का मतलब अनुजा के नाम का पुकारना होता है।

मैं अपने मकान के नीचे खड़ा हूँ। शादी के पहले मैंने इस मकान में एक फ़्लैट ख़रीदा था। पिता का मन नहीं था। वह कह रहे थे कि मैं भाड़े का कोई घर ले लूँ, लेकिन मैं अनुजा को भाड़े के घर में नहीं रखना चाहता था। तब मैंने विरोध किया था और पिता को समझाया था कि एक घर ले लेना ठीक रहेगा। उस दौरान पिता के पास कुछ रुपये थे। उन्होंने उस समय मुझे दो लाख रुपये दिए थे। मैंने दफ़्तर से लोन लिया था और यह एक घर हो गया था जो हमारा अपना था। हम सबका। बाद में वह घर सिर्फ़ अनुजा का हो गया था। वह हम सबका नहीं रह गया था।

वह मेरा भी नहीं रह गया था।

मैं चुपचाप मकान की सीढ़ियाँ चढ़ रहा था। दरवाज़ा अनुजा ने ही खोला था। वह आधी नींद में थी और उसके चेहरे पर विरक्ति के भाव साफ़-साफ़ दिख रहे थे। मैं जानता था कि अगर मैं एक शब्द भी अभी बोलूँ तो वह फूट पड़ेगी।

मैं फ़्लैट के अंदर प्रवेश कर अपने बैग को ज़मीन पर रखता हूँ और जूते उतारने लगता हूँ कि अचानक फ़ोन की घंटी बज उठती है। फ़ोन में डॉ. गुप्ता का नाम डिस्पले हो रहा है। मैं समझ जाता हूँ कि वही फ़ोन कर रही है, लेकिन पत्नी के चेहरे को देखते हुए मैं फ़ोन नहीं उठाता। फ़ोन कट करके उसे टेबल पर रख देता हूँ और एक कातर नज़र से अनुजा की ओर देखता हूँ। उसकी आँखों में व्यंग्य के साथ क्रोध जैसा भी कुछ है।

''बोतल में पानी है, पी लेना। खाना किचेन में है। और हाँ, बचा हुआ खाना फ्रिज में रख देना।'' वह मेरी ओर न देखते हुए अंकू की देह पर क़रीने से चादर लपेटते हुए कहती है। मैं कुछ नहीं कहता। बस बेपरवाह सोए हुए अंकू को शून्य नज़रों से देखता भर हूँ।

वह छोटा-सा बच्चा हमारे बीच के संबंधों का सेतु है।

वह बिना मेरी ओर ध्यान दिए बिस्तर पर लेट जाती है। मैं कुछ नहीं बोलता, कुछ नहीं कहता, सिर्फ़ देखता भर रहता हूँ। बहुत पहले की लिखी हुई मेरी कविता की कुछ पंक्तियाँ मेरे ज़ेहन में उभरती हैं, मिटती हैं। मैं

चुपचाप टेबल पर रखी पानी की बोतल उठा लेता हूँ कि गटागट पानी पीकर उन पंक्तियों को ख़ुद से दूर कर दूँ, लेकिन वे हैं कि बार-बार किसी रील की तरह मेरे ज़ेहन में लगातार घूम रही हैं- छटपटाहट और बेचैनी से भरी हुईं- एक-एक शब्द जैसे ख़ूब पतली सुई की तरह मेरी धमनियों को छेद रहा है...

यह घर अकेला है। घर की दीवारें बोलने-बोलने के उतावलेपन के साथ अपनी ज़बान को जज़्ब किए हुए हैं। एक-एक चीज़ देर से उठती है। अब उन्हें सुबह जल्दी उठने की कोई हड़बड़ाहट नहीं।

दरवाज़ा जल्दी खुलने का इंतज़ार नहीं करता।

खिड़कियों के परदे पर धूप चुपचाप खड़ी रहती है, शोक की मुद्रा में।

उसे पता होता है कि हर रोज़ की तरह इंतज़ार और आख़िर वापिस लौट जाना है।

घर के फ़र्श सोए रहते हैं।

उनका नहाना बंद है।

वे अब इसी तरह से रहने के अभ्यस्त हो चले हैं।

तीन

रात में भी उससे बात नहीं हो पाती।

जब उसका .फ़ोन आया था तब मैंने उसे काट दिया था, यह सोचकर कि उससे रात में बात कर लूँगा, लेकिन मन ऐसा उचटा हुआ था कि किसी से भी बात करने का मन नहीं हुआ। अनुजा लाइट ऑ.फ़ करके नींद में जा चुकी थी और मेरे सामने तनहाई और बेचैनी की एक लंबी काली रात थी जिससे मुझे अब अकेले जूझना था।

मैं बैग से व्हिस्की का बोतल निकाल लेता हूँ। सिगरेट का पैकेट मैंने ख़रीद लिया था। यह लगभग बहुत दिनों से मेरी दिनचर्या में शामिल था कि रात को अनुजा खाने की ओर इशारा करके सो जाती थी और मुझे अकेले इन तमाम उपकरणों के साथ बहुत देर तक रहना होता था। यह लगभग अब मेरी आदत बन चुकी थी।

साथ में निर्मल वर्मा और विनोद कुमार शुक्ल की किताबें, कविताओं की ढेर सारी किताबें, डायरी के पन्ने जिस पर बेतरतीब बहुत कुछ लिखा हुआ। ख़ूब नशे में मैं लिखता चला जाता हूँ– वह सब जिसे मुझे किसी से कहना है। मैं कह नहीं पाता। कभी–कभी उससे कहता हूँ– उसे .फ़ोन करके। मुझे पता है कि मैं रात के जिस समय भी .फ़ोन करूँ वह उठ जाएगी और मेरा .फ़ोन अटेंड करेगी। मुझे सुनेगी– मेरे प्रलाप को, मेरी गालियों को और कभी–कभी मेरे रुदन को भी।

लेकिन आज मैं उससे बात नहीं करूँगा। वह सो रही होगी। उसे सोते से

जगाकर मैं क्यों वह सब कहूँ, जो मेरा अपना है, मेरे लहू का हिस्सा है, मेरा अपना जीवन है कि जिस पर कोई गहरा सियाह रंग पोत गया है।

मेरी आँखें बंद हो रही हैं। मुझे याद आता है कि अनुजा ने किचेन में मेरे लिए खाना रखा हुआ है, अगर मैंने उसे नहीं खाया तो सुबह वह उसी के लिए चख-चख करेगी। उसकी बातें सैकड़ों सुइयों की तरह मेरे हृदय की शिराओं में गड़ेंगी और फिर जब सुनने का साहस मेरे अंदर नहीं रह जाएगा तो मैं अवश होकर विक्षिप्तता की अवस्था में ज़ोर-ज़ोर से चिल्लाना शुरू करूँगा। आस-पास के समानों को पटकना-फेंकना शुरू करूँगा। इस तरह भी जब वह चुप न होगी तो मैं अपना माथा ज़ोर से दीवार पर दे मारूँगा। ख़ून का एक फ़व्वारा फूट पड़ेगा। वह सन्न रह जाएगी एक बार, फिर मुझे पकड़ कर कहेगी, "यह नाटक बंद करो। यही सब करना है तो घर से निकल जाओ। कोई फ़ैसला लो। अलग हो जाओ मुझसे।"

मैं कुछ नहीं बोलूँगा। उस निस्तब्धता में मैं ज़ोर-ज़ोर से रोना शुरू करूँगा। यह सब होगा और वह चार साल का बच्चा किसी कोने में दुबक जाएगा- सहमा, भयभीत और कातर होकर।

वह अंकू। वही जिसके जन्म पर मैंने हॉस्पिटल में अनुजा के माथे को चूमकर कहा था, "थैंक यू। मेरी ज़िद पूरी करने के लिए।"

मैं कुछ लड़खड़ाते हुए क़दमों से किचेन तक जाता हूँ। मुझे लगता है कि सुबह की होने वाली घटना अभी-अभी दुहराई गई है। मैं अपने सिर को सहलाकर देखता हूँ, वहाँ किसी गहरे ज़ख़्म के निशान खोजता हूँ। मुझे वह नहीं मिलता। मैं हैरान होकर कुछ देर किचेन के अंदर चहलक़दमी करते हुए तिलचट्टे को देखता हूँ। उसके साथ ढेर सारे छोटे-छोटे बच्चे हैं जो अँधेरे में उसके आस-पास घूम रहे हैं। मुझे लगता है कि धीरे-धीरे उस तिलचट्टे का आकार बड़ा हो रहा है, साथ में उसके बच्चे भी बड़े हो रहे हैं। मेरा हृदय धक्क से हो जाता है एक बार।

वे सभी आकार में बड़े होते हुए मेरी ओर ही आ रहे हैं। मैं उनकी आँखों को ग़ौर से देखता हूँ। वे बेहद ग़ुस्से में हैं और मुझ पर हमले के लिए पूरी तरह तैयार हैं। मैं हतप्रभ होकर कुछ देर उन्हें तेज़ नज़रों से घूरता रहता हूँ, फिर पीछे हटकर कुछ तेज़ क़दमों से बाहर निकल जाता हूँ। बाहर घर में सब कुछ

सामान्य है। अनुजा बेसुध सो रही है और अंकू उसके स्तनों को पृथ्वी की तरह थामे हुए। मैं ज़ोर-ज़ोर से चिल्लाना चाहता हूँ- अनुजा-अनुजा... लेकिन मेरे हलक़ से आवाज़ बाहर ही नहीं आ रही। मैं धम्म से जमीन पर बैठ जाता हूँ। और पता नहीं कितनी देर तक वहीं बैठा रहता हूँ- भयभीत, निष्प्राण, अवश।

सुबह किसी के नरम हाथ मेरे बालों को सहलाते हुए लगते हैं। कानों में एक तोतली मीठी ध्वनि आ रही है, "उठो... उठो...। जमीन पल छोए हो।"

मेरी आँखें खुल जाती हैं। मैं रात में इस कमरे में आकर बैठा था, बस इतनी-सी याद है मुझे। मैं कब सो गया यह बहुत कोशिश के बाद भी मैं याद नहीं कर पा रहा।

"कॉकरोच चले गए क्या?" मैं चार साल के उस बच्चे से पूछता हूँ।

"वे तो कब के चले गए। और मम्मी भी ऑफिछ चली गईं। मुझसे कहा कि पापा को उठा देना। पापा मुझे भूख लगी है। मुझे कुछ खाना है।"

"हम्म। अच्छा मैं अभी देता हूँ। एक मिनट रुक जाओ।" मैं मोबाइल में देखता हूँ। नौ बजने वाले हैं।

"मासी नहीं आई बेटा?"

"नहीं, अभी तक तो नहीं आई। और मैं स्कूल भी नहीं गया।" वह बच्चा मासी के सहारे ही घर में रहता था।

"मम्मी ने कुछ नहीं दिया खाने को?" मैं उठकर बैठ जाता हूँ।

"चोकोस दिया, दूध में डालकर। लेकिन मुझे और कुछ खाना है।" वह मचल रहा है। मैं उठकर उसे अपनी गोद में उठा लेता हूँ। वह ख़ुश हो जाता है। उसे गोद में लिए हुए ही मैं बाथरूम तक जाता हूँ। और दरवाज़े पर उसे उतारकर मैं अभी आया कहकर बाथरूम के अंदर चला जाता हूँ। हाथ-मुँह धोकर जब मैं बाथरूम से निकलता हूँ तो वह वहीं खड़ा है- मेरे इंतज़ार में। पहली बार मेरा ध्यान उसके कपड़े पर जाता है- उसने स्कूल की यूनिफ़ॉर्म पहन रखी है और उसका आई कार्ड उसके गले से झूल रहा है। वह स्कूल जाने के लिए बिल्कुल तैयार है।

मैं फ्रिज से एक केक निकालता हूँ और अंकू की ओर बढ़ाता हूँ। वह उसे नहीं लेना चाहता। मैं समझ जाता हूँ कि उसे चिप्स जैसा कुछ चटपटा

चाहिए। स्कूल शुरू होने में अभी समय है, अगर अभी निकलूँ तो उसे स्कूल तक पहुँचा सकता हूँ।

हम लोग कुछ देर मासी के आने का इंतज़ार करते हैं। तब तक मैं चाहता हूँ कि बच्चे को बातों में बहलाए रखूँ। लेकिन वह लगातार कुछ खाने की ज़िद में है। अंततः मैं उसे आश्वस्त करता हुआ कहता हूँ कि अभी नीचे उतरेंगे तो उड़िया की दुकान से तुम्हारे लिए चिप्स ख़रीद देंगे। वह मान जाता है।

''आज आप ऑफिछ नहीं जाएँगे, पापा?'' यह सवाल अचानक से मेरे दिमाग़ पर आकर लगता है।

''देखते हैं बेटा, अभी तो हम स्कूल जाएँगे न। अभी मासी आ जाएगी।''

''अगर वह नहीं आई तो?''

''तो मैं ऑफ़िस नहीं जाऊँगा।''

''पक्का?''

''एकदम पक्का।''

मैं बच्चे को फिर से गोद में उठा लेता हूँ। तभी कॉलबेल की आवाज़ आती है।

मासी आ गई है। वह भीगा हुआ छाता लेकर अंदर आ जाती है, तब मुझे पता चलता है कि बाहर तेज़ बारिश हो रही है। उसके चेहरे पर देर से आने की एक झेंप है।

''बाबू तैयार हो गया। चलो बाबू हम लोग अभी स्कूल जाएगा।'' वह आते ही हरकत में आ जाती है।

''नहीं, मैं आपके छाथ नहीं जाऊँगा। मैं पापा के छाथ जाऊँगा स्कूल।'' बच्चा मासी को झिड़क देता है।

बच्चे को स्कूल ले जाने और ले आने की ज़िम्मेवारी मासी पर ही है। वह रोज़ बच्चे को स्कूल लेकर जाती है। इसके पहले वह सुबह का खाना बना लेती है। स्कूल से बच्चे को लेकर आने के बाद उसे खिलाने-पिलाने से लेकर उसके साथ खेलने तक का काम वही करती है। फिर शाम को अनुजा आती है, तब शाम का खाना बनाकर वह चली जाती है।

बहुत पहले ऐसा नहीं था।

तब घर में मेरी माँ थी, पिता थे। छोटा भाई था। मुझे याद है जब अंकू पैदा हुआ था तो माँ ने पूरे मुहल्ले में मिठाइयाँ बँटवाई थीं। पिता ने गाँव पर सोहर का एक अलग से बटोर किया था- लड्डू बँटे थे पूरे गाँव में। बाजा बजा था।

तब माँ ही अंकू को देखती थी। उसे दूध पिलाने से लेकर उसकी पॉटी साफ़ करने तक की ज़िम्मेवारी माँ की ही थी। पिता उसे लेकर पार्क जाते थे। यह बहुत दिनों तक चला था। लेकिन बाद में धीरे-धीरे चीज़ें बिगड़ने लगी थीं। धीरे-धीरे पहले माँ-पिता गाँव लौट गए- लगभग हमेशा के लिए, और फिर भाई घर से दूर चला गया। उनके जाने के बाद अनुजा की माँ कुछ दिन रही थीं घर में। लेकिन वह भी कितने समय तक रहतीं! उनकी अपनी व्यस्तताएँ थीं। अंततः हमें मासी पर ही निर्भर होना पड़ा। क्योंकि अनुजा किसी भी क़ीमत पर नौकरी छोड़ने के पक्ष में नहीं थी। मैंने भी उस पर कभी नौकरी छोड़ने का दबाव नहीं डाला।

मासी छतरी लेकर तैयार खड़ी थी। वह अंकू को अपने साथ चलने का मनुहार कर रही थी। लेकिन वह बच्चा ज़िद पर अड़ा था कि वह मेरे साथ ही जाएगा।

वह मेरे साथ इस तरह चिपका था जैसे बंदर का छोटा बच्चा अपनी माँ के पेट में चिपका रहता है। अब उसे स्कूल तक छोड़ने के लिए मुझे ही जाना था।

मैं अंकू को गोद में लेकर नीचे उतर गया। मासी को मैंने इंतज़ार करने की हिदायत दी। मैंने कहा कि मैं वापिस आकर ऑफ़िस के लिए निकलूँगा।

चार

जब घर लौटकर आया तो दस से ऊपर बज रहे थे। अब तक मैंने ब्रश भी नहीं किया था। मासी ने जब पूछा कि चाय पिएँगे तो मैंने हाँ कह दिया था।

इस बीच मोबाइल पर उंगलियाँ फिराते हुए मैं फ़ेसबुक पर चला गया। वहाँ लोक को लेकर घमासान मचा हुआ था। एक वरिष्ठ कवि लोक की लाठी भाँज रहे थे और एक तथाकथित एग्रेसिव युवा कवि लोक और जन की तुलना करते हुए जन को श्रेष्ठ साबित कर रहा था। मैंने कुछ लोगों की टिप्पणियाँ पढ़ीं, लेकिन मुझे यह बहस कुछ ख़ास जमी नहीं। मैं दूसरी ओर बढ़ा। वहाँ एक लड़की की नंगी तस्वीर लगी हुई थी। उसके साथ हाल ही में गैंग रेप हुआ था। तस्वीर इतनी भयावह थी कि देखकर दिल हिल-सा गया। ख़ून के धब्बे के बीच एक लगभग निर्वस्त्र लड़की। लोग पुरुषों की मानसिकता पर छि:-थू कर रहे थे। मैं तस्वीर को देखकर रुक गया था।

इस तरह की वारदातें मुझे हमेशा से यह सोचने के लिए बाध्य करती रही हैं कि हम अंततः पशु हैं। हमने कपड़े पहनकर, घर बनाकर, नियम और नैतिकता के बड़े-बड़े ग्रंथ लिखकर मनुष्य होने का सिर्फ़ ढोंग किया है, जबकि हैं हम अंततः पशु ही। यह बात स्त्री और पुरुष की नहीं है। हम लगभग एक-दूसरे को शिकार की तरह देखते हैं। स्त्री कमज़ोर है- मतलब जैववैज्ञानिक रूप से उसकी संरचना कुछ ऐसी है कि वह ज़्यादा शिकार बनती है। लेकिन पुरुष भी कम शिकार नहीं हैं- वे धीमी, चुप और असह्य यंत्रणा सहते हैं। वह यंत्रणा जो स्त्रियों के द्वारा उन्हें दी जाती हैं।

मासी चाय रखकर चली गई है और मैं सोच रहा हूँ कि आज दफ़्तर जाना चाहिए या नहीं।

दफ़्तर की याद आते ही वे असंख्य फ़ाइलें मुझे याद आती हैं जो पेंडिंग पड़ी हुई हैं। रजिस्ट्रार का वह चेहरा याद आता है जिस पर मैंने कभी हँसी नहीं देखी। आज अगर ऑफ़िस गया तो साढ़े ग्यारह बजे से पहले नहीं पहुँचूँगा और वह मुच्छड़ मुझे अपने केबिन में बुलाकर कई तरह के उपदेश देगा कि यह दफ़्तर है अमरेश बाबू, आपको यहाँ फ़ाइलों के साथ लड़ना होता है। सरकार आपको काम करने के लिए पैसे देती है, आप रोज़ देर से आते हैं। आपकी टेबल पर कितनी फ़ाइलें पेंडिंग पड़ी हैं। हफ़्ते में आप एक-दो दिन तो छुट्टी ले ही लेते हैं। ऐसे कैसे चलेगा। आपकी सीआर रिपोर्ट ख़राब हो रही है, उसके बारे में सोचिए। आप कवि-लेखक लोग ऐसे ही चिरकुट टाइप के लोग होते हैं, पता नहीं क्या सोचकर आप लोगों का चयन कर लिया जाता है। आप लोग कविता-कहानी लिखते और भूखों मरते, तब आप लोगों के लिए अच्छा रहता।

यह सब सोचकर मेरा सिर भारी होने लगा और मेरी रीढ़ की हड्डी में एक अजीब-सा दर्द उठा जो अक्सर ऐसे समय पर उठता है। मैं फ़ेसबुक ऑफ़ करने की फ़िराक़ में ही था कि एक संदेश आया। किसका है की उत्सुकता में मैं संदेश को देखने लगा। वही थी। शिवांगी।

"ऑफ़िस नहीं जाओगे?" यह सवाल सुनकर मेरे मन के अंदर एक अजीब बेचैनी घिर आई।

"देखो, सोच रहा हूँ कि चला जाऊँ। कुछ काम भी करने को हैं।" मैं बिल्कुल अनमना था।

"ऑफ़िस के काम? या कोई और?"

"यही कुछ लिखने-पढ़ने का?"

"घर में सब ठीक? शांति?"

"हाँ, बच्चा स्कूल चला गया। विक्टोरिया जी भी।"

मैं अनुजा को उसके सामने विक्टोरिया जी ही कहता था। पता नहीं क्यों उसके सामने अनुजा को अनुजा कहना मुझे अजीब लगता था। अगर मैं यह

कहूँ कि मेरी पत्नी नहीं है तो भी मुझे अजीब तरह की एक झेंप होती। एक प्रेमिका के सामने पत्नी को पत्नी कहकर बुलाना मुझे झेंप से भर देता था।

वह कुछ देर के लिए चुप थी।

"कब आओगे?"

"हाँ आऊँगा, जल्दी ही।

"इतने दिन हो गए। सोचो, चार महीने, जब तुम आए थे।"

"अच्छा, चार महीने हो गए? मुझे तो लग रहा है कि अभी ही मिलकर आया हूँ। समय कितनी तेज़ी से गुज़र गया लगता है।"

"तुम नहीं समझोगे?"

"क्या नहीं समझूँगा।"

"कुछ नहीं।"

"तुम्हारी कविता की किताब कब आ रही है?"

"राज प्रकाशन वालों ने बताया नहीं यार अब तक कुछ। बड़े प्रकाशक हैं, उनके बड़े नाटक हैं। मुझे नहीं लगता कि वे छापेंगे।"

"छापेंगे क्यों नहीं, तुम अच्छे रचनाकार हो। उन्हें भी अच्छे लोगों की ज़रूरत होगी।"

"अच्छा रचनाकार क्या ख़ाक! भारतभूषण तो दिया नहीं हरामियों ने।"

"वह भी मिल जाएगा।"

"अब क्या मिलेगा, पैंतीस पार कर चुका हूँ। प्रभु प्रकाश ने कविताएँ भी मँगवाई थीं। मैंने उनसे कहा भी था कि सर अगर आप नहीं देंगे तो कोई भी नहीं देगा यह पुरस्कार। मेरे लिए यह अंतिम समय है। फिर उम्र भी न रहेगी। लेकिन जब घोषणा हुई तो पता चला कि उस साल का पुरस्कार किसी दलित रचनाकार को दे दिया गया।"

"वह अच्छा कवि है।"

"हाँ, अच्छा कवि है, लेकिन उसे बाद में भी मिल सकता था, लेकिन मुझे? मुझे अब कभी नहीं मिलेगा। लेकिन देखना, मैं इन लोगों को छोडूँगा नहीं। जवाब दूँगा।"

"कैसे जवाब दोगे?"

"जवाब दूँगा अपनी रचना से। लिखकर। अच्छी से अच्छी कविताएँ लिखकर। और यह बताकर कि मैं कविता में उन सभी लोगों से आगे हूँ जिन्हें भा.भू. पुरस्कार मिल चुका है।"

"हाँ, लेखन ही तुम्हारा जवाब है बाबू। परेशान मत होओ।"

इस बार उसकी आवाज़ बहुत नरम थी। वह प्यार से भर गई थी। ऐसे मौक़ों पर जब मैं बहुत उत्तेजित और परेशान हो जाता था, वह इतनी मुलायम और नरम हो जाती थी जैसे वह मेरे ज़ख़्मों को सहला रही हो। उस समय मुझे लगता था कि वह पास होती तो मैं ज़रूर उसे अपने सीने में भींच लेता और देर तक उसके सीने में अपने चेहरा छुपाए हुए चुपचाप बैठा रहता। लेकिन वह पंद्रह सौ किलोमीटर दूर दिल्ली में बैठी हुई थी, और मैं यहाँ कोलकाता में।

हर बार मेरे जाने की बात किसी साहित्य के विवाद में उलझकर रह जाती। वह पूछती कि कब आओगे और मैं कहता कि जल्दी। लेकिन बाद इसके वह कुछ नहीं कहती। मेरे आने के लिए ज़िद नहीं करती। वह फिर मुझे खींचकर किसी दूसरी बहस में लेकर चली जाती। मुझे वहाँ जाना हमेशा ही अच्छा लगता। ऐसा लगता कि मैं समय बरबाद नहीं कर रहा हूँ। एक ऐसे विषय पर उससे बात कर रहा हूँ जो ज़रूरी है। जो मेरे जीने का लक्ष्य है, जिसे अपनी ज़िद के कारण मैंने बचाकर रखा है। वह एक ऐसी महत्वाकांक्षा है जो मेरे अंदर पल-बढ़कर जवान हो चुकी है और अब उसे संभालना और सही जगह देना मेरी ज़िम्मेवारी है, मेरा कर्तव्य है। अब उसके लिए भी ज़रूरी है कि वह उसका ख़्याल रखे। मैं बार-बार उससे यह उम्मीद रखता कि मेरी महत्वाकांक्षा के उस वृक्ष की जड़ में वह भी जल दे। यह मुझे सचमुच अच्छा लगता।

"क्या सोच रहे हो?" उसने धीरे से मुझे चौंका दिया था।

"कुछ नहीं। सोच रहा हूँ कि दफ़्तर चला जाऊँ। उस मुच्छड़ को आज सही जवाब दूँगा। अगर फिर उसने कहा कि आप कवि टाइप लोग... तो मैं दोनों हाथ से उसकी मूँछें उखाड़ लूँगा।"

"सही, ऐसा ही करना।" वह खिलखिलाकर हँस पड़ी थी। उसका इस तरह हँसना मुझे बेहद अच्छा लगता था। उसकी यह हँसी मुझे कुछ देर के लिए

अपनी दुनिया से बाहर लेकर आती थी, यह बताते हुए कि इस दुनिया में अब भी इस तरह खिलखिलाकर हँसने के लिए जगह है। साथ में न चाहते हुए भी मैं हँस पड़ता था।

"अच्छा चलो, अब मेरी सुबह नहीं करोगे?" यह फ़ेसबुक छोड़ने के पहले का अंतिम सवाल होता था उसका। तब मैं उसे फ़ोन करता था, और धीरे-धीरे अपने फ़ोन के रिसीवर के पास होंठ ले जाकर ज़ोर से उसे चूम लेता था। उसके बाद उत्तर में मुझे ढेर सारी चुंबनों की आवाज़ें सुनाई पड़ती थीं।

इस तरह फ़ोन को चूमते हुए अगर कोई देखता तो पता नहीं मुझे क्या समझता, लेकिन हम दोनों के लिए सुबह होने की यह पहली चहचहाहट होती थी जिसका मैं भी कहीं न कहीं इंतज़ार ज़रूर करता था।

इसके बाद फोन कट। बस इतनी-सी बात। यह बात अगर लंबी चले तो मैं द.फ़्तर के लिए और लेट हो जाता। इसलिए वह कहती, "ठीक है, अब तैयार हो जाओ, ऑफ़िस चले जाओ।"

"हम्म...।" मैं कहता और फोन कट।

मैं फिर एक दूसरी दुनिया में धीरे-धीरे लौटने लगता।

द.फ़्तर की सीढ़ियाँ चढ़ते हुए मैंने कलाई घड़ी की ओर देखा, बारह बजने में दस मिनट की देर थी। मैं लोगों की नज़रें बचाकर चुपचाप अपने केबिन में घुस जाना चाहता था। बार-बार उस मुच्छड़ बॉस का चेहरा मेरे ज़ेहन में गूँज रहा था कि कहीं वह सामने न पड़ जाए। वैसे मुझे पूरा यक़ीन था कि वह मुझे दो-तीन बार तो बुला ही चुका होगा।

कॉरिडोर से होते हुए मैं धीरे-धीरे दुबका हुआ अपने केबिन में जाकर बैठ गया। लोगों की कुर्सियाँ ख़ाली थीं। सरकारी द.फ़्तर में वैसे भी लोग काम कम करते हैं और चाय अधिक पीते हैं। बारह का समय चाय पीने का होता था और लोग छोटे कैंटीन में चाय पीने के लिए निकल चुके थे। बारह का समय मेरे लिए भी चाय का समय होता था। मुझे गिरधारी अक्सर चाय लाकर दे देता था। इस वजह से मैं चाय पीने के लिए छोटे कैंटीन जाने से बच जाता था। ख़ाली समय में मैं कम्प्यूटर पर फ़ेसबुक पर टहलने निकल जाता था।

कुछ देर बाद गिरधारी ने मुझे देखा, और कहा, "अरे साहब आप आ गए? सिन्हा सर आपको दो बार बुला चुके हैं। मैंने तो कह दिया कि अमरेश बाबू लगता है कि आज नहीं आएँगे।"

मैं चुपचाप गिरधारी के चेहरे की खिचड़ी दाढ़ी को देखता रहा।

"चाय ला दूँ आपके लिए?" उसने पूछा।

"हाँ, ला दो। देखो तो साहब अपने कमरे में हैं या नहीं।"

गिरधारी चला गया। मैंने कम्प्यूटर ऑन किया। सबसे पहले गूगल में जाकर महामाया की तस्वीर निकाली और मंत्र बुदबुदाने लगा : ज्ञानिनामपि चेताण्स देवी भगवतिहिसा बलादाकृश्य मोहाय महामाया प्रयच्छति। इसके बाद गूगल में मैंने हनुमान टाइप किया और इमेज पर क्लिक कर दिया। सामने हनुमान जी की तस्वीरें खुल गईं। मैं बुदबुदाने लगा : प्रविस नगर कीजै सब काजा, हृदय राखि कोसलपुर राजा।

इतना करने के तुरंत बाद मैंने एड्रेस बार में एफ टाइप कर दिया, एफ टाइप करने पर ही एड्रेस बार में फ़ेसबुक का पता चला आता था, अब एंटर दबाने की देर थी। उसे मैंने तुरंत दबाया और फ़ेसबुक मेरे सामने खुल गया।

पहली 'अपडेट' सुभाष कुमार की दिख रही थी। किसी न्यूज़ चैनल पर आ रही तस्वीर में कोई एक व्यक्ति एक औरत को सरेआम पीट रहा था। सुभाष कुमार ने अपडेट लगाई थी : यह है देश के एक बहुत बड़े विश्वविद्यालय के एक प्रो.फ़ेसर का चेहरा। वह सरेआम अपनी पत्नी को पीट रहे हैं। लोग ताबड़तोड़ टिप्पणियाँ दे रहे थे। शर्मनाक है यह, धिक्कार है, शर्म आनी चाहिए... इत्यादि इत्यादि। मैंने तस्वीर को बड़ा करके देखा, प्रोफेसर सचमुच ग़ुस्से में लग रहा था। मुझे लगा कि इस आदमी को मैं पहचानता हूँ। शायद किसी कार्यक्रम में मैंने उसे स्त्री-मुक्ति आंदोलन पर बोलते हुए सुना था। वह वाक़ई अच्छा वक्ता था और उसके बोलने की क्षमता के कारण मेरे मन में उसके लिए श्रद्धा जैसी कोई चीज़ भी पैदा हुई थी। लेकिन यहाँ अलग ही तमाशा था। एक व्यक्ति ने कमेंट में ही वह वीडियो भी शेयर किया थी जिसमें वह प्रो.फ़ेसर अपनी तथाकथित पत्नी को लात-घूसे से मार रहा था। बीच के ही एक कमेंट में उस प्रो.फ़ेसर के एक चेले ने एक ब्लॉग का लिंक दिया था और प्रो.फ़ेसर के निर्दोष होने के कई सबूत दिए थे। बहरहाल, मैंने यह सब

पढ़ते हुए भी देखा कि शिवांगी ऑनलाइन नहीं थी। यह घटना दिल्ली की थी और वह भी दिल्ली में रहती थी। मीडिया बता रहा था कि पत्नी के होते हुए प्रो.फ़ेसर अपनी प्रेमिका को लेकर घर आए थे और पत्नी के विरोध करने के नतीजे के रूप में यह वारदात सामने आई थी।

मैं इस घटना को लेकर सोच में पड़ गया था। मेरी भी एक पत्नी थी। मेरा उससे प्रेम–विवाह हुआ था और अब मेरे जीवन में एक प्रेमिका टाइप की लड़की थी जिसे मैं .फ़ेसबुक पर मिला था और जिससे एक बार मैं मिलकर भी आया था। वह दिल्ली में रहती थी और एक प्राइवेट कॉलेज में अध्यापक थी। मेरे ज़ेहन में यह घटना एक रील की तरह घूम रही थी। एक बार लगा कि मुझे पुलिस गिर.फ़्तार करके ले जा रही है। मैं एक अँधेरी कोठरी में बंद हूँ, कि मैं कटघरे में खड़ा होकर जज से गुहार लगा रहा हूँ– योर ऑनर मैं निर्दोष हूँ... योर ऑनर...। इन सब दृश्यों के बीच अनुजा मुझे किसी अपराधी की तरह घूरती जा रही है, मानो कह रही हो– यू चीटर, यू डैम... यू बास्टर्ड तुमने मेरा जीवन बरबाद किया है... तुम जानवर हो... पशु... केवल पशु।

मैं चुप...निर्दोष...स्तब्ध...।

"साहब..., साहब चाय।" गिरधारी मुझे ज़ोर से झकझोर देता है। मैं अचानक जैसे किसी खोह से निकलकर गिरधारी की ओर देखता हूँ। वह मेरी ओर अजीब निगाह से घूर रहा है।

मैं काँपते हाथ से चाय का प्याला उठा लेता हूँ।

.फ़ेसबुक में और मन नहीं जमता। मैं चाहता हूँ कि स्त्री–पुरूष के संबंधों को लेकर एक कविता लिखूँ और उसे .फ़ेसबुक पर शेयर कर दूँ, लेकिन .फ़िलहाल मुझे उस मुच्छड़ बॉस का चेहरा याद आ रहा है, मुझे अभी उससे मिलने जाना होगा।

कुछ ही देर बाद मैं उस मुच्छड़ बॉस के कमरे में हाथ बाँधे खड़ा हूँ।

वह बहुत देर तक कुछ बुदबुदाता रहता है, जिसे मैं हूँ, हाँ, कहते हुए सुनता रहता हूँ। बहुत देर की मगजमारी के बाद वह एक .फ़ाइल मेरी ओर बढ़ाता है, "यह अर्जेंट है, रिपोर्ट हेड ऑ.फ़िस में आज ही जानी है।

मैं .फ़ाइल अपने हाथ में ले लेता हूँ।

कमरे से निकलते हुए उसकी आवाज आती है, "अमरेश बाबू समय का

ख़्याल रखिए। समय पर आइए। लोग हमसे जवाब माँगते हैं।''

''जी, सर...।''

मैं फ़ाइलों के बीच अपनी कुर्सी पर बैठा पता नहीं कितनी देर तक उसी अवस्था में खोया रहता हूँ।

पाँच

रात फिर देर हुई। देर होती नहीं थी मैं देर करता था। मुझे ऑफ़िस से निकलने के बाद घर जाने की इच्छा नहीं होती थी। कई बार मैं प्लेटफ़ॉर्म तक पैदल ही चला जाया करता था। दूरी कम न थी। पाँच किलोमीटर तो कम से कम थी ही। रास्ते में मैं धीरे-धीरे कुछ सोचते हुए चलता था, इसलिए समय अधिक लग जाता था। मेरी तरह और लोग भी पैदल चलते थे, तब मुझे लगता था कि मैं अकेले पैदल नहीं चल रहा- बहुत सारे लोग मेरे साथ हैं। कोई एक कुछ देर चलता और रास्ता बदल देता तो मैं उसे देर तक जाते हुए देखता था, उसके बारे में सोचता रहता था। कोई बूढ़ा आदमी उसी रास्ते में टहलने के लिए निकला हुआ मिल जाता था। वह तेज़-तेज़ चलता था। उसकी चाल में खनक होती। उसे देखकर मुझे लगता कि मैं बूढ़ा हो चुका हूँ, अगर कोई मुझे उतनी ही तेज़ गति से चलने को कहे तो कुछ देर चलते ही मैं थककर किसी पत्थर पर बैठ जाऊँगा।

मैं धीरे-धीरे अपनी धुन में चलता जा रहा था। अभी शाम के साढ़े छह बज रहे थे। अभी तक उल्टाडांगा स्टेशन का प्लेटफ़ॉर्म दूर था। धुँधली रोशनी में दूर से एक लड़की आती हुई दिखाई दे रही थी। मुझे लगा कि यह वही है। लेकिन वह यहाँ कैसे हो सकती है? हो सकता है किसी काम से आई हो। इस एरिया में तो वह नहीं आती, अंतिम बार जब उससे बात हुई थी तब उसने बताया था कि वह एक बजे से लेकर सात बजे तक कॉलेज स्ट्रीट में रहती है। नहीं, यह वह नहीं हो सकती। धीरे-धीरे वह लड़की काफ़ी नज़दीक आ गई

थी। मैंने इस बीच अपने चश्मे को एक बार रूमाल से साफ़ किया था। फिर भी वह लड़की मुझे उतनी साफ़-साफ़ नहीं दिखाई दे रही थी। लगता है कि चश्मा ख़राब हो गया है, मुझे इसे बदलवाना पड़ेगा- मैंने सोचा। चश्मा पुराना भी हो गया था। मैंने यह भी सोचा कि उम्र बढ़ने की वजह से आँख का पावर कुछ और बढ़ गया है।

वह लड़की अब काफ़ी नज़दीक आ चुकी थी। मैंने उसे ग़ौर से देखा- वह एक बंगाली लड़की लग रही थी। उसने गुलाबी लेगिंग और काला टॉप पहन रखा था। वह थोड़ी गोरी लग रही थी। उसने होंठ पर लिपस्टिक लगा रखी थी। वह सुंदर थी। मैं देर तक उसके चेहरे को ग़ौर से देखता रहा था। मेरे देखने को वह इस तरह से देख रही थी कि जैसे मैंने पहली बार कोई लड़की देखी है और उसे वैसे ही देख रहा हूँ जैसे अक्सर मर्द स्त्रियों को देखा करते हैं।

लेकिन नहीं। वह वो नहीं थी। मैं उसे देखते हुए और पहचानते हुए थोड़ा झेंप-सा गया था। वह बहुत तेज़ क़दमों से आगे निकल गई थी।

वह वो नहीं थी।

आगे मेट्रो सिटी पार्क दिख रहा था। मैं आगे बढ़ गया और पार्क की एक ख़ाली बेंच पर जाकर बैठ गया। वह पत्थर की बेंच लगभग उपेक्षित थी। वह अपेक्षाकृत अँधेरे में थी और वहाँ मच्छरों के काटने का भय अधिक रहता था। लोग वहाँ कम ही जाते थे। ज़्यादातर लोग उन बेंचों पर बैठे रहते थे, जहाँ लैंपपोस्ट की रोशनी बिखरी होती थी। वहाँ बच्चों के खेलने की जगहें बनी थीं जिसमें इक्का-दुक्का लड़के दिखते थे। वहाँ ढेर सारी औरतें और कुछ बूढ़े दिखते थे। मेरी उम्र का कोई भी पुरुष वहाँ बैठा हुआ नहीं दिखता था। जब मैं कई बार ऑफ़िस से पैदल ही उल्टाडांगा के प्लेटफॉर्म तक पहुँचने के लिए पैदल निकल पड़ता था, तब चलते हुए रास्ते में वह पार्क अक्सर दिख जाता था और अक्सर मैं उसी एक बेंच पर जाकर बैठ जाता था और बहुत देर तक वहीं बैठा रहता था। कभी-कभी ऐसा भी होता था कि मैं कुछ सोचते हुए दूर निकल जाता था और पार्क बीच में नहीं दिखता था, तब मुझे पार्क की याद आती थी। मैं तब पार्क को बड़ी शिद्दत से याद करता था। वह पार्क तब स्टेशन तक मेरी स्मृतियों में साथ जाता था।

कभी-कभी तो उस पार्क की और उस बेंच की याद इतनी बेतरह आती

कि मैं वापिस लौटकर उस पार्क में चला जाता था। वहाँ कुछ देर बैठता, फिर वापिस पैदल चलने लगता था।

पार्क में एक बूढ़ा आदमी चिनिया बादाम बेचता था। जब वह बेचते-बेचते थक जाता था तो कभी-कभी मेरे पास आकर बैठ जाता था। हम दोनों एक-दूसरे को देखते थे। मैं मन ही मन कहता था- तुम आ गए- आओ बैठो। वह मन ही मन कहता- अरे तुम भी आ गए, और मन ही मन वह मुझे धन्यवाद देता।

आज गर्मी बहुत थी। मैंने सोचा कि वह लड़की जिसे मैं अभी-अभी घूर रहा था, उसके माथे पर पसीने की बूँदें चुहचुहा रही थीं, उसने ज़रूर कोई ऐसी क्रीम लगाई होगी जिससे उसके चेहरे पर पसीने की बूँदें पसर नहीं रही थीं- मोतियों की शक्ल में उगी हुई थीं। उसके हाथ में एक सफ़ेद रूमाल था, लेकिन वह रूमाल से अपने चेहरे को पोंछ नहीं रही थी। जब मैं उसे देर तक घूरते हुए पहचानने की कोशिश कर रहा था तब उसने एक बार उस सफ़ेद रूमाल को अपने चेहरे पर धीरे से रखा था और सरसराती हुई मुझसे दूर निकल गई थी।

मैंने ग़ौर से देखा वह वो नहीं थी।

उससे मेरी मुलाक़ात याहू मैसेंजर पर हुई थी।

तब तक जुकरबर्ग ने शायद .फ़ेसबुक की स्थापना नहीं की थी। याहू मैसेंजर पर मेरे एक वैज्ञानिक और दलित दोस्त ने मेरी आईडी बना दी थी। उस समय अक्सर मैं ऑफ़िस से निकलने के बाद किसी साइबर कै.फ़े में चला जाता और याहू मैसेंजर पर लड़कियाँ ढूँढ़ा करता था। पहले-पहल तो एक आकर्षण के तहत विदेशी लड़कियों से बात होती। वे बहुत जल्दी खुल जाती थीं और उनसे चैट करना का.फ़ी आसान होता। समय कब ख़त्म हो जाता पता ही नहीं चलता था। बाद में मैंने देखा कि मैं एक तरह से एडिक्ट हो चुका था उसका। जैसे किसी को रोज़ शाम होते ही शराब की याद आने लगे, उसी तरह मुझे द.फ़्तर की छुट्टी के बाद याहू मैसेंजर की याद आती थी।

उस दौरान पता नहीं कितनी विदेशी लड़कियों से मेरी बात हुई थी। पता नहीं कितनी लड़कियों ने मुझसे 'आय लव यू' कहा था और उत्तर में मैंने उन्हें

'आय लव यू टू' कहा था।

लेकिन वह बाद में मिली थी, तब जब मैं इस तरह की एकरस जड़ जीवन से ऊबने लगा था।

मुझे इस आभासी दुनिया से चिढ़ होने लगी थी। मुझे किसी से यथार्थ में बात करनी थी, उससे मिलना था। वह ऐसी कोई हो जो सच की हो। उसका कोई वजूद हो। इसके लिए मैंने एक आसान रास्ता यह खोजा कि मैं अब जब भी मैसेंजर पर जाता था तो कोलकाता के रूम में चला जाता था। याहू मैसेंजर पर हर शहर के लिए एक रूम बना होता था, आपको जिस शहर के लोगों से बात करनी हो आप उस रूम में जाकर वहाँ के लोगों से बात कर सकते थे।

मैं अक्सर कोलकाता के रूम में चला जाता था। एक दिन, दो दिन, तीन दिन कभी-कभी चार दिन हो जाते और किसी एक से भी बात नहीं हो पाती थी। कभी कोई 'हाय' कहता था और मुझसे मेरा एएसएल पूछता था। मैं बताता 28/एम/कोलकाता। 'सॉरी सेम हीयर' का एक संक्षिप्त-सा मैसेज आता था और सब कुछ ख़त्म।

एक दिन की शाम मैं यह सोचकर बैठा था कि आज तो किसी न किसी को ढूँढ़ना ही है, ऐसे में किसी सस्ते शब्द की एक गूँज मेरे मन में उभरती थी- पटाना। लड़की पटाना। मतलब उस दिन मैं सोचकर बैठा था कि आज किसी न किसी लड़की को तो 'पटाना' ही है।

मैं बहुत देर तक उनको मैसेज करता रहा जिसके नाम से यह आभास होता कि वह लड़की हो सकती है- सॉरी सेम हीयर, बिजी, डोन्ट वांट टू टॉक टू यू... के जवाबों से तंग आकर आख़िर मैं कम्प्यूटर छोड़कर उठने वाला था। तभी एक संदेश आया और मेरे कम्प्यूटर के निचले स्क्रीन पर हरी बत्ती जल उठी।

"हाय।"

"हाय।"

"एएसएल?"

"28/एम/कोलकाता एंड योर?"

"27/एफ/कोल... ?"

"ओह ग्रेट, व्हाट डू यू डू?"

"आय एम एक्ट्रेस, स्ट्रगलिंग। एंड यू प्लीज़?"

"आय एम राइटर, और नौकरी भी करता हूँ।"

"वॉउ।"

"रियली यू आर राइटर?"

"यस, कोई शक?"

"नहीं, शक नहीं।"

"तो क्या हम दोस्त बन सकते हैं?"

"यस ऑफ़कोर्स, बट ओनली नेट फ्रेंड।"

"व्हाई? आपको सही में दोस्त होना पसंद नहीं?"

"नहीं ऐसी बात नहीं।"

"तो फिर?"

"लड़के ख़राब होते हैं।"

"सभी लड़के ऐसे नहीं होते, अगर ऐसा है तो लड़कियाँ भी ख़राब होती हैं।"

"हम्म।"

"तो हम रियल फ्रेंड बन सकते हैं?"

"यू डोंट नो मी, एंड आय टू। लेट अस नो इच अदर फ़र्स्ट।"

"यस यू आर राइट। व्हाट डू यू वांट टू नो?

"आर यू मैरिड?" इस सवाल ने मुझे चौंका दिया। विदेशी लड़कियाँ अक्सर इस तरह के सवाल नहीं पूछती थीं, लेकिन इस तरह के सवाल एक दो लड़कियाँ मुझसे पूछ चुकी थीं। ऐसे समय पर मैं सच-सच बोल देता था- यस आय एम मैरिड। यह सुनते ही लड़कियाँ बात करना बंद कर देती थीं। मैं मैसेज दे-देकर थक जाता था, लेकिन फिर उनका कोई जवाब नहीं आता था। फिर हारकर जब मैं उन्हें फ्रेंड रिक्वेस्ट भेजता था तो स्क्रीन पर एक मैसेज आ जाता था कि फ़लाँ ने आपके फ्रेंड रिक्वेस्ट को डिनाय कर दिया है।

"नहीं, मेरी शादी नहीं हुई। आय मीन आय एम सिंगल।" मैंने झूठ बोल दिया यह सोचकर कि अगर मैं सच बोलूँगा तो यह लड़की भी मुझसे बात करना बंद कर देगी।

"ओह रियली? ग्रेट... आय एम आल्सो सिंगल।"

“मे आय एड यू ?”

“श्योर।” मैंने तुरंत फ्रेंड रिक्वेस्ट उसे भेज दिया। उसने स्वीकार भी कर लिया। फिर मैंने उसे थैंक्स कहा।

मैं चाहता था कि उससे उसका फ़ोन नंबर माँगूँ, लेकिन मुझे लगा कि यह जल्दबाज़ी हो जाएगी। इसलिए मैंने उसे सिर्फ़ थैंक्स कहा।

“ओके, फिर बात होगी। अभी माँ बुला रही हैं।”

“ओह! आप घर में हैं ?”

“हाँ, क्यों ? क्या आप घर में नहीं हैं ?”

मैं चाहता था कि कह दूँ कि मैं घर पर नहीं हूँ, लेकिन तब उसे यह लगता कि मैं कैसा चिरकुट हूँ कि मेरे घर में कम्प्यूटर तक नहीं है। इसलिए मैंने उससे कह दिया कि मैं घर पर ही हूँ।

उसे जाने की जल्दी थी। वह ‘बाय’ कहकर चली गई थी। मैं देर तक अवाक् उसके बारे में कल्पना करता रहा। मैंने उसकी तस्वीर न देखी थी, महज़ दस मिनट की बात हुई थी उसके साथ और उसने अपनी ओर मुझे खींच लिया था। खींच क्या लिया था कोई दूसरी लड़की भी होती तो शायद मैं उसके बारे में भी यही कल्पना करता।

वह उससे मेरी पहली मुलाक़ात थी।

इसके बाद अक्सर उससे बातें होती रहतीं। वह अक्सर शाम के समय ही ऑनलाइन होती थी। मैंने उसे बता दिया था कि यह समय मेरे लिए ख़ाली समय होता है, जब हम सुकून से बात कर सकते हैं। दफ़्तर से छूटते ही मैं अक्सर साइबर कैफ़े चला आता था। वह कभी तो पहले से ही ऑनलाइन रहती या फिर कुछ देर बाद आ जाती। उससे बात करते हुए ही मैं जान पाया था कि वह बांग्लादेशी थी। उसका घर नारकेलडांगा के पास रेल की पटरी के किनारे बसी एक बस्ती में था। उसके पिता उसके कुछ दिन पहले कैंसर जैसी एक असाध्य बीमारी में चल बसे थे। उसकी तीन बहनें थीं जिसमें दो नौकरी करती थीं और एक पढ़ाई कर रही थी। उसने कम्प्यूटर सिखाने का एक सेंटर खोल रखा था, जहाँ वह कई लोगों को कम्प्यूटर सिखाती थी।

लड़की ने बताया था कि वह हमेशा अपनी माँ के साथ रहना चाहती है और

अपनी बहनों के लिए कुछ करना चाहती है। वह ईमानदार है और ईमानदार लोगों को पसंद करती है। मेरे अंदर के लेखक होने ने उसे प्रभावित किया था, इसलिए वह मेरी दोस्त बनी थी। वह इंटरनेट पर और याहू मैसेंजर पर चैट करने वाली छिछोरी लड़कियों की तरह नहीं है और न ही उसे किसी छिछोरे लड़के को दोस्त बनाना पसंद है।

लड़की ने बताया था कि वह अब भारत को ही अपना देश मानती है, क्योंकि इस जगह पर ही उसे शरण मिली है और उसकी पढ़ाई-लिखाई हुई है। गुरु रवींद्र जिस तरह यहाँ के हैं, वैसे ही मेरे हैं, विवेकानंद से लेकर काजी नज़रूल इस्लाम तक सब उसके हैं। उसके पिता 1970 की लड़ाई में बांग्लादेश से यहाँ चले आए थे और यहीं आकर बस गए थे। उसकी सभी बहनों का जन्म यहीं भारत में ही हुआ था।

लड़की बार-बार पूछती कि मेरे घर में और कौन-कौन हैं। मैं बताता कि मैं घर में अकेले रहता हूँ कि मेरे पिता सरकारी नौकरी में थे और वह अध्यापक थे और अब रिटायर होने के बाद गाँव में रहते हैं। मेरा एक छोटा भाई है जिसके साथ मैं रहता हूँ। मेरा कोई दोस्त नहीं कि तुम ही एक हो जो मेरी दोस्त बनी हो कि यह मेरा नसीब है कि ईश्वर ने तुम्हें मेरे पास भेज दिया है... इत्यादि इत्यादि।

अपने इंटरनेट के कई साल के अनुभव की बदौलत मैं कुछ भी सच नहीं बता रहा था। उसके यह पूछने पर कि मैं कहाँ रहता हूँ मैंने बताया कि मैं गिरीश पार्क में रहता हूँ, जबकि मैं रिषड़ा की नई बस्ती में रहता था।

मुझे पूरा विश्वास था कि लड़की भी कुछ सच नहीं बोल रही है। याहू मैसेंजर पर कोई भी सच नहीं बोलता था। मेरे अब तक के अनुभव ने यही सिखाया था कि यहाँ लोग झूठ बोलने के लिए आते हैं। यह एक ऐसा संसार है जिसकी बुनियाद झूठ पर खड़ी हुई है, इसलिए यहाँ होने वाली दोस्तियाँ और संबंध भी झूठ की बुनियाद पर ही खड़े होते थे, जो कुछ दिनों के बाद ज़ार-ज़ार होकर बिखर जाते थे।

कई बार ऐसा भी होता था कि यहाँ लड़के भी लड़कियों की तरह की आईडी बनाकर चैट करते थे। उनकी बातें ज़रूरत से ज़्यादा अश्लील और कामुक होती थीं। ये ऐसे लोग होते थे जिनकी रुचि महिलाओं में न होकर

पुरुषों में होती थीं। मैं ऐसे कई पुरुषों से यहाँ बात कर चुका था।

एक बार एक लड़की को मैंने फ़ोन नंबर दे दिया था। पहले तो जब उसका फ़ोन आया तो वह लड़की की आवाज़ में ही बात करती थी, लेकिन धीरे-धीरे मैं पहचान गया कि दरअसल वह लड़की नहीं कोई लड़का है। इस बावत जब मैंने उससे बात की तो उसने स्वीकार किया कि वह दरअसल लड़का ही है और उसकी रुचि लड़कियों में न होकर पुरुषों में है और वह मुझसे मिलना चाहता है और मुझे 'सक' करना चाहता है। 'सक' करना याहू मैसेंजर में चलने वाली एक शब्दावली थी जो इस तरह के पुरुष इस्तेमाल करते थे जिसका अर्थ मैं बहुत बाद में समझ पाया था।

बहरहाल, वह लड़की डिसेंट थी। उसका नाम काजू था। मैंने पहली बार जब यह नाम सुना तो मुझे बड़ा अजीब लगा। काजू भी किसी लड़की का नाम हो सकता है- मैंने सोचा। फिर मैंने पूछा, "काजू क्या?"

उसने कहा, "काजू दे।" दे उसका सरनेम था।

मैं कई बार चैट पर उसे चिढ़ाता, "काजू दे।"

वह कहती, "हाँ बोलो।"

"नहीं, मुझे काजू चाहिए, मुझे काजू दे।" मैं इस तरह कहकर उसके मैसेज बॉक्स को ढेर सारी स्माइलीज़ से भर देता था।

वह झेंप जाती। वह बनावटी ग़ुस्से के सिंबल मेरे बॉक्स में भेजती, लेकिन दरअसल मेरा इस तरह से उसको चिढ़ाना अच्छा लगता था, क्योंकि कभी भी सख़्ती से उसने इस बात के लिए मना नहीं किया। मैं धीरे-धीरे आगे बढ़ रहा था। याहू मैसेंजर पर हुए पहले के अनुभव मेरा भरपूर साथ दे रहे थे।

इसी तरह एक दिन उसने मुझसे कहा कि वह मेरी बहुत अच्छी दोस्त है। उस दिन वह बहुत ख़ुश थी। उसे एक टी.वी. सीरियल मे अभिनय करने का मौक़ा मिला था। मैंने उसी दिन उससे फ़ोन नंबर माँगा था। मुझे पता कि वह उस दिन मुझे फ़ोन नंबर ज़रूर दे देगी और उसने दे भी दिया।

मैंने उसका नंबर मोबाइल में सेव कर लिया और एक संदेश तुरंत उसके मोबाइल पर भेजा- थैंक्स।

उधर से जवाब आया- वेलकम।

इसके बाद अक्सर मैं उससे फ़ोन पर बात करता। वह भी मेरे फ़ोन का

इंतज़ार करती। कभी-कभी वह भी फ़ोन करती। इस बीच याहू मैसेंजर पर उसने अपनी तस्वीर भी भेजी थी, यह मेरी ज़िद के कारण ही हुआ। मुझे अच्छा लगा कि उसने मेरी ज़िद मानी। फ़ोन पर बात करने के बावजूद हम याहू मैसेंजर पर भी बात करते। वह शाम का समय होता जब मैं ऑफ़िस से निकलकर साइबर कैफ़े चला जाता और वह वहाँ ऑनलाइन मेरा इंतज़ार करती मिलती।

इस तरह समय बीतता रहा। जब मैं घर में होता तब उससे बात नहीं करता था, घर में पत्नी होती, बच्चा होता। उसे पता चल सकता था कि मेरा एक परिवार है कि मैं शादीशुदा इंसान हूँ। मुझे कई बार यह सोचकर अपराधबोध भी होता कि मैं उससे झूठ बोल रहा हूँ। वह एक अच्छी लड़की है। लेकिन वह अपराधबोध देर तक न टिकता था। मुझे लगता कि यह एक रुचिकर खेल है। इस खेल का मैं धीरे-धीरे आदी हो चला था। लेकिन मुझे विश्वास की तरह का एक डर भी था कि जिस दिन उसे पता चलेगा कि वह एक शादीशुदा आदमी से बात कर रही है, उसी दिन वह याहू मैसेंजर पर मुझे ब्लॉक कर देगी और मेरा फ़ोन भी कभी रिसीव नहीं करेगी। मुझे लगता था कि वह ऐसी लड़की है कि इसी तरह रियेक्ट करेगी। यह इसलिए भी कि मैसेंजर पर इस तरह से मैं कई बार ब्लॉक हो चुका था और खेल में महारत हासिल होने के बाद ही यह जान सका था कि यहाँ कोई भी बात सही-सही बताना ख़तरनाक होता है। इसलिए ही कोई पचास साल की औरत यहाँ अपनी उम्र बीस बताती थी। फ़र्ज़ी तस्वीरें भी शेयर की जाती थीं। यह एक तरह से फ़र्ज़ी संसार था, जिसका हिस्सा मैं धीरे-धीरे बन चुका था।

एक दूसरी दुनिया भी थी जिसमें मेरा एक घर था। घर में तनाव बरक़रार था। मुझे पता ही नहीं चलता था कि मेरी पत्नी को क्या चाहिए। किस तरह उसे नॉर्मल किया जाए। मैं जितना ही उससे नॉर्मल व्यवहार करता, वह उतना ही मुझसे चिढ़ती। यह इसलिए नहीं था कि मैं उसे समय नहीं देता था, यह सब कुछ करके मैं देख चुका था, लेकिन वह इतना तीखा बोलती थी कि मैं बिना प्रतिक्रिया दिए रह ही नहीं पाता था। इस तरह धीरे-धीरे मैं उससे दूर हो रहा था। काजू से मेरी बात बढ़ती जा रही थी।

एक दिन मैंने काजू का मूड देखकर उससे मिलने का प्रस्ताव रखा। पहले तो वह नहीं-नहीं करती रही, लेकिन आख़िर मेरी ज़िद के आगे उसे झुकना पड़ा। हमने नंदन में मिलना तय किया। वह रविवार का दिन था। उस दिन दफ़्तर की छुट्टी थी। उस दिन मैंने अधिक समय तक ब्रश किया, साबुन लगाकर नहाया, बालों में शैंपू किया, शेव की और उस वक़्त का इंतज़ार करने लगा जब उससे मिलूँगा।

मैं कई बार कल्पना में उससे मिलता। वह बेहद सुंदर लगती। उसकी आँखें मुझे सबसे ज़्यादा ख़ूबसूरत लगतीं। वह मेरे बेहद क़रीब बैठी हुई रहती। इतना क़रीब कि हमारी साँसें एक-दूसरे से टकरा जाती थीं। मुझे लग रहा था कि मेरी उम्र कम हो गई है। अंदर कहीं एक ख़ुशी की लहर उठती थी और मुझे मदहोश-सी करके चली जाती थी। मुझे याद है कि मैंने उस दिन अपने दो साल के बच्चे को बार-बार गोद में उठाया था और उसकी बार-बार पप्पी ली थी। तब वह दो साल का ही था। पत्नी यह सब ध्यान से देख रही थी, लेकिन कुछ बोल नहीं रही थी। जब तीन बजने को हुए तो मैं तैयार होने लगा।

''कहाँ जाओगे?'' पत्नी ने पूछा।

''यहीं, एक कविता-पाठ है, उसमें जाना है।'' मैंने उसे बिना देखे कहा।

''सुबह से बताया नहीं कुछ?'' उसकी बातों में शिकायत और नाराज़गी थी।

''हर बात तुमसे बताना ज़रूरी नहीं।'' मैंने फेंककर कहा था।

''क्यों? मैं तुम्हारी पत्नी हूँ, मुझे जानने का हक़ है।''

''वह हक़ तुम खो चुकी हो। मुझे याद दिलाने की ज़रूरत है कि हमने निर्णय लिया था कि हम एक-दूसरे के मामले में दख़ल नहीं देंगे।

''देखो तुम...।'' उसकी आवाज़ बहुत तेज़ हो गई थी।

''चुप रहो... एकदम चुप। बहुत दिनों से तुम्हारा नाटक चल रहा है। वह नाटक अब नाक़ाबिले-बरदाश्त है। तुम अपनी दुनिया में ख़ुश रहने का निर्णय कर चुकी हो। मुझे नहीं लगता कि अब हमें एक-दूसरे को इस तरह कुछ बताने की ज़रूरत है।''

वह कुछ देर चुप रही। मैं तैयार होकर निकलने लगा तो वह ज़ोर-ज़ोर से चिल्लाने लगी। मैंने सुना कि वह ख़ूब ग़ुस्से में सामान इधर-उधर फेंक रही थी। बच्चा डरकर मेरे पास चला आया था और अजीब नज़रों से अपनी माँ यानी उस औरत को देख रहा था जो कभी मेरी प्रेमिका हुआ करती थी और अब मेरी पत्नी थी।

बहुत देर तक दरवाज़े पर खड़े होकर मैं उसका चिल्लाना सुनता रहा। वह ज़ोर-ज़ोर से मुझे और मेरे घरवालों को गालियाँ बक रही थीं। कुछ देर बाद वह शांत हो गई तो मैंने बच्चे को नीचे ले जाकर एक लॉलीपॉप ख़रीद दिया और मकान की सीढ़ी तक उसे छोड़ गया। बच्चा धीरे-धीरे सीढ़ियाँ चढ़ने लगा और मैं बहुत देर तक पता नहीं क्या सोचता हुआ, वहीं खड़ा रहा। मुझे होश तब आया, जब मेरे फ़ोन की घंटी बजी।

''कब तक पहुँच रहे हो?'' काजू थी।

''बस निकल चुका हूँ। एक घंटा लगेगा मुझे।''

''अरे, तब तो मैं पहले ही पहुँच जाऊँगी, बस आधे घंटे में।

''मैं भी बस पहुँच ही रहा हूँ।''

''जल्दी आओ, फिर मुझे एक काम से जल्दी निकल जाना है।''

''हम्म...।'' मैंने फ़ोन काट दिया और निकल पड़ा।

''दादा, बारिश आने वाली है, आप निकल जाइए।'' चिनिया बादाम बेचने वाला वह बूढ़ा मुझसे कह रहा था। मैं उसे ग़ौर से देखता हुआ उसके चेहरे को पहचानने की कोशिश कर रहा था। आकाश के बादल ने बेंच के आस-पास और अँधेरा गहरा दिया था। मुझे उस समय वह बूढ़ा किसी कंकाल की तरह लग रहा था। अचानक मुझे लगा कि मैं किसी क़ब्रगाह में बैठा हुआ हूँ और वह बूढ़ा क़ब्र से निकलकर मुझसे कह रहा था कि बारिश आने वाली है।

थोड़ी देर बाद मुझे लगा कि मैं अभी-अभी दफ़्तर से निकला हूँ और यह मेट्रो सिटी पार्क है जो उल्टाडांगा पहुँचने के रास्ते में पड़ता है और यह वही बूढ़ा है जो चिनिया बादाम बेचता है और थोड़ी देर पहले रास्ते में जो लड़की दिखी थी, वह काजू दे नहीं थी। वह बूढ़ा वहीं बैठा हुआ था, जहाँ वह अक्सर बैठता था। मैं अब भी उसे ग़ौर से देखे जा रहा था। आकाश का रंग काला हो चुका था, पार्क में अब कोई भी नहीं रह गया था। बस हम दो लोग थे जो पूरे

पार्क में उस उपेक्षित बेंच पर बैठे हुए थे।

मैंने घड़ी देखी। आठ बज रहे थे। 7.35 की ट्रेन तो निकल गई। अब 8.45 की ट्रेन मिलेगी- मैंने सोचा। घर की याद आई। अनुजा की नहीं- अंकू की। एक हसरत-सी उमड़ी अंदर कहीं फिर मन पूरा कसैला हो आया। मैं अब भी सोच रहा था कि मुझे घर नहीं जाना पड़ता तो कितना अच्छा होता। क्या इस चिनिया बादाम बेचने वाले बूढ़े के पास घर है? क्या इसे घर जाने की जल्दी नहीं है? मैं चाहता हूँ कि थोड़ी देर उस बूढ़े से बात करूँ। उससे कहूँ कि मेरी एक पत्नी है जिसका नाम अनुजा है, कभी हम एक-दूसरे को बहुत प्रेम करते थे, कि कभी वह मेरी कविताएँ पढ़ने के लिए ही मुझसे मिलने आती थी, कि जिस दिन मैं कविताएँ नहीं लिखता था उस दिन वह रूठकर मुझसे बात नहीं करती थी और मुझे उसको मनाने के लिए काफ़ी मशक़्क़त करनी पड़ती थी, कि एक दिन अनुजा ने मेरे चेहरे को अपने दोनों हाथों में समेटकर कहा था, ''अमर, तुम्हें एक दिन बहुत बड़ा लेखक बनना है। इतना कि उतना बड़ा कोई न हो।'' मैंने उसके माथे को चूमकर क़सम खाई थी कि मैं एक दिन एक बहुत बड़ा लेखक बनकर दिखाऊँगा। मैं उस बूढ़े से कहना चाहता हूँ कि दो दिन से अनुजा से मेरी कोई बात नहीं हुई, कि आज ऑफ़िस आने के पहले सुबह उसके पास गया था मैं। बहुत देर तक जब मैं उसके पास खड़ा रहा तो उसने कहा, ''क्या है, अब क्या लेने आए हो यहाँ?''

''तुम अगर नाराज़ रहोगी तो मैं कुछ नहीं कर पाऊँगा।'' मैंने उससे लगभग घिघियाते हुए कहा था।

''तुम कुछ करने के लायक़ हो?'' उसने व्यंग्य से मुस्कुरा दिया था।

''तुम क्यों ऐसे कर रही हो मेरे साथ?''

''तुम कविता-कहानी लिखकर क्या करोगे, घर चलेगा इससे? पैसे आएँगे? इससे अच्छा होता कि तुम ऐसा कोई काम करते जिससे घर में पैसा आता।''

''पैसे के लिए नौकरी तो करता हूँ न मैं अनु...।''

''उससे क्या होने वाला है? तुम औरत की कमाई खाते हो बैठकर। पहले तुम्हारे माँ-बाप खाते थे, अब तुम खाते हो।''

''अनु...।''

"तुम कितने बेशर्म हो कि मेरी अपमान भरी बात सुनकर भी मेरे सामने खड़े हो। जाओ यहाँ से, और कुछ नहीं होता तो घर से निकल जाओ। कहीं चले जाओ। तुम मेरे लिए असह्य हो चुके हो।"

मैं चिनिया बादाम बेचने वाले उस बूढ़े से यह सब कुछ कहना चाहता था। मैं कहना चाहता था कि उसके बाद मैं वहाँ नहीं रुका। तब मैंने ब्रश भी नहीं किया था, बाथरूम भी नहीं गया था। मैंने अपनी पैंट और क़मीज़ पहनी, अपनी किताबों वाला झोला लिया और बाहर निकल गया।

लेकिन मैं उस बूढ़े से कुछ कह नहीं पा रहा था। मैंने देखा कि उसने एक बीड़ी सुलगा ली थी और धीरे-धीरे कश ले रहा था।

रात गहराती जा रही थी। आसमान में काले-काले बादल छाए हुए थे। रह-रहकर बिजली जब चमकती थी तो उसकी रोशनी में बूढ़े का चेहरा दिखता था जो अब भी बेंच पर बैठकर बीड़ी पी रहा था। मैंने बूढ़े से कुछ नहीं कहा, कुछ भी नहीं। मैं चुपचाप उठा और कुछ अधिक तेज़ क़दमों से पार्क के बाहर जाने लगा।

मुझे लगा कि वह बूढ़ा बीड़ी पीता हुआ मेरे पीछे-पीछे आ रहा है। मुझे किसी के आने की क़दमों की आहट सुनाई पड़ रही थी। जब मैं पार्क से बाहर निकला, तब भी मुझे लगा कि वह मेरे पीछे आ रहा है। उसके क़दमों की आहट मेरे कानों में लगातार आ रही थी। मुझे लगा कि एक बार मुड़कर देखना चाहिए कि क्या वह सचमुच मेरे पीछे-पीछे आ रहा है। बहुत देर बाद मैं पीछे मुड़ा, लेकिन पीछे कोई नहीं था। दूर दूर तक सपाट सड़क थी जिस पर इक्का-दुक्का लोग तेज़ क़दमों से चलते हुए दिख रहे थे। बारिश आने वाली थी और उसके आने के पहले सब लोग सही-सलामत घर पहुँच जाना चाहते थे।

मेरे क़दम कुछ और धीमे हो गए। इस बात से बेफ़िक्र कि बहुत तेज़ बारिश और आँधी आने वाली है, कि मेरा एक घर है जहाँ मेरी एक पत्नी रहती है, जिसका नाम अनुजा है और मेरा चार साल का एक बेटा है जिसको प्यार से मैं अंकू कहता हूँ।

उस रात मैं सब कुछ भूल जाना चाहता था। मुझे लगा कि एक बिजली मेरे ऊपर अभी-अभी गिरेगी और मुझे चीरती हुई निकल जाएगी। बाद इसके सब कुछ शांत।

मैं धीरे-धीरे आगे की ओर बढ़ रहा था। सामने से कोई लड़की नहीं आ रही थी जिसकी शक्ल उससे मिलती थी जिसके बारे में अभी-अभी मैं सोच रहा था। वह लड़की जिसे देखकर मुझे काजू दे का भ्रम हुआ था। वह अब तक अपने घर पहुँच चुकी होगी। सचमुच की काजू दे अपने घर में होगी। इस बात से अनजान कि मैं एक सुनसान सड़क पर धीमे-धीमे चल रहा हूँ और मेरी हार्दिक इच्छा है कि एक बिजली मेरे ऊपर गिरे और सब कुछ शांत हो जाए।

सचमुच की काजू दे अब चली गई थी। वह कभी भी मुड़कर आने वाली नहीं थी। वह भी एक बरसाती रात ही थी, जब वह गई तो उसके बाद फिर कभी लौटकर नहीं आई।

उस आख़िरी बरसाती रात के पहले बहुत सारे दिन थे, ढेर सारी शामें थीं और एक-आध रातें थीं जो मेरे ज़ेहन में अब भी बसी हुई थीं। वह एक-एक पल जिसे मैं अपनी कविताओं की तरह अपने मन में ढो रहा था।

बारिश की बूँदें गिरने लगी थीं। इक्का-दुक्का लोग जो सड़क पर चल रहे थे, वे भागकर किसी ओट में शरण ले चुके थे। कुछ ने छतरियाँ खोल ली थीं। हवा तेज़ थी, इतनी कि छतरी किसी काम नहीं आ सकती थी। मुझे किसी ओट में जाने की जल्दी नहीं थी। बारिश मेरी देह पर गिर रही थी। मुझे उस बारिश में उस तरह अकेले भीगना अच्छा लग रहा था या बुरा मैं नहीं कह सकता। लेकिन एक बारिश की याद लगातार आ रही थी जिस बारिश में वह भीग रही थी। मैं छुपना चाहता था, लेकिन उसने ज़बरदस्ती मुझे बारिश की ओर खींच लिया था। यह कई मुलाक़ातों के बाद की एक मुलाक़ात थी। उस दिन पता नहीं उसे क्या हो गया था, ऐसा लग रहा था कि अपनी दोनों हथेलियों पर वह बारिश की पूरी बूँदें समेट लेना चाहती हो।

हम नंदन से लगे फ़ुटपाथ पर अकेले चल रहे थे। कुछ देर बाद उसने मेरे हाथ पकड़ लिए थे। आगे अँधेरा था और एक लंबी दीवार जहाँ किसी का आना-जाना कम ही होता था। बारिश में वह जगह और भी सुनसान हो गई थी। वह बारिश में भीगने की वजह से थोड़ा काँपने लगी थी। अचानक पता नहीं उसे क्या हुआ कि उसने मुझे अपनी बाँहों में समेट लिया। उसका चेहरा बिल्कुल मेरे क़रीब था। उसके चेहरे पर अब भी बारिश की बूँदें लरज़ रही थीं। उसके होंठ थोड़े खुल गए थे। मेरे अंदर एक तूफ़ान-सा उठा था तब।

और मैंने अपने होंठ उसके खुले होंठों पर रख दिए थे। बिजली की तेज़ कौंध तभी उभरी थी और हम एक-दूसरे में और अधिक तेज़ी से बँध गए थे। एक महानगर के सुनसान फ़ुटपाथ पर जैसे दो मूर्तियाँ आपस में जुड़कर बारिश में बहुत देर तक भीगती रही थीं।

बादल की तेज़ गड़गड़ाहट के साथ कहीं बिजली गिरी थी और दोनों मूर्तियाँ अलग हो चुकी थीं। पहली मूर्ति की आँखें झुकी हुई थीं और एक मूर्ति उसे अपलक देखे जा रही थी। दोनों मूर्तियाँ साथ-साथ बस स्टॉप तक आई थीं- चुप और निस्तब्ध। पहली मूर्ति ने बस में चढ़ने के पहले एक बार दूसरी मूर्ति को देखा था। ऐसा लग रहा था कि जैसे उसकी आँखों में संसार की सारी करुणा समाहित हो गई हो। उसकी आँखें लाल हो आई थीं, देखने से लगता था कि बारिश की बूँदे जो थम गई थीं, अब वे उसकी आँखों से बरसने वाली हैं।

तभी बस चल पड़ी और दूसरी मूर्ति बहुत देर तक उस बस को जाते हुए देखती रही- अपलक, निस्तब्ध, अविरल।

अचानक मेरी आँखों में चौंधिया देने वाली रोशनी गड़ने लगी थी। मैं अपनी आँखें फाड़कर देखना चाहता था, लेकिन सामने सिर्फ़ रोशनी का एक बड़ा पुंज था। गाड़ी के ब्रेक लगने की आवाज़ मेरे कानों से टकराई थी और मेरे सामने एक उजले रंग की कार खड़ी थी। ड्राइवर बंगाली भाषा में चिल्ला रहा था, ''मोरार इच्छे आचे न कि मोशाय, माझ रास्ताय दाडिए आछेन।''

मैं उस ड्राइवर की ओर सिर्फ़ देखे जा रहा था। तेज़ बारिश में मुझे पता ही नहीं चला कि कब मैं सड़क के बीचोबीच चलने लगा हूँ। बाद में मुझे इस बात का थोड़ा अफ़सोस भी हुआ कि मैं उस कार के नीचे नहीं आ पाया। अगर आ जाता तो कहानी ख़त्म। इस तरह की कल्पनाएँ आजकल मेरे साथ चलने लगी थीं। हालाँकि ऐसा कुछ बड़ा मेरे साथ नहीं घट रहा था जो और किसी के साथ घटित न हुआ हो, लेकिन मेरे अंदर सभी चीज़ों को लेकर एक विरक्ति का भाव भरता जा रहा था। मैं कई बार यह सोचने लगा था कि मेरे अंदर आत्मघाती प्रवृत्तियाँ बढ़ती जा रही थीं।

बारिश और तेज़ हो गई थी और मैं धीरे-धीरे स्टेशन की ओर जा रहा था।

जगह-जगह पानी भर आया था और कई बार कोई गाड़ी तेज़ गति में आती तो पानी का एक फ़व्वारा-सा उठता था जो मुझे और भिगोकर चला जाता था।

अंततः जब मैं आख़िरी बस से घर पहुँचा तो ग्यारह बजने को थे। अपने मोबाइल और कुछ ज़रूरी काग़ज़ात मैंने झोले में रख लिए थे ताकि उन पर पानी का असर न हो। बारिश थम चुकी थी और मैं धीरे-धीरे निराश क़दमों से अपने घर की ओर बढ़ रहा था। मैंने अपना मोबाइल निकाला और एक बार देख लिया कि वह ठीक अवस्था में है या नहीं- उसकी बत्ती जल उठी थी। मैं आगे बढ़ता गया था।

छह

मैंने डरते हुए ही अनुजा को फ़ोन लगाया था। नीचे का दरवाज़ा बंद हो चुका था। फ़ोन करने के अलावा और कोई रास्ता न था। इसके पहले एक-दो आवाज़ें मैं लगा चुका था, लेकिन कोई सुगबुगी न देखकर अंततः फोन कर रहा था। उसके पहले मैं देख चुका था कि मोबाइल पर अनुजा और शिवांगी के दो-दो मिस्ड कॉल पड़े हुए थे।

''कहाँ थे आप इतनी देर?''

''ओ, ऑफ़िस में देर...।''

''आती हूँ, ये आदमी हमको ज़िंदा नहीं छोड़ेगा।'' मैंने सुनी उसकी विरक्ति से भरी आवाज़। अंदर तक काँप-सा गया और दरवाज़े के पास जाकर खड़ा हो गया।

आस-पास का इलाक़ा वीराने की तरह झाँय-झाँय कर रहा था। घर के पास अब भी पानी जमा था। कुछ दूर एक ऊँची जगह पर कुछ कुत्ते बेतरह भूँके जा रहे थे। उस झाँय-झाँय सन्नाटे में कुत्तों की आवाज़ कानों में ऐसे पड़ती थी जैसे बार-बार सिर पर ओले पड़ रहे हों। मैं बहुत जल्दी घर के अंदर घुस जाना चाहता था।

''घर क्यों आते हो? बाहर ही कहीं रहते।'' उसने आकर दरवाज़ा खोला था। मैंने कोई जवाब नहीं दिया। वह दरवाज़ा खोलकर सीढ़ियाँ चढ़ने लगी थी। मैंने दरवाज़े की सिटकनी लगाई और बाद उसके पीछे सीढ़ियाँ चढ़ने

लगा। मेरे कपड़े अभी भी गीले थे। भीगे होने की वजह से वे भारी हो गए थे। मुझे उनके भारी होने की वजह से सीढ़ियाँ चढ़ने में तकलीफ़ हो रही थी। मैं थोड़ा ऊपर चढ़ने के बाद ही हाँफ गया था। मुझे याद आया कि मैं बिना खाए-पिए ही घर से निकला था और दिन भर मैंने सिर्फ़ चाय पी थी और एक-आध बिस्कुट खाए थे। मुझे कई बार मन हुआ था कि उसे बूढ़े चिनिया बादाम वाले से कुछ चिनिया बादाम ख़रीद लूँ, लेकिन पता नहीं क्या सोचकर मैं यह नहीं कर पाया था।

घर के अंदर ड्राइंगरूम में मैंने अपने सारे भीगे हुए कपड़े उतारकर रख दिए। ऐसा लग रहा था कि अब तक मेरे शरीर पर कोई भारी बोझ था। काश कि मन के बोझ को भी मैं ऐसे ही उतारकर किसी हैंगर पर या किसी कुर्सी पर टाँग देता तो कितना अच्छा होता। लेकिन क्या यह कभी संभव था? बहुत पुरानी एक कथा में दादी बताती थीं कि एक व्यक्ति जादू से अपने सारे दुःख दूसरे के दिमाग़ में स्थानांतरित कर देता था। क्या इस तरह का जादू करने वाले अब नहीं होते? मैं सोचते हुए यह भी सोच रहा था कि मुझे एक बार अंकू को देख लेना चाहिए।

मैं अनुजा के कमरे में गया। वह लेटी हुई थी। उसकी आँखें बंद थीं, लेकिन देखकर लगता था कि वह नींद में नहीं है, उसे एक हल्की-सी आहट जगा देगी। उसके पास ही अंकू बेसुध सोया हुआ था। मैं चाहता था कि एक बार उस मासूम बच्चे के सिर पर हाथ फेर दूँ, लेकिन तब मुझे अनुजा के पास से होकर जाना पड़ता और मेरी यह हरकत उसे चिढ़ा सकती थी।

मैं वापिस लौट गया।

मैं तौलिये से रगड़-रगड़कर अपने बदन पर लगी आख़िरी जल-बूँद को भी पोंछ लेना चाहता था। मुझे लगा था कि वह बात यह कहकर शुरू करेगी कि उसने मुझे फ़ोन किया था और मैंने उसे रिसीव नहीं किया था। मैं कह नहीं पाऊँगा कि मैं बारिश में भीग रहा था कि एक कार से मेरी टक्कर हो गई कि आज मेरा मन नहीं कर रहा था कि घर लौटूँ और कोई दूसरा बहाना बनाऊँगा। लेकिन वह इतनी चिढ़ी हुई और उत्तेजित होगी कि मेरे कुछ कहने से पहले ही बहुत सारी बातें मुझे कहेगी। ऐसी-ऐसी बातें जो मेरे ज़ेहन को चीरकर रख दें कि मैं भी प्रतिक्रिया व्यक्त करूँ और रात के साढ़े ग्यारह बजे वह ज़ोर-ज़ोर

से चिल्लाने लगेगी- इतने ज़ोर से कि उसकी आवाज़ें घर से बाहर सड़क तक पहुँच जाएँगी। मैं चुप हो जाऊँगा जैसे मुझे कठिया मार गया हो और वह बहुत देर तक चिल्लाती रहेगी। मैं दूसरे रूम में चला जाऊँगा। वहाँ भी उसकी बातें मुझे बरछे की तरह छेदती रहेंगी। मैं कोशिश करूँगा कि अपना मन किसी दूसरी ओर ले जाऊँ, मैं कोई किताब निकालकर पलटने लगूँगा या कम्प्यूटर ऑन करके बैठ जाऊँगा और वह चिल्लाती रहेगी।

लेकिन उसने मुझसे कुछ नहीं कहा, कुछ नहीं बोला। वह चुपचाप अपने कमरे में सोई रही। यह भी नहीं कहा कि खाना रख दिया है... इत्यादि इत्यादि।

मैं बहुत देर तक कॉरिडोर में खड़ा बाहर की वीरानगी को देखता रहा। एक आदमी नशे में धुत्त कुछ बकता हुआ धीरे-धीरे चला जा रहा था और कुत्ते उसके पीछे भूँकते जा रहे थे। मुहल्ले का एक पागल चुपचाप एक जगह पर बैठा काग़ज़ों के ढेर से कुछ खोज रहा था। मुझे लगा कि अभी मुझे उसके पास जाना चाहिए और उससे बात करनी चाहिए। एक हाहाकार मेरे अंदर उमड़ रहा था जिसे सहने के लिए मेरे आस-पास कोई नहीं था। हल्की-हल्की फिर से बारिश होने लगी थी और उसकी आवाज़ें बहुत धीमे मेरे कानों में बजने लगी थीं।

मैं धीरे-धीरे किचेन की ओर गया। मुझे यक़ीन था कि वहाँ खाने के लिए कुछ ज़रूर होगा। लेकिन वहाँ कुछ भी नहीं था। क्या आज खाना बनाने वाली मासी नहीं आई- मैंने सोचा। गैस पर दूध का कनस्तर रखा हुआ था। दूध अब भी हल्का सुसुम था। मैं कुछ देर वहीं खड़ा रहा, फिर ड्राइंग रूम में रखे फ्रिज तक आया- शायद ब्रेड वगैरह हो। वहाँ ब्रेड के दो स्लाइस पड़े हुए थे। मैंने उन्हें निकाला और एक गिलास में दूध लेकर उसके साथ भिगोकर उसे खाने लगा। बाद में मुझे लगा कि दूध में चीनी डाल देता तो और अच्छा रहता। मैंने ब्रेड ज़मीन पर रख दी और गिलास हाथ में लेकर चीनी का डिब्बा ढूँढ़ने किचेन में चला गया। मैं बहुत देर तक चीनी का डिब्बा ढूँढ़ता रहा, लेकिन वह मुझे नहीं मिला। हारकर मैं वहीं आकर ज़मीन पर बैठ गया और दूध और ब्रेड खाने लगा।

उस समय पता नहीं क्यों मुझे अपनी माँ की याद अचानक आने लगी थी,

लगा कि वह मेरे सामने बैठी है और कह रही है कि यह क्या खा रहे हो? यह भी कोई खाने की चीज़ है, मैं अभी गरम-गरम रोटियाँ बना देती हूँ।

मुझे एक क्षण के लिए लगा कि वह आस-पास ही कहीं है।

वह जब यहाँ थी तब कभी अगर मैं देर से घर पहुँचता तो वह जगी हुई मेरा इंतज़ार करती रहती थी। पिता लेटे हुए रहते, लेकिन सोते नहीं थे, वह भी जगे हुए रहते थे। पिता से मेरी कम ही बात होती थी, लेकिन उनको देखकर लगता था कि उन्हें मेरी चिंता है। माँ अपनी चिंता ज़ाहिर कर देती थी, पिता नहीं कर पाते थे।

अचानक मैंने देखा कि मेरी आँखों से ढर-ढर पानी बह रहा है। मैंने उसे अपने गमछे से बार-बार पोंछा, पर वह बार-बार उफन-उफनकर ढरता रहा। उसके बाद मैं खा नहीं सका। मैंने बची हुई ब्रेड को डस्टबिन में डाल दिया। मुझे लगा कि दूध को भी बेसिन में डाल दूँ, लेकिन लगा कि माँ पीछे से कह रही है कि दूध को इस तरह नहीं फेंकते। मैं रुक गया और उसे इस तरह पी गया जैसे कोई बहुत कड़वी दवा पी रहा हूँ।

मुझे लगा कि आँख से रिसते हुए पानी की कुछ बूँदें ज़रूर दूध में मिल गई थीं। शायद दूध की कड़वाहट की यही वजह हो- मैंने सोचा।

मैं अपना पेट पकड़कर बिस्तर पर लेट गया था। नींद तो क्या आती- पेट में अजीब-सी ऐंठन हो रही थी। मैं बहुत देर तक छटपटाता रहा था। कुछ देर के बाद मैंने लाइट ऑन की। पानी का एक भरा हुआ गिलास गटागट पी गया और कम्प्यूटर ऑन करने के लिए बोर्ड की स्विच दबा दी।

मैंने सोचा कि एक बार उससे बात कर लूँ जिसकी मिस्ड कॉल आई थी। शिवांगी। मुझे लगा कि शायद वह फ़ेसबुक पर ऑनलाइन मिल जाए। मैंने फ़ोन नहीं किया। उसका एक संदेश भी आया था कि फ्री होने पर मुझे फ़ोन कीजिए। यह बात बार-बार मेरे ज़ेहन में गूँज रही थी। फ्री होने पर मुझे फ़ोन कीजिए। बार-बार मैं मोबाइल को अपने हाथों में ले रहा था और कुछ देर बाद उसे बिस्तर पर फेंक देता था। मैंने फ़ोन नहीं किया। मुझे यह भी लग रहा था कि अनुजा अभी जगी होगी और जब वह मुझे फ़ोन पर बात करते हुए सुनेगी तो हो सकता है कि उसके और हमारे बीच बहस हो जाए, या वह सब हो जाए जिसकी कल्पना मैं कुछ देर पहले कर रहा था और जो घटित नहीं हुआ था।

कम्प्यूटर पर फ़ेसबुक का पन्ना खुल चुका था। इतनी रात गए भी मेरे कई साहित्यकार दोस्त ऑनलाइन थे। मेरी उनसे कम ही बात होती थी। मैंने सर्च करके देखा- शिवांगी ऑनलाइन नहीं थी। हाँ, काजू दे की हरी बत्ती जल रही थी। मैंने सोचा कि एक बार उसे 'हाय' कहूँ। इसके लिए मैंने उसका मैसेज बॉक्स भी खोला, लेकिन वहाँ उसके लिखे हुए शब्द चमक रहे थे, ''तुमने मुझे धोखा दिया, मुझसे झूठ बोला, इतने दिन तक मुझे अँधेरे में रखा, तुम किस मुँह से कह रहे हो कि तुम मेरे दोस्त हो और तुम मुझे प्यार करते हो। सच तो यह है कि तुमने मुझे कभी चाहा ही नहीं, तुम सिर्फ़ मेरा जिस्म चाहते थे और उसी के लिए मेरे पास आए थे। तुम मक्कार हो। जिस तरह तुमने मुझे छला उस तरह किसी और को मत छलना। कोई शादीशुदा होकर और एक बच्चे का पिता होकर किसी से कैसे प्यार कर सकता है। वह तो एक खेल था तुम्हारे लिए, लेकिन तुमने मेरी भावनाओं का तो मज़ाक़ बनाकर रख दिया...'' इसके आगे और भी बहुत कुछ लिखा था, लेकिन यह सब पढ़कर मेरा मन और भर आया, मैंने देखा कि वहाँ मेरा भी एक छोटा-सा संदेश था, ''काजू, प्लीज़ मुझे समझो। ऐसा नहीं है। मैं शादीशुदा हूँ, इसका मतलब यह नहीं कि मैं तुम्हें प्यार नहीं करता। तुम प्लीज़ मुझे समझने की कोशिश करो।''

इसके बाद उसके छोटे-छोटे कई संदेश थे, ''मैंने फ़ेसबुक पर तुम्हारी पत्नी की तस्वीर देखी है, वह बच्चा जिसके जन्मदिन की तस्वीर में तुम उसके साथ हो वह किसका है, कह दो कि वह बच्चा तुम्हारा नहीं है। मैं बहुत बेवक़ूफ़ बन चुकी हूँ, लेकिन अब तुम मुझे और बेवक़ूफ़ नहीं बना सकते। तुम सब साहित्यकार लोग एक जैसे होते हो। तुम लोगों का कोई चरित्र ही नहीं होता। तुम अब मुझे कभी कोई मैसेज मत करना। अच्छा सिला दिया तुमने मेरे प्रेम और समर्पण का। ज़िंदगी भर याद रखूँगी। गुड बाय मिस्टर अमरेश...।''

मैं चुपचाप उसका संदेश पढ़ रहा था। मैंने देखा कि उसकी प्रोफ़ाइल तस्वीर हँसती हुई थी। कवर तस्वीर में उसने अपनी बहनों के साथ एक ग्रुप फ़ोटो लगा रखा था। मैं उसकी दीवार पर गया। मैंने देखा कि उसने बांग्ला में एक कविता लिखी थी जिसका शीर्षक था- पाप। शायद उसके अंदर कोई अपराधबोध था जिसको लेकर वह कविता लिखी गई थी। मैं बहुत देर तक उसकी वह तस्वीर देखता रहा जो मैंने ही उसके मोबाइल से खींची थी और

अब वह उसकी प्रो.फ़ाइल पिक्चर थी। उस तस्वीर में उसके दाँत मुँह से बाहर झाँक रहे थे। वह साँवली-सी एक लड़की थी जिसे बहुत सुंदर नहीं कहा जा सकता था, लेकिन उसके चेहरे और आँखों में एक मासूम क़िस्म का आकर्षण था।

दरअसल, जब हम दो तेज़ी से क़रीब आ रहे थे- सेन्ट्रल पार्क में वह मुझे रवींद्रनाथ और जय गोश्वामी की कविताएँ और मैं उसे किशोर के रोमैंटिक गाने सुना रहा था, तभी उसने मुझसे एक वादा लिया था- मेरी इच्छा न होने के बावजूद।

वह सेन्ट्रल पार्क जैसी एक बदनाम जगह थी। यह वही जगह थी जिस जगह पहली बार मैंने अनुजा को चूमा था। मुझे तब पता भी नहीं था कि पूरे कोलकाता में एक जगह है जहाँ सि.र्फ़ प्रेम करने वाले जुटते हैं और वह जगह इसलिए बदनाम है कि वहाँ अन्य कई तरह से प्रेमालाप होते हैं। शाम होने के बाद वहाँ आसामजिक तत्वों का जमावड़ा लग जाता है और कई लोग वेश्याओं को लेकर उस पार्क में जाते हैं और खुलकर प्यार करते हैं। वह एक ऐसी जगह है जहाँ जाकर लोग मुक्त हो जाते हैं। लड़कियाँ अपने प्रेमी लड़कों की बाँहों में झूलने लगती हैं। पेड़ के नीचे छतरी की ओट में और भी कई तरह के प्रेम होते हैं जिसको परिभाषित करने वाले गुरु लोगों जितनी क्षमता मेरे अंदर नहीं।

उस पार्क में मैं अनुजा के साथ तब गया था जब हम एक-दूसरे को धीरे-धीरे पहचान रहे थे। वहाँ वही मुझे लेकर गई थी। वह इक्कीसवीं सदी का शुरुआती समय था। वह रूमाल में गुलाब की ख़ुशबू लगाकर आती थी। मैं उसके प्रेम में कभी नहीं पड़ता यदि मुझे एक भूरी आँखों वाली लड़की ने ठुकरा न दिया होता। वह एक दिन पीली साड़ी पहनकर आई थी और ऐन उसी दिन वह मुझे अच्छी लग गई थी- अच्छी क्या लगी थी उस दिन भी मैंने हर सुबह की तरह हस्तमैथुन किया था, बावजूद इसके उसे देखते ही मेरे अंदर का एक सिरा तन गया था और दिल एक बार ज़ोर से धक-धक करने के बाद मोम की तरह पिघलने लगा था।

उस रात मैं ठीक तरह सो न सका। न पढ़ सका। खाना भी ठीक तरह हलक़

से न उतरा था। मुझे पहली बार उस दिन हस्तमैथुन से नफ़रत-सी हुई। मैं रात भर अनाप-शनाप सोचता रहा और जब सोया तो मुझे डरावने सपने आए- मैं कई-कई बार चीख़कर बिस्तर पर उठ बैठा।

दूसरे ही दिन मैंने उस लड़की को एक पर्ची थमाई। उसमें अपने हाथों से मैंने लिखा था कि तुम बहुत सुंदर हो। तुम्हारे लिए मैं हज़ारों-लाखों कविताएँ लिख सकता हूँ।

लड़की ने जब पर्ची पढ़ी तो काँपने लगी - क्यों - यह देखे बिना ही मैं वहाँ से डरकर भाग आया था।

दूसरे दिन जब मैं कॉलेज पहुँचा तो कक्षा में जाने से पहले एक बार काँप गया, अगर लड़की ने वह पर्ची विभागाध्यक्ष को थमा दी होगी तो क्या होगा या हो सकता है कि कक्षा के बीच उसने वह पर्ची सबको दिखाई हो और लोग हो-हो कर के हँस रहे हों और मेरा मज़ाक़ उड़ा रहे हों।

लेकिन हिम्मत करके मैं कक्षा में पहुँचा और सबसे पिछली बेंच पर जाकर बैठ गया।

कभी किसी प्रेयसी में उसी को पा लिया होता
तो दुबारा किसी को प्यार क्यों किया होता?
कवि ने गीत लिखे नए-नए बार-बार
पर उसी एक विषय को देता रहा विस्तार
जिसे कभी पूरा पकड़ पाया नहीं
जो कभी किसी गीत में समाया नहीं
किसी एक गीत में वह अँट गया दिखता
तो कवि दूसरा गीत ही क्यों लिखता?
— सच्चिदानंद हीरानंद वात्स्यायन 'अज्ञेय'
नई दिल्ली, अक्टूबर, 1968

''तो कवि का कथन है कि...'' पांडेय जी कक्षा को अज्ञेय की कविता समझा रहे थे कि कन्हाई ने बार-बार प्रेम क्यों किया और फिर उलटकर वही सवाल कि कवि ने बार-बार गीत क्यों लिखा?

मैं सुन कम रहा था, उस भूरी आँखों वाली लड़की की हरकत अधिक देख रहा था। क्या सोच रही है वह? कहीं उसने सबको बता तो नहीं दिया कि मैंने पर्ची में लिखकर उसे सुंदर कहा है? पांडेय जी का सवाल मुझसे ही था, "आप बताइए अमरेश बाबू, आपका ध्यान किधर है?"

"नहीं, सर प्यार नहीं। सुंदर कहा था। मतलब... मतलब... कन्हाई कि जगह कवि... मतलब मैं... मेरा मतलब कि अगर प्रेम मिल ही गया होता तो सुंदर क्यों कहता... मतलब सर वो प्रेम..."

"क्या बक रहे हो बेवक़ूफ़।" पांडेय जी ने डपटते हुए कहा। पीछे से ही-ही-हू-हू की आवाज़ आनी शुरू हो गई। मैं चुप अब भी कभी पांडेय जी तो कभी उस भूरी आँख वाली लड़की को देख रहा था। वह चुप थी, लेकिन मुझे याद है कि उसने मुझे एक बार ख़ूब गहराई से घूरकर देखा था। उसके देखने में एक अजीब क़िस्म की पीड़ा और एक अनचीन्हा क्रोध था। मैंने अपनी नज़रें नीचे झुका ली थीं। क्लास ख़त्म होने के बाद मैं चुपचाप बाहर निकल जाना चाहता था। मैं ऐसे उठा जैसे अभी-अभी किसी ने मुझे तमाचा मारा हो और मैं ज़मीन पर गिर गया होऊँ और अब उठकर चुपचाप सिर झुकाए निकल जाना चाहता होऊँ।

एक लड़की ने मेरा रास्ता रोका। मैंने आँख उठाकर देखा, वह कल्पिता थी।

"रुको अमरेश तुमसे कुछ बात करनी है।"

"मेरी अँग्रेज़ी की क्लास है अभी।"

"ज़रूरी है। रुक जाओ। सब रुके हुए हैं, सबकी कोई न कोई क्लास है।"

"हम्म।" मैं सिर झुकाए एक ख़ाली बेंच पर बैठ गया।

"तुम अपने आपको हीरो समझते हो?" कल्पिता की यह बात मेरे दिमाग़ में धड़ाम से लगी।

मैंने उसकी और प्रश्न भरी नज़रों से देखा। ऐसे कि मैं समझ न रहा होऊँ कि वह क्या कहना चाह रही है।

"ये क्या है?" उसने काग़ज़ की वह पर्ची निकाली जो मैंने उस भूरी आँख वाली लड़की को दी थी। तब तक कक्षा के और लोग गोलाकार होकर

हमें घेर चुके थे।

"अपनी शक्ल देखी है कभी आईने में? पूरे भालू लगते हो। ये तुम्हारा मुचड़ा हुआ क़ुरता और ये चीकट पैंट। बदबू आती है तुम्हारे शरीर से। और ये बाल देखे हैं, लीखों का घर है यह। तुम्हारी औक़ात क्या है? तुम्हारा बाप जूट मिल में मज़दूरी करता है और तुम शरीफ़ लड़कियों को पर्ची बाँटते हो? कविताएँ लिख सकता हूँ। ओए-होए, तुम जैसे चिरकुट लोगों को प्रेम तो दूर कविता लिखने का भी अधिकार नहीं है। कमीने लोग। जाकर अपने चेहरे की हड्डियाँ छिपाओ।"

"छोड़ दो। रहने दो।" एक आवाज़ आई।

"मुझे तो यक़ीन ही नहीं हो रहा कि इतना चुप रहने वाला लड़का ऐसा कर सकता है।" यह दूसरी आवाज़ थी।

"मुझे ऐसा कोई लिखकर बताए मेरा भाई काटकर गटर में फिंकवा देगा।" यह क्लास की सबसे मोटी, काली और बदसूरत लड़की थी।

मैं चुप। हतप्रभ।

"चल माफ़ी माँग।" कल्पिता ने तेज़ आवाज़ में कहा। मैंने कुछ नहीं कहा बस चुप आँखों से उस भूरी आँख वाली लड़की को देखता रहा।

मेरी आँखें छलछला आई थीं। मैंने अपने जीवन में इतना अपमानित ख़ुद को कभी महसूस नहीं किया था।

मैं बहुत कुछ कहना चाहता था कि कुछ भी होकर मैं एक आदमी हूँ। साबुत आदमी और मैं एक ऐसे देश में रहता हूँ जहाँ ख़ुद को अभिव्यक्त करने की आज़ादी है कि मज़दूर का बेटा होना कोई पाप नहीं कि अगर मेरे चेहरे पर धूल-ग़र्द जमी हुई है तो इसमें मेरा कोई दोष नहीं। लेकिन मैं चुप था कि जैसे मैं एक पत्थर का बुत बन गया था। मुझे लगा कि मैं अपनी भाषा भूल चुका हूँ, किसी आदिम समय के बीच कई ख़ूँख़ार जानवरों के बीच कहीं फँस गया हूँ और उस समय के पार जाने का मंत्र भूल चूका हूँ कि अब मेरे पास आत्मसमर्पण कर मृत्यु को वरण करने के सिवाय और कोई रास्ता नहीं।

"क्या कर रहे हो तुम लोग? इतना भी बड़ा पहाड़ नहीं टूट पड़ा है देखो तो यह लड़का..." यह कोई और एक लड़की थी। वह शायद मेरे पक्ष से बोल रही थी, लेकिन उसकी बातें सुन पाने की चेतना तब तक मैं खो चुका था।

उसने झकझोर कर मुझे उठाया और क्लास के बहार लेकर आई, ''देखो, तुम शांत हो जाओ। कुछ नहीं हुआ है। मंटू इसे ले जाओ कहीं बाहर।'' उसने एक जूनियर लड़के को कहा था। वह लड़का मंटू शॉ मुझे कॉलेज के कैंपस में इधर-उधर घुमाकर अपने हॉस्टल के कमरे में ले गया।

''अरे अमरेश दा तुम चिंता काहे करता है, अभी हम तेरे को अपने गुरु से मिलवाएगा। वही तुमको ठीक करेगा।''

''देखो, मैं ठीक हूँ। मैं चला जाऊँगा। मुझे बस स्टैंड तक छोड़ दो, नहीं तो मैं पैदल ही...।'' मैंने मंटू से पहली बार कहा तो मुझे लगा की मेरी भाषा वापिस आ चुकी है और मैं किसी आदिम पत्थर से इंसान की शक्ल में धीरे-धीरे लौट रहा हूँ।

''मुझे जाना है, देखो शाम हो रही है।'' मैं लगभग उठ खड़ा हुआ था कि एक लंबा-चौड़ा लड़का मेरे सामने आता दिखा। लड़के ने निकर के ऊपर एक मटमैली टी-शर्ट पहन रखी थी।

''ओह! तो तुम ही हो?'' लड़के ने आते ही मेरे कँधे पर अपना हाथ रखा था। वह मंटू का गुरु था- मुझसे भी सीनियर। उसने मेरे सामने ही लड़कियों को गालियाँ बकीं। उसने कहा कि ये लड़कियाँ इसी के क़ाबिल हैं- इन्हें तो पटाओ, ठोको और छोड़ दो। इनके साथ गंड़सट्टवल खेलोगे तो बरबाद हो जाओगे। मुझे देखो मैं साला अब तक दस को ठोक चुका हूँ और बिंदास हूँ। तुम जानते हो मेरा नाम झंटू गायेन है, यहाँ बंगाल में गायेन क्या होता है जानते हो? तुम भी तो दलित हो न? या क्या हो? चाहे जो भी होओ चेहरे से तो दलित ही लगते हो, और सुनो थोड़ा अपना हुलिया चेंज करो।

उस दिन मैं एक पराजित और दलित योद्धा की तरह घर लौट आया था। मेरे अंदर ग्लानि-पीड़ा-क्रोध सब कुछ एक साथ उभर आए थे। उस दिन माँ के बार-बार मनुहार करने पर भी मैं रोटी न खा सका था।

मेरी हिम्मत न हुई कि इसके बाद कॉलेज जाऊँ। मैं मंदिरों, मठों, गिरजाघरों और मस्जिदों में भटकता रहा, पार्कों में घंटों बैठता रहा और पूरे एक हफ़्ते बाद जब मैं कॉलेज पहुँचा तो क्लास में जाने की मेरी हिम्मत न हुई,

मेरे हाथ में सिगरेट थी और मैं कॉरिडोर में बने चबूतरे पर अकेले घंटों बैठा रहा था। एक पैकेट सिगरेट फूँकने के बाद ऊबकर जब मैं लौटने को हुआ तभी वह आई थी। वह लड़की जो उस दिन मेरे पक्ष में बोली थी और जिसने मंटू को मेरे साथ लगा दिया था।

उस दिन उसने मेरी ओर दोस्ती का हाथ बढ़ाया था और मैंने अपन हाथ अपनी पैंट में पोंछकर उसकी ओर बढ़ाया था। उस दिन मुझे लगा कि यह ज़रूर किसी फ़िल्म का घिसा-पिटा दृश्य है, लेकिन कुछ उसी तरह धीरे-धीरे कब हम क़रीब आए, पता न चला था।

पहली बार सेंट्रल पार्क मुझे वही लेकर गई थी। वही जिसका नाम अनुजा था, वही जिसके और मेरे बीच का समय किसी अँधेरे खोह में बिला गया था।

और काजू दे को लेकर वहाँ मैं गया था।

काजू दे ने वहाँ प्रेमी-जोड़ों को खुलकर प्रेम करते देख, इसे उच्छृँखलता कहा था और यह भी कहा था कि यह प्रेम करने का कोई तरीक़ा नहीं है कि यह प्रेम नहीं व्याभिचार है।

हम एक पेड़ के नीचे बैठ गए थे और वह बाक़ी सब प्रेमी-युगलों से निरपेक्ष मुझे रवि ठाकुर की कविता सुना रही थी। मैं उसके हिलते हुए सुंदर होंठों को देख रहा था। मैंने पहली बार उससे इशारे से कहा था कि मैं उसके होंठ चूमना चाहता हूँ।

वह मेरे इशारे को समझ गई थी।

उसने पहले तो मना कर दिया, यह कहकर कि प्रेम में शरीर की कोई भूमिका नहीं होती। प्रेम में रुह को महत्व दिया जाता है और रवींद्रनाथ की कोई एक कविता सुनाने लगी थी जिसका यह अर्थ था कि मैं तुम्हें बार-बार प्रेम करूँगा बिना तुम्हें स्पर्श किए, सिर्फ़ तुम्हारी रुह को अपनी रुह से मिलाकर।

मैंने ज़िद की थी। उसने मना किया था।

मैंने फिर ज़िद की थी। तभी उसने मुझसे एक वादा करवाया था।

''एक शर्त है।'' उसकी आँखों में शर्म के साथ और भी बहुत कुछ था।

''क्या शर्त ? मुझे हर शर्त मंज़ूर है।''

"हर शर्त मंज़ूर है, वाह ये तो अच्छी बात है। तो तुम वादा करो कि तुम मुझसे शादी करोगे।"

"शादी... ?"

"हाँ, शादी... ।"

"लेकिन तुमने तो कहा था कि तुम्हें शादी करने में कोई रुचि नहीं।" मैंने शुरुआती दौर की एक बात उसे याद दिलाई थी, जब हम याहू मैसेंजर पर बात करते थे और जब उसने कहा था कि वह कभी शादी नहीं करेगी और अपनी माँ को छोड़कर कहीं नहीं जाएगी, जवाब में मैंने भी कह दिया था कि मुझे भी शादी जैसे मसलों पर यक़ीन नहीं है। फिर हम दोनों ने यह निर्णय किया था कि हम बिना शादी किए ही एक-दूसरे के दोस्त रहेंगे। तब बात दोस्ती तक ही थी।

"मान लो कि वह बात मैं भूल गई। मैंने अपना इरादा बदल दिया है।"

"अचानक... ?"

"हाँ, अचानक।"

"लेकिन मैं आज भी अपनी बात पर क़ायम हूँ कि मैं शादी नहीं करूँगा।" मैंने उसे टालने की कोशिश की।

"तो इसका मतलब तुम मुझसे प्यार नहीं करते।"

"इसका मतलब यह नहीं। शादी कोई प्यार का पैमाना नहीं है।"

मैं जानता था कि मैं उससे शादी नहीं कर सकता। मेरी एक पत्नी थी, एक बच्चा था। हालाँकि मेरे पारिवारिक जीवन में बेहद तनाव था, लेकिन मैं उन लोगों से प्यार करता था। पता नहीं क्यों। फिर मेरे अंदर कई बार की तरह इस बार भी एक अपराध-भाव उठा था। मुझे लगा कि मुझे अभी इस लड़की को छोड़कर चुपचाप उस पार्क से निकल जाना चाहिए और फिर इससे कभी नहीं मिलना चाहिए, लेकिन मैं ऐसा नहीं कर सकता था।

"देखो, मैंने शुरू में ही तुमसे कहा था कि मैं शादी वग़ैरह में विश्वास नहीं करता।"

"मेरे लिए तुम यह नहीं करोगे?"

"तुम कौन-सी बात लेकर पीछे पड़ गईं, चलो यहाँ से चलते हैं।" मैंने लगभग चिढ़ते हुए उससे कहा था।

"तो तुम मुझसे अब तक खेल करते रहे हो। तुम्हारे मन में कुछ भी नहीं। तुम भी इन तमाम पुरुषों की तरह हो।"

"देखो, ऐसा नहीं है।"

"ऐसा ही है, अगर ऐसा नहीं होता तो तुम्हें वादा करने में इतनी दिक़्क़त क्यों होती।"

"देखो, मेरी परिस्थितियाँ कुछ ऐसी हैं कि मैं शादी जैसे मसले पर नहीं सोच सकता।"

"कैसी परिस्थितियाँ?"

"वह तुम नहीं समझोगी। मैं क्या बताऊँ तुम्हें।

"तुम पहले से शादीशुदा हो। बोलो। ऐसा ही है न?" एक बार लगा कि मेरी साँसें बंद हो जाएँगी। लेकिन मैंने ख़ुद को सँभाला।

"ऐसी बात नहीं है।"

"तो वादा करो।"

"ठीक है, किया।" मैंने सोचा कि यह वादा भी क्या चीज़ है। कह देता हूँ।

"पक्का!"

"पक्का।"

"सच में तुम मुझसे शादी करोगे?"

"सच में।"

वह ख़ुश हो गई थी और उसने पहली बार मेरे गालों और माथे को चूम लिया था। इसके बाद मैंने उसे अपनी बाँहों में दबोच लिया और उसके होंठों को मेरे होंठ मसलने लगे थे।

वह एक अजीब दिन था जिसके बाद मेरे मन में देर तक एक उदासी छाई रही थी। रह-रहकर जैसे मैं कहीं खो जाता था, लेकिन मैंने देखा कि वह बेहद ख़ुश थी। पहले से अधिक चहक रही थी।

उसके कई दिनों बाद ही अचानक मेरा फ़ोन बजा था। फ़ोन पर काजू दे थी।

"तुमने मुझसे झूठ बोला।"

"क्या हुआ, क्या कह रही हो तुम?"

"मैंने अभी-अभी फ़ेसबुक पर तुम्हारी तस्वीर देखी है। उसमें एक बच्चा भी है, तुम्हारे साथ।"

"यह अनुजा विश्वाल कौन है?"

"कौन अनुजा विश्वाल?" मैं अभी भी उससे छुपाना चाहता था। उसे भ्रम में रखना चाहता था।

"उसकी प्रो.फ़ाइल में तुम्हारी तस्वीर कैसे आई... ? हैलो हैलो..."

"हैलो... तुम्हारी आवाज़ सुनाई नहीं दे रही मुझे... हैलो...।" मैंने फ़ोन काट दिया था जबकि उसकी आवाज़ मुझे ठीक-ठीक सुनाई पड़ रही थी।

मुझे याद ही नहीं था कि वह तस्वीर कैसे मैंने अनुजा की प्रो.फ़ाइल से लगा दिया था। अनुजा को कम्प्यूटर और फ़ेसबुक से कोई मतलब नहीं था। एक दिन बातों-बातों में उसने ज़िक्र किया कि उसकी सारी सहेलियों के फ़ेसबुक पर प्रो.फ़ाइल हैं, सिर्.फ उसका नहीं है तो मैंने उसकी प्रो.फ़ाइल बना दी थी। कभी-कभी मैं ख़ुद ही उसकी प्रो.फ़ाइल अपडेट करता रहता था। वह फ़ोटो भी मैंने ही लगाई थी जिसमें अंकू मेरे साथ था। लेकिन काजू दे ने कैसे देख ली यह तस्वीर। मैं सोचता रहा था देर तक। अब वह निश्चय ही मुझसे बात नहीं करेगी।

और यही हुआ। उसने एक लंबा संदेश फ़ेसबुक पर मुझे भेजा जिसका सीधा अर्थ यह था कि मैंने उसे धोखा दिया है कि अब उसके और हमारे संबंध ख़त्म हो रहे हैं।

मैं बहुत देर तक उसके उस लंबे संदेश को देखता रहा था- यूँ ही शून्य में ताकते हुए जबकि सामने फ़ेसबुक का पेर खुला हुआ था और वह अब भी ऑनलाइन थी और वह जो शिवांगी थी, वह अब तक ऑनलाइन नहीं आई थी।

सात

मुझे याद नहीं कि रात मैं कितनी देर तक फ़ेसबुक की स्क्रीन देखता रहा था। जब आँखें थक गई होंगी तो मैं वहीं लगे बिस्तर पर लुढ़क गया होऊँगा। सुबह मेरी नींद तब खुली जब मेरे कानों में अनुजा की तेज़ आवाज़ गूँजने लगी। शायद वह बहुत देर से चीख़ या चिल्ला रही होगी। जब मेरी नींद खुली तो मैं हड़बड़ाकर उठ बैठा था। मैं जल्दी से उठकर यह देखना चाहता था कि अंकू तैयार तो नहीं हो गया स्कूल के लिए, उसको तैयार करने की ज़िम्मेवारी मेरी होती है। मैं हड़बड़ाकर बाथरूम की ओर भागा, देखा कि वह चार साल का बच्चा ब्रश कर रहा है।

''बेटा ब्रश कर रहा है।'' मैंने कहा।

''हाँ।'' बच्चे ने कहा।

''मैं अभी आता हूँ। यह कहकर मैं ड्राइंगरूम में आ गया, वहाँ टेबल पर पानी के बोतल रखे हुए थे। मैं एक बोतल से पानी गटागट पीने लगा। अनुजा किचेन में थी, शायद कुछ बना रही थी।

''यहाँ लोग आराम करने आते हैं, यह सरायख़ाना है। एक आदमी मरता है तो मरता रहे, फ़िकर किसे है। इन्हीं लोगों की वजह से तो इतना बड़ा रोग हुआ। लोग दस बजे बाबू साहब की तरह उठेंगे और शरीर को बिस्तर पर फेंके रहेंगे- जाहिल लोग। जैसे घरवाले थे वैसे यह।''

वह काम करते हुए बोले जा रही थी। यह सब कुछ मुझे ही बोला जा रहा था। मैं कुछ देर तक चुपचाप सुनता रहा। फिर मैं अंकू के पास चला आया।

"बेटा ठंडे पानी से नहाएगा या गरम पानी से?" मैंने प्यार से पूछा।

"मैं ठंडे पानी से नहाऊँगा पापा।" बेटे ने मनुहार करते हुए कहा।

मैंने ठंडे पानी का एक मग बाल्टी से निकाला।

"ख़बरदार, इसे गरम पानी से नहलाइए, इसे जुकाम हो जाएगा।" सामने अनुजा खड़ी थी।

वह अजीब विरक्ति भरी नज़रों से मुझे देखती है। कुछ ऐसे कि मेरे अंदर कुछ पिघलने लगता है।

मैं अपने हाथ में ठंडे पानी का मग लिए कभी अनुजा और कभी बेटे का चेहरा देख रहा था। मैंने गीज़र ऑन किया, पानी गरम करने तक इंतज़ार किया और फिर ठंडे और गरम पानी को मिलाकर गुनगुने पानी का एक घोल तैयार किया। बेटे को नहलाया। उसे कपड़े पहनाए। जूते पहनाए और उसे खाने के लिए एक छोटा पराठा और कुछ भाजी दे दिया। वह खाना नहीं चाहता था। मैं एक कौर अपने हाथों से खिलाकर उसे फुसलाया, "अपने से खा लो बेटा। पापा को और काम है न।"

मैंने टी.वी. पर उसका फ़ेवरिट कार्टून डोरेमन लगा दिया। वह खाने लगा।

मैं ड्राइंगरूम में आ गया। अब मुझे अनुजा के कपड़े प्रेस करने थे। उसके झोले में टिफ़िन रखना था और चेक करना था कि उसके झोले में सब कुछ ठीक-ठाक रखा है।

वह झमक-झमककर चल रही थी। ग़ुस्सा उसे पहले भी आता था, लेकिन आजकल वह विक्षिप्त जैसी हरकतें करने लगी थी। फिर भी मैं कम ही बोलता था। हमारे बीच यह एक अघोषित समझौता था। वह सुबह मेरे लिए टिफ़िन बना देती थी। मैं बच्चे को तैयार कर देता था। उसके कपड़े प्रेस कर देता था और उसका टिफ़िन वग़ैरह पैक कर उसके बैग में क़रीने से रख देता था।

उसका स्कूल घर से डेढ़ घंटे की दूरी पर था। वह सुबह बहुत हड़बड़ी में रहती थी। उसे बस और ट्रेन पकड़नी होती थी उसके बाद एक पूल कार खड़ी रहती थी, हावड़ा ब्रिज के आस-पास। थोड़ी देर की वजह से अगर पूल कार छूट जाती थी तो वह समय से स्कूल नहीं पहुँच पाती थी।

जिस दिन वह समय से स्कूल नहीं पहुँच पाती थी और उसके रजिस्टर में

लाल स्याही लग जाती थी, उसे लाल क़लम से हस्ताक्षर करना होता था। उस दिन शाम को उसका चेहरा तमतमाया रहता। अगर मैं कभी ऐसे अवसर पर पूछ देता कि क्या हुआ, कोई प्रॉब्लम है तो वह इस तरह शुरू होती कि फिर मेरा अस्तित्व ख़तरे में पड़ जाता था। उसकी आदत थी कि एक बात के साथ उसे सैकड़ों निगेटिव बातें याद आती थीं, और वह उसे क़रीने से दुहराती जाती थी। मैं कुछ देर तक उसकी बातें सुनता था, लेकिन जब बातें असह्य हो जाती थीं तो उठकर दूसरे कमरे में चला जाता था। अगर आवाज़ बहुत तेज़ हुई तो मैं घर से बाहर निकलकर पार्क की बेंच पर बैठ जाता था और सोचता था कि ऐसे में किससे बात करनी चाहिए जो मेरी मन:स्थिति को समझ सके।

मैं बार-बार सोचता था कि यह संबंध क्यों बना? क्या इस तरह के संबंध के लिए भी मैं अभिशप्त था कि मनुष्य का एक निर्णय उसे जीवन भर किस तरह सालता रहता है। क्या इस संबंध से छूटने का कोई उपाय मेरे पास नहीं है? उस दिन मुझे याद है कि मैंने फ़ेसबुक की अपनी वॉल पर लिखा था- संबंध कभी न सूखने वाले घाव हैं जिनसे हमेशा पीब और ख़ून निकलता रहता है।

उस दिन शाम को भी ऐसा ही हुआ था।

मैं उस रात के अँधेरे में उस पार्क में बैठा हुआ था जो मेरे घर के सबसे अधिक नज़दीक था। अंकू जब बच्चा था तो कभी-कभी पिता उसे लेकर इसी पार्क में आते थे। अनुजा स्कूल चली गई होती थी और जब वह माँ की याद में रोना शुरू करता था, मेरी माँ उसे चुप नहीं करा पाती थी, वह पिता को कहती थी कि इसे कहीं बाहर घुमा लाइए। तब पिता उसे लेकर इसी पार्क में आते थे।

बाद में यह बात मेरी माँ मुझसे कहती थी। मैं सुनता था और उन दोनों के प्रति कृतज्ञता से भर उठता था। अब अंकू थोड़ा बड़ा हो गया था। अब माँ नहीं थी, पिता भी नहीं थे। अब उसका ख़्याल रखने के लिए मासी थी- मासी जिसे प्रत्येक महीने सेलरी देनी होती थी।

मैं पार्क में जब भी आता था मुझे पिता का वह चेहरा याद आता था, माँ की वह रुलाई याद आती थी... जब अंतिम बार वे घर से विदा हो रहे थे। मैं

यह सब याद कर बेचैन हो जाता था और मैं बेंच पर बैठा नहीं रह पाता था। ख़ुद को संयत करने के लिए इधर-उधर घूमने लगता था ऐसे जैसे मेरे अंदर अचानक कोई पागल घुस आया हो और मुझे एक जगह थिर न रहने दे रहा हो।

मैं अचानक उठकर पार्क में टहलने लगा था। पार्क में फ़िलवक़्त कोई नहीं था। दूर कहीं से एक छोटी-सी रोशनी कौंध रही थी। कोई एक अकेला बैठा बीड़ी पी रहा होगा और यह रोशनी उसी की थी।

मैं देर तक टहलते हुए कुछ सोचता रहा था। मुझे लगता था कि मुझे सब कुछ छोड़कर अपने घर में एक घरेलू नौकर की तरह हो जाना चाहिए। अनुजा जो कहती है, उसे मान लेना चाहिए। मानता तो मैं था ही, लेकिन उसकी हर बात सुनकर कोई प्रतिक्रिया नहीं देनी चाहिए।

मैं ऐसा बहुत दिन से करता आया था- तब से जब से उसने मुझे बहुत प्यार से कहा था। वह एक लड़की थी जिसने मुझे समझाया था कि अगर तुम चुप रहोगे तो दीदी कितने दिन बोलेंगी, आख़िर में उन्हें भी चुप होना ही पड़ेगा।

वह लड़की बहुत दूर भोपाल में रहती थी। उससे भी मेरी मुलाक़ात फ़ेसबुक पर ही हुई थी। वह भोपाल के किसी अख़बार में पत्रकार थी और उसका किसी एक लड़के से प्रेम संबंध था, जो टूट गया था। उससे मेरी बात तभी शुरू हुई थी, जब वह बहुत आहत थी। शायद उस समय उसे किसी सहारे की ज़रूरत थी।

बाद के समय में उससे मेरी बहुत बातें होने लगी थीं। काजू दे चली गई थी। अब यह लड़की थी जो मेरे क़रीब आ रही थी।

उस शाम भी मैं बहुत देर तक उससे फ़ोन पर बात करता रहा। आख़िर दस बजने को आए। बीड़ी पीने वाला पता नहीं कब बीड़ी पीकर चला गया था। वह देर तक फ़ोन पर मुझे समझाती रही थी कि अपने घर को सँभालो।

मैंने उस लड़की से उस दिन कहा था, "मैं घर छोड़ दूँगा।"

"कहाँ जाओगे घर छोड़कर?" उसने पूछा।

"कहीं भी, लेकिन घर में नहीं रहूँगा।" मेरा स्वर बहुत आहत था और मैं जब कह रहा था तो सचमुच मेरी इच्छा थी कि मैं घर छोड़ दूँ।

"कहीं भी कहाँ, तुम्हारा बच्चा है। कम से कम उसके लिए अपने घर में रहो।"

"अब सहन नहीं होता। अब क्या करूँ। इतने दिन चुप रहकर भी देख लिया। मैं अब कहीं भाग जाना चाहता हूँ।"

"कहाँ जाओगे भागकर, अपने आप से कहाँ भागोगे?"

"तुम्हारे पास आ जाऊँगा।"

"काश कि यह हो सकता, तुम्हें पता है कि तुम्हारी एक पत्नी है, एक बच्चा है।"

"क्या मैं नहीं आ सकता तुम्हारे पास? सिर्फ़ इसलिए कि मेरी पत्नी है और मेरा एक बच्चा है। और तुम एक अविवाहित लड़की हो?" मेरी इस बात पर वह देर तक चुप रही।

"बोलो?" मैंने लगभग चीख़ते हुए कहा था।

"जाओ, घर जाओ बहुत देर हो चुकी है। फिर बात करते हैं।"

"नहीं, तुम अभी बताओ। मैं नहीं आ सकता तुम्हारे पास?"

"मैंने कहा न घर जाओ, फिर बात करते हैं।" उसने बहुत ही शांत और ठंडे स्वर में कहा। मैं चुप हो गया। मैंने फ़ोन रख दिया। मुझे बाद में महसूस हुआ कि उससे बात करते-करते मैं बेहद भावुक हो चुका था और मेरी आँखों से लगातार लोर के क़तरे बह रहे थे।

रात के बारह बजने वाले थे, जब मैंने चुपचाप घर में प्रवेश किया। घर के नीचे का दरवाज़ा मकान मालिक के लड़के ने खोल दिया। वह अब भी जगा हुआ था और टी.वी. पर आ रहा फ़ुटबॉल का वर्ल्ड कप मैच देख रहा था।

घर की सारी बत्तियाँ बुझी हुई थीं। एक अजीब क़िस्म का सन्नाटा पसरा हुआ था चारों ओर। मैंने देखा कि अनुजा के कमरे की लाइट भी बंद थी।

मेरा कुछ भी खाने का जी नहीं था। एक बर्तन में दो-तीन रोटियाँ रखी थीं- तरकारी ज़रूर फ्रिज में होगी। मैं किचेन में जाकर कुछ देर तक सोचता यूँ ही खड़ा रहा। कॉकरोच के कई बच्चे बत्ती जलने के बाद छुपने के लिए कोई अँधेरी जगह ढूँढ़ने लगे थे।

मेरा कुछ भी खाने का मन नहीं हुआ। मैंने लाइट ऑफ़ की और बैठक

में आकर सोफे पर लद गया। ऐसा लगता था कि मेरे शरीर से किसी ने सारा रक्त निचोड़ लिया है। मैं बहुत देर तक सोफे पर यूँ ही सिर टिकाए रहा। कई बार फ़ोन पर मेरे हाथ गए, लेकिन मैंने फ़ोन को वहीं सोफे पर रहने दिया। मन में कोई लावा-सा था। एक अजीब-सा डिप्रेशन मुझे लग रहा था कि अभी मैं हिचकियाँ लेकर रोना शुरू कर दूँगा।

सामने कैलेंडर में निराला की तस्वीर मुस्कुरा रही थी। यह कैलेंडर मेरे एक पुराने साथी रितेस ने बनाकर मुझे गिफ़्ट किया था। उस कैलेंडर में निराला की बड़े अक्षरों में लिखी पंक्तियाँ बार-बार चमक उठती थीं। मैं देर तक उन पंक्तियों को देखता रहा- सिर्फ़ देखता रहा- भावशून्य- आहत और एक अजीब-सी पीड़ा से लथपथ :

मरा हूँ मैं हज़ार मरण

यह पंक्ति बार-बार मेरे ज़ेहन में आवृत्त हो रही थी- मरा हूँ मैं हज़ार मरण - मैं अचानक कमरे में टहलने लगा बुदबुदाते हुए- मरा हूँ मैं हज़ार मरण - मरा हूँ मैं हज़ार मरण... एकदम बेहोश- जैसे वह मैं न होऊँ, मेरे अंदर की परछाईं हो जो उस बैठक में अचानक बेचैनी में चहलक़दमी कर रही हो।

अचानक फ़ोन की घंटी बज उठी थी। सब कुछ निस्तब्ध और सिर्फ़ बीच में एक पुराने फ़िल्मी गाने का एक बहुत उदास रिंगटोन।

मैंने आकर देखा- शिवांगी का नाम डिस्प्ले हो रहा था।

उस समय मेरा मन नहीं हुआ कि मैं उससे बात करूँ। वह ज़रूर मेरी किसी कविता को लेकर बात करेगी। मैं इस तरह की कोई भी बात करने के मूड में बिल्कुल नहीं था। मैंने फ़ोन को यूँ ही बजते रहने दिया। फ़ोन कुछ देर बजकर बंद हो गया। मैंने फ़ोन को वहीं रहने दिया और आकर सोफे पर बैठ गया। बाहर कोई चिड़िया बोल रही थी। मैं नहीं जानता था कि वह कौन-सी चिड़िया है, लेकिन उसकी आवाज़ में एक अजीब-सा दर्द था। मैं उठ खड़ा हुआ। खिड़की से बाहर पेड़ की ओर देखता रहा कि मुझे वह चिड़िया दिख जाए, लेकिन बाहर मुझे कुछ भी नहीं दिख रहा था- पेड़ चुप थे। आसमान में बादल थे और लग रहा था कि मेरे घर के अंदर अब बारिश होगी कि तब। मैं ख़ुद को रोके हुआ था कि फिर फ़ोन बज उठा।

वही होगी- मैंने सोचा।

मैं धीरे-धीरे फ़ोन तक आया- वही थी।

मैंने इस बार फ़ोन रिसीव कर लिया।

"क्या बात है, आप फ़ोन क्यों नहीं उठा रहे मेरा?"

"नहीं मैं दूर था, फ़ोन चार्ज में लगा हुआ था।" मैंने झूठ बोला। वह नहीं जानती थी कि मेरी शादी हो चुकी है और मेरे घर में एक भयंकर तनाव का माहौल है। वह कविताओं पर बात करती थी। उसे मेरी कविताएँ अच्छी लगती थीं। कई बार मैं उससे साहित्य पर बहस करता था। उसके ज़ेहन में कोई अगर प्रश्न होता था तो वह फ़ोन कर मुझसे पूछती थी। उसे यही मालूम था कि मैं एक लेखक हूँ और मैं अपने घर में अकेले रहता हूँ। उससे कई बार फ़ेसबुक पर मेरी बहस भी हुई थी। वह अच्छी और समझदार लड़की लगती थी।

उसने भी अपना घर छोड़ दिया था और एक कमरा लेकर अकेले रहती थी। वह एक प्राइवेट कॉलेज में हिंदी साहित्य पढ़ाने लगी थी। यह सब उसने मुझे फ़ेसबुक पर ही बातचीत के क्रम में बताया था।

"क्या कर रहे हैं सर?" वह मुझे शुरू में सर ही कहती थी।

"कुछ नहीं, बस कुछ सोच रहा था।"

"आप परेशान लग रहे हैं, आपकी आवाज़ परेशान-सी लग रही है।"

"नहीं ऐसा कुछ नहीं है।"

"कुछ तो है, आप मुझे बताते नहीं। मैं सुन सकती हूँ। मुझे अच्छा लगेगा।

"हम्म...।"

"तो बताइए क्या परेशानी है?"

"नहीं कुछ नहीं, एक कहानी के बारे में सोच रहा था।"

"अरे वाह कहानी, क्या विषय है?"

"तुम्हें विषय पसंद नहीं आएगा, यह एक प्रताड़ित पुरुष की कहानी है- एक स्त्री ने उसे प्रताड़ित किया है।"

"एक स्त्री ने?"

"हाँ, और वह उसकी पत्नी है।"

वह कुछ देर के लिए चुप हो गई थी। फिर मैंने ही उससे कहा, "हैलो, क्या हुआ?"

"नहीं, मैं सोच रही थी कि यह कहानी अच्छी बनेगी।"

"अच्छी नहीं, त्रासद।"

"आपको लगता है कि कोई स्त्री पुरूष को इस कदर प्रताड़ित कर सकती है?"

"हाँ, बिल्कुल लगता है। हमने सिर्फ़ यही जाना है कि अब तक सदियों से पुरुषों ने स्त्रियों का शोषण किया है। वे हर जगह पर पुरुषों द्वारा आहत और प्रताड़ित की गईं, लेकिन हमने यह कभी नहीं सोचा कि पुरुष भी स्त्री के द्वारा प्रताड़ित हो सकता है।"

"लेकिन यह साधारण बात नहीं है सर, अपवाद है।"

"इस अपवाद पर भी तो कोई कहानी होनी चाहिए या नहीं?"

"मुझे इंतज़ार रहेगा सर इस कहानी का।"

"हम्म। तुम सोई नहीं अब तक।"

"नहीं, मैं कुछ पढ़ रही थी।"

"अच्छा, ठीक है कल बात करेंगे। कल क्या तुम ऑनलाइन रहोगी फ़ेसबुक पर?"

"हाँ, कॉलेज के बाद।"

"ओके।"

"गुडनाइट सर..."

"हम्म।"

मैंने फ़ोन रख दिया था।

यूँ ही मोबाइल पर फ़ेसबुक का पन्ना खोला– लापरवाह, निरुद्देश्य।

मैंने देखा फ़ोन पर एक संदेश था– उस लड़की का जो भोपाल में रहती थी– मिस यू।

मिस यू टू– मैंने एक आदत की तरह रिप्लाई कर दिया।

बैठक की बत्ती बुझी हुई थी। मैं सोफे पर बहुत देर तक लेटा रहा था।

इस तरह के कई संदेश उसके आते थे। मैं रिप्लाई भी करता था। बहुत सारी बातों के बीच एक बात यह भी स्मृतियों में है कि एक दिन फ़ोन पर हमारी बात हो रही थी और हम कुछ ऐसी बातों में मशगूल हो गए थे कि हमारी साँसें तेज़ चलने लगी थीं। मुझे उस दिन याहू मैसेंजर वाली वह लड़की याद आई

जो पहली बार फ़ोन पर मुझसे अजीब-अजीब बात करने लगी थी और बाद के दिनों में उसका फ़ोन हमेशा के लिए बंद हो गया था।

उस दिन वह फ़ोन रख ही नहीं रही थी। उसकी साँसें लंबी खींचती जा रही थीं और वह लगातार 'आय लव यू' फुसफुसा रही थी।

ये बहुत पहले की बातें हैं।

बाद के दिनों में मैं एक बार भोपाल गया था। एक सरकारी संस्था ने मुझे कविता पढ़ने के लिए बुलाया था। वह दिसंबर की सर्दियों के दिन थे। धुँध के कारण मेरी ट्रेन बहुत देर से पहुँची थी। संस्था की एक गाड़ी मुझे होटल पलाश रेज़ीडेंसी में छोड़ गई थी। वहीं वह लड़की एकदम सुबह आई थी। ठंड से उसका चेहरा स्याह हो गया था। वह अपनी स्कूटी पर आई थी।

जब वह आई तो मैं अपने कंबल में छुपा हुआ था। बाहर बहुत सर्दी थी। मैं कंबल के साथ ही उठ बैठा था, लेकिन रात देर से सोने के कारण मेरी आँखें दुख रही थीं- शायद मुझे और सोने की ज़रूरत थी।

मैंने पहली बार उससे हाथ मिलाया। उसके हाथ बर्फ़ की तरह ठंडे थे।

मैंने कहा, ''मेरे पास बैठ जाओ। यह कंबल गर्म है।''

''नहीं ठीक है।'' उसने अपनी दोनों हथेलियों को आपस में रगड़ते हुए कहा था।

''बैठ जाओ।'' मैंने उसे पकड़कर अपने कंबल में ले लिया था। वह एक सहमति-सा विरोध भर कर पाई थी।

उस दिन हम तब तक एक ही कंबल में थे, जब तक कि बाहर पूरी धूप नहीं खिल गई।

हम दिन भर उसकी स्कूटी पर भोपाल घूमते रहे। बाज़ार से उसने मेरे बच्चे के लिए एक खिलौना ख़रीदा। ''इसे मेरी तरफ से अंकू को देना।'' उसने कहा।

मैं सिर्फ़ उसे देखता रहा था। भोपाल में झील पर हम नाव की सवारी करते रहे। वह खिलखिलाती रही। शाम को हम शॉपिंग मॉल गए।

''दीदी के लिए कुछ ख़रीद लो।'' उसने कहा। वह अनुजा को दीदी ही कहती थी।

"नहीं। रहने दो।" उस समय मैं अनुजा को याद नहीं करना चाहता था और यह भी नहीं चाहता था कि हमारी पूरी मुलाक़ात के दौरान अनुजा के बारे में कोई बात हो। हम फ़ेसबुक और फ़ोन पर बहुत बातें कर चुके थे उसके बारे में।

"ख़रीद लो। उन्हें अच्छा लगेगा।" उसने बहुत ही आग्रहपूर्वक कहा। वह अपनी स्कूटी पार्किंग में लगा आई और मुझे लगभग खींचती हुई शॉपिंग मॉल में लेकर चली गई।

उसने कुछ कपड़े ख़रीदे, जो अनुजा के लिए थे। मैं सिर्फ़ 'हाँ, हूँ' कहता रहा और उसे देखता रहा।

"सुनो, तुम इन कपड़ों को अपनी तरफ़ से देना।"

"हम्म...।"

"मेरा नाम मत कहना। उन्हें बुरा लगेगा।"

"तुम्हें बुरा नहीं लग रहा, तुम एक पुरुष से प्रेम करती हो और उसकी पत्नी के लिए कपड़े ख़रीद रही हो।"

"नहीं लग रहा।" उसने कहा। मैंने ग़ौर से देखा उसकी आँखों में उस समय एक उदासी घिर आई थी। मैंने उसे घूरते हुए देखा तो वह खिलखिला पड़ी।

"चलो।"

"तुम अपने लिए नहीं ख़रीदोगी कुछ?"

"नहीं, मेरे पास हैं कपड़े।"

"हैं तो क्या हुआ? मैं ख़रीद देता हूँ न।"

"नहीं।"

"क्यों?"

"ऐसे ही। अगली बार आओगे तो ख़रीद देना।"

वह मुझे खींचती हुई मॉल के बाहर लेकर चली आई थी।

वह स्कूटी चला रही थी। मैं पीछे बैठा हुआ था। हम बहुत देर तक भोपाल की सड़कों पर भटकते रहे थे। मैं उसके पीछे बैठा था। उसके लंबे बाल कभी-

कभी लहराकर मेरे चेहरे पर आ जाते थे। कभी मेरे अंदर एक झकझोर-सी उठती थी और मैं अपनी ठुड्ढी उसके कँधे पर रख देता था। सामने बहुत ठंडी हवा का झोंका था जो सीधे उसकी देह से टकरा रहा था। मैं उसके पीछे छुपा हुआ था। मैं हवा से बचा हुआ था।

''लाओ, मैं चलाऊँगा।'' मैंने कहा।

''मैं चला तो रही हूँ, तुम नए हो यहाँ के रास्तों का पता नहीं। तुम रहने दो।''

''तुम्हें ठंड लग रही होगी न। सीधे हवा तुमसे टकरा रही है।''

''मुझे आदत है।''

''फिर भी मुझे अच्छा नहीं लग रहा।''

''तुम मेरे मेहमान हो, तुम्हारी सुरक्षा का दायित्व मेरा है जनाब।'' उसने कहा और स्कूटी थोड़ी देर के लिए रोक दी।

''तुम चलाओगे सचमुच?''

मैं सोच रहा था कि लड़की ठीक कह रही है, यहाँ के रास्तों से मैं अनजान हूँ और मैंने बहुत समय से बाइक नहीं चलाई थी, कभी साल दो साल में गाँव जाना होता था तो किसी दोस्त की बाइक ज़रूर चला लेता था, लेकिन इस तरह रफ़्तार में और भीड़-भाड़ वाले इलाक़े में बाइक चलाने का मेरा अनुभव कम ही था।

''हाँ, चला लूँगा।'' मैंने कहा।

''ठीक है आ जाओ। देखते हैं तुम चला पाते हो या नहीं।''

''इसमें गियर चेंज करना होता है क्या?''

''अरे नहीं सिर्फ़ एक्सिलरेटर देना होता है, तुम्हें इतना भी नहीं पता। तुम कैसे चलाओगे।''

''बैठो, हैंडल पकड़ो।''

मैंने हैंडल पकड़ा। स्कूटी को चालू किया। वह जब पीछे बैठ गई तो मैंने एक्सिलरेटर को घुमाया। स्कूटी अचानक तेज़ गति से चल पड़ी। उसकी गति अचानक इतनी तेज़ हुई थी कि मैं सँभाल नहीं पाया और हम पास के एक नाले में पहुँच गए। ग़नीमत थी कि हमें चोटें नहीं आईं, लेकिन कीचड़ के छींटों से हमारे कपड़े गंदे हो गए।

"अब?" वह मेरी ओर ऐसे देख रही थी कि कह रही हो बाबू स्कूटी चलाने चले थे, अब भुगतो।

हमने मिलकर गाड़ी को बाहर निकाला। उसका अगला पहिया पूरी तरह से नाले में चला गया था। अब और कहीं न जाकर हम सीधे होटल में चले आए।

उस अंधेरे कमरे में बैठा मैं सोच रहा था। मेरी आँखें मोबाइल पर गड़ी हुई थीं। पता नहीं क्यों मुझे लगा कि एक बार उस लड़की की प्रोफ़ाइल पर जाना चाहिए। उसकी तस्वीरें देखनी चाहिए। मैंने फ़ेसबुक ऑन किया। मैंने उसकी वह तस्वीर देखी जो मुझे सबसे अधिक पसंद थी। उसे मैंने अपने कैमरे से भोपाल में खींचा था। वह झील के किनारे खड़ी थी। झील की गहराई को अपनी आँखों से बाँधती हुई और बिना उसके जाने ही मैंने उसकी यह तस्वीर उतार ली थी।

लेकिन बहुत देर तक वह तस्वीर मैं नहीं देख सका था। मैं उसके मैसेज बॉक्स में जाकर पुराने संदेश देखने लगा था।

"कब आओगे?"

"जल्दी ही आऊँगा।"

"चार महीने हो गए।"

"गर्मी कम हो जाए, बारिश के महीने में मिलेंगे।"

"पक्का?"

"पक्का।"

इसके बाद स्माइली के कई चिन्ह थे। एक दिल का सिंबल भी था।

"मन नहीं लग रहा।"

"क्यों क्या हुआ?"

"तुम्हारी याद आ रही है।"

"मुझे भी।"

"झूठ बोल रहे हो तुम।"

"अरे...।"

"हाँ, झूठ बोलते हो तुम। तुम मुझसे प्यार नहीं करते।"

"करता हूँ, तुम्हें यक़ीन नहीं।"

"करते तो आते। इतने दिन हो गए। बारिश भी चली गई।"

"कुछ कामों में फँसा हूँ। आऊँगा जल्दी।

"मुझे पता है कि तुम नहीं आओगे...।"

"आऊँगा...। सुनो... मेरी बात सुनो... मुझे समझने की कोशिश..."

"बाय...।"

उदासी के कई सिंबल बने हुए थे इसके बाद।

मैं सोच रहा था कि एक बार मुझे ज़रूर जाना चाहिए था, लेकिन मैं दुबारा नहीं गया। रात गहरी हो रही थी- अँधेरा और अधिक बोझिल। मोबाइल की रोशनी जल रही थी। मैं लगातार पेज़ को टच स्क्रीन के ज़रिया ऊपर-नीचे कर रहा था- बहुत देर तक- सोचता हुआ- बेचैन और अस्थिर...।

आठ

वह रह-रहकर .फ़ोन बंद कर देती। तब मुझे अजीब लगता। मैं बार-बार उसे .फ़ोन लगाता और बार-बार एक ही बात सुनाई पड़ती- दिस नंबर इज आइदर स्विच ऑ.फ़ ऑर नॉच रिचेबल एट द मोमेंट।

रात में देर तक जगे होने के कारण सुबह उठने के बाद मैं फिर से सो गया था। मैंने बच्चे को तैयार कर दिया था और अनुजा के कपड़े प्रेस कर दिए थे। वे लोग जब चले गए तो मेरी पीठ और पैर में अजीब-सा दर्द उभरा था। बहुत कोशिश करने के बाद भी मैं .ख़ुद को सँभाल नहीं पाया था और सीधे बिस्तर पर लेट गया था। मुझे नींद आ गई थी। जब जगा तो बारह बज चुके थे। अब ऑ.फ़िस जाने का कोई मतलब नहीं था। अगर अभी से मैं तैयार होऊँ तो जाते-जाते दो बज जाएँगे। इतनी देर से ऑ.फ़िस जाने में .ख़ुद मुझे ही शर्म आती, मुच्छड़ बॉस जो कहता सो अलग।

मैंने कुछ न सोचते हुए उसे .फ़ोन लगाया था। उसका .फ़ोन बंद था।

मैं थोड़ी देर रुककर फिर उसे .फ़ोन लगाना चाहता था, लेकिन पता नहीं क्या सोचकर मोबाइल में .फ़ेसबुक का पेज़ खोल लिया। कई लोगों के स्टेटस .फ़ेसबुक पर झिलमिला रहे थे। किसी ने भारतभूषण अग्रवाल पुरस्कार समारोह की एक रिपोर्ट शेयर की थी और सभी कवियों का मज़ा.क़ उड़ाया था- मुझे वह लेख अच्छा लगा- शायद इसलिए कि मैं .ख़ुद भारत भूषण अग्रवाल पुरस्कार की दौड़ में शामिल था, लेकिन मुझे वह नहीं मिला था। मैंने लेखक को उसकी तल.ख़ और बेबाक टिप्पणी के लिए बधाई दी।

एक लड़की ने फिर एक नई तस्वीर लगाई थी। उससे कभी मेरी बहुत बातें होती थीं, लेकिन जब से उसने सुना कि मैं शादीशुदा हूँ, तब से उसने बात करना बंद कर दिया था। वह रोज़ सुबह नए पोज़ में फ़ोटो लगाती थी और उसके दोस्त लोग आह-वाह किया करते थे। मैंने देखा कि दिल्ली के किसी स्विमिंग पुल के पास उसकी हँसती हुई तस्वीर है। मैंने उसकी तस्वीर देख ली। लाइक नहीं किया। मेरा मन बहुत बेचैन था। कई दिनों से मैं कुछ भी लिख नहीं पा रहा था। मैंने सोचा कि न लिखने की अपनी छटपटाहट और विवशता से संबंधित कोई स्टेटस मैं शेयर करूँ- लेकिन मन नहीं हुआ। मैं अपने दुःख और दर्द को इस तरह सार्वजनिक नहीं करना चाहता था कि लोग कहें क्या हुआ? ख़ुद को सँभालिए... आप सक्षम रचनाकार हैं... यह होता है, रचनाकार के जीवन में ऐसे क्षण आते हैं... इत्यादि-इत्यादि।

मैंने इस तरह के कुछ स्टेटस फ़ेसबुक पर लगाए थे और लोगों की प्रतिक्रियाएँ देखकर अजीब झेंप हुई थी और बाद में मैंने उन्हें डिलीट कर दिया था।

फ़ेसबुक पर टहलते हुए अचानक मेरी नज़र एक शे'र पर पड़ी। हाँ, उसी ने शेयर किया है यह तो- शिवांगी।

शे'र का वह टुकड़ा पढ़ते-पढ़ते मेरे अंदर कुछ पिघलना शुरू हुआ :

मेरी दुनिया-ए-वफ़ा में क्या से क्या होने लगा
इक दरीचा बंद मुझ पर एक वा होने लगा
इक निगार-ए-नाज़ की फिरने लगीं आँखें 'मजाज़'
इक बुत-ए-काफ़िर का दिल दर्द-आश्ना होने लगा

मैं बहुत देर तक इस शे'र को पढ़ता रहा। जैसे एक-एक शब्द को छू रहा हूँ और उस छूने के क्रम में मेरी उँगलियाँ किसी आग की लपट में जल रही हैं। मैं सोफे पर बैठा सोचने लगा कि मुझे अभी उससे बात करनी चाहिए। मैंने उसे फ़ोन लगाया। फिर वही आवाज़- दिस नंबर इज आइदर स्विच ऑफ़ ऑर नॉच रिचेबल एट द मोमेंट।

मैंने फ़ोन पटक दिया और कमरे में इधर-उधर टहलने लगा। मुझे लगा कि एक सिगरेट और होती तो मैं उसे ज़रूर ख़त्म कर देता। मैंने पैकेट को टटोला, वह ख़ाली था। नीचे जाकर सिरगेट लाने के बारे में सोचते ही मेरे

टाँगों में एक अजीब-सा दर्द उभरा। मुझे लगा कि अभी अगर कोई होता जिससे में सिगरेट मँगवा सकता तो कितना अच्छा होता।

मैं मन मसोसकर सोफे पर बैठ गया। मैंने देखा कि चींटियों का एक झुंड सोफे पर टहल रहा है। खाते समय बेटे ने कुछ गिरा दिया था और अब वे उस पर टूट पड़ी थीं। मुझे पता नहीं क्यों उस समय उन चींटियों पर ज़बरदस्त ग़ुस्सा आया। मैंने अपनी हथेलियों से एक ज़ोर का झटका देकर उनको सोफे से नीचे फेंक दिया। खाने का टुकड़ा एक कोने में जा गिरा और चींटियाँ अचानक हुए इस हमले से बदहवास इधर-उधर भागने लगीं।

मुझे उनकी यह बदहवासी पसंद नहीं आई। मैंने अपने पैरों से उन्हें मसलना शुरू किया और तब तक उन्हें मसलता रहा जब तक कि एक-एक चींटी विलुप्त न हो गई। पता नहीं क्यों यह ग़ुस्सा उन पर ही था। थोड़ी देर बाद मैं शांत हुआ। तब मुझे अपने इस कृत्य पर शर्म आई। मुझे याद आया कि बचपन में मैं आजी के साथ जब पूजा करने मंदिर जाता था तो वे चींटियों के बिल पर आटा छिड़कती थीं। उनकी देखा-देखी मैं भी यही करता था। बाद के दिनों में मैं उन्हें यह न करने देकर ख़ुद ही करता था और पता नहीं क्यों उस समय मुझे असीम ख़ुशी मिलती थी।

मुझे आजी का चेहरा एक बार याद आया और मुझे लगा कि मैं बहुत बड़ा पाप करके उठा हूँ। मैंने सोचा कि फ़ेसबुक पर एक स्टेटस लगाऊँ कि आज मैंने पचास चींटियों का वध किया- यह मेरा कन्फ़ेशन है। ईश्वर मुझे माफ़ करे।

लोग तो छींकने-पादने तक की ख़बर फ़ेसबुक पर लगाते रहते हैं, तो मैं भी यह स्टेटस क्यों न लगा दूँ। मैंने तुरंत फ़ेसबुक का पेज़ खोला और टाइप करने लगा। टाइप करते करते मुझे लगा कि वे कौन लोग हैं जिनके सामने मैं यह कन्फ़ेशन कर रहा हूँ, क्या यह करना ठीक है?

मैंने टाइप करना बंद कर दिया और फिर से वह शे'र पढ़ने लगा जिसे शिवांगी ने शेयर किया था। मुझे लगा कि वह मानसिक रूप से बहुत परेशान और अकेली है। मुझे उससे बात करनी चाहिए। मैंने फिर से उसे फ़ोन लगाया, लेकिन फिर से वही जवाब- दिस नंबर इज आइदर स्विच ऑफ़ ऑर नॉच रिचेबल एट द मोमेंट।

उफ़्फ़...। इस लड़की को ज़रा भी परवाह नहीं कि कोई उसके लिए इतना परेशान भी हो सकता है। यह फ़ोन ऑफ करके बैठी है। जब मैं फ़ोन ऑफ़ कर दूँ तो समझना कि मैं अपने अँधेरे में लौट गई हूँ और कुछ देर या बहुत देर तक मैं ख़ुद के साथ रहना चाहती हूँ। यह उसी की कही हुई बात थी जो मेरे दिमाग़ में बार-बार गूँज रही थी। मैं अकेला था उस दोपहर अपने घर में। नींद से जागा हुआ इस बात से अनजान कि क्या खाऊँगा-पिऊँगा या यह कि अगर अनुजा को पता लगेगा कि मैं आज भी ऑफ़िस नहीं गया तो शाम को वह ज़ोर-ज़ोर से मुझ पर चीख़ेगी और पता नहीं कितनी बार मुझे निकम्मा और आलसी कहेगी। मैं चुपचाप उसकी बात सुनूँगा और जब सुन नहीं पाऊँगा तो बाहर निकल जाऊँगा। पार्क में जाकर बैठ जाऊँगा और देखता रहूँगा उस पागल भिखारी को बीड़ी पीते और काग़ज़ के टुकड़े चुनते हुए।

दो बज रहे थे, जब अचानक मेरे फ़ोन की रिंगटोन बजी थी। उस समय मैं बाथरूम में था। मैंने हड़बड़ी में फ़ोन चेक किया- शिवांगी की नहीं, उस भोपाल वाली लड़की की मिस्ड कॉल थी। मैं उस समय उससे बात नहीं करना चाहता था। मैंने फ़ोन को यूँ ही रख दिया और किचेन में खाने के लिए कुछ ढूँढ़ने चला गया। दो रोटी और एक कटोरी में थोड़ी-सी तरकारी थी। सुबह अगर मैं ऑफ़िस जाता तो उसे खा लेता, लेकिन चूँकि मैं ऑफ़िस नहीं गया तो वे वैसे ही पड़ी हुई थीं। मैंने उसे एक थाली में लिया और चलते हुए खाने लगा। सब्ज़ी में नमक ज़्यादा लग रहा था।

शुरू के दिनों में मैं अनुजा को टोक दिया करता था कि सब्ज़ी में नमक बहुत ज़्यादा है। कैसे बनाती हो? तुम्हारा ध्यान किधर रहता है?

वह कुछ नहीं बोलती और दुःखी हो जाती थी। उस समय हमारी नई-नई शादी हुई थी और मुझे लग रहा था कि अनुजा बदल रही है।

लेकिन अनुजा बदली नहीं थी। वह उसकी कुछ शुरुआती झिझक थी। बाद में वह अपनी मनःस्थिति में आ गई थी। बहुत सोचते हुए मुझे लगा था कि उसके अंतर कई तरह की ग्रंथियाँ थीं जो बचपन से लेकर अब तक उसके मन में जगह बनाए हुए थीं। शायद इन्हीं वजहों से वह कई बार पागलों-सी हरकत करने लगती थी। उसके इस पागलपन ने मुझे पता नहीं कितने लोगों से दूर कर

दिया था। पहले याहू मैसेंजर और अब फ़ेसबुक पर शरण मिली थी। फ़ेसबुक से होते हुए ही मैं भोपाल वाली लड़की और शिवांगी के पास चला आया था। कभी अनुजा से मैं बेहद प्यार करता था। मुझे याद है जब काजू दे को मैंने पहली बार चूमा था तो मेरे अंदर एक अपराधबोध-सा उभरा था, लेकिन अब वह अपराधबोध कहीं गुम गया था और मुझे उसकी परवाह भी नहीं थी।

मैं सब्ज़ी खाते हुए अनुजा के बारे में सोच रहा था। खा लेने के बाद शिवांगी के बारे में सोचने लगा। एक बार मन किया कि भोपाल वाली उस लड़की को फ़ोन करूँ। उससे कहूँ कि देखो मैं बहुत सारे कामों में व्यस्त हूँ और अभी नहीं आ सकता और यह कि मेरी मन:स्थिति अभी बिल्कुल ठीक नहीं है। मैं कहीं भी जाने-आने की स्थिति में नहीं हूँ।

मैं जानता था कि वह शिकायत नहीं करेगी। चुपचाप मेरी बातें सुनेगी और कहेगी, "परेशान मत होओ। दीदी का ख़्याल रखो। प्रेसर चेक करवाया, दवाइयाँ खाते रहो। मैं जानती हूँ तुम नहीं आओगे। तुम्हें मेरी परवाह नहीं, सिर्फ़ मैं हूँ कि तुम्हारी परवाह किया करती हूँ।"

मैं यह सुनकर कहूँगा कि ऐसी बात नहीं, मैं कई तरह की उलझनों में हूँ।

"हाँ, उलझन ही।" वह कहेगी। उसकी बातों का और कोई जवाब नहीं होगा मेरे पास। मैं बहुत जल्दी ऊब जाऊँगा और उससे कहूँगा, "तुम पढ़ती क्यों नहीं! अच्छी किताबें पढ़ो। लिखो- तुम तो अच्छा लिखती हो।"

और वह चुपचाप मेरी बात सुन लेगी। कुछ देर बाद फ़ोन कट जाएगा और मेरे अंदर पता नहीं कहाँ की एक वीरानगी भर जाएगी। मैं बहुत देर तक एक जगह बैठा अपने पैर को एक अजीब तरह की बेहोशी में हिलाता हुआ कुछ सोचता रहूँगा, जिसका कोई ओर और छोर नहीं होगा।

मैं उसे फ़ोन नहीं लगाता। एक बार फिर मैं शिवांगी को फोन लगा रहा था। मुझे पता था कि फ़ोन नहीं लगेगा, फिर से वही रटा-रटाया संदेश मुझे सुनने को मिलेगा।

लेकिन मुझे आश्चर्य होता है कि इस बार फ़ोन की घंटी बज रही होती है। मुझे ग़ुस्सा आने लगता है और मैं सोचने लगता हूँ कि क्या बोलकर अपना

ग़ुस्सा उसे दर्शाना चाहिए।

फ़ोन रिसीव करने के बाद मैं कुछ नहीं बोलता- हैलो भी नहीं।

उधर से लागातार हैलो-हैलो की आवाज़ आ रही थी।

"नाराज़ हो न... ?" कुछ देर के हैलो के बाद उसने ही कहा।

"नहीं, मुझे तो ख़ुश होना चाहिए।"

"देखो, मुझे समझने की कोशिश करो। मैं बहुत परेशान हूँ।"

"और मैं परेशान नहीं हूँ, मैं तो टंडेली मार रहा हूँ।"

"ओह! मैं जानती हूँ कि तुम भी परेशान हो।"

"तुम कुछ नहीं जानती।"

"मैं नहीं जानती तो तुम्हारे इतने क़रीब नहीं आती।"

"तुम क्यों ऐसा करती हो, पता है कितनी बार फ़ोन कर चुका हूँ।"

"मुझे कुछ देर अँधेरे में रहने दो। तुम वहाँ भी पहुँच जाते हो।"

"मैं भी अँधेरे में हूँ।"

"हम्म...।"

"तो हमारा क़रार याद है?"

"उम्म... ?"

"कि हमें एक-दूसरे के हिस्से का अँधेरा कम करना है। उसी के लिए हम इतने क़रीब हैं।"

"हम्म, याद है। और भी बहुत कुछ याद है। मुश्किल यह कि भूल नहीं सकती।"

"क्यों परेशान हो, बोलो? मुझे बताओ।"

"मैं नहीं बता सकती। तुम समझ लो।"

"मैं समझता हूँ, फिर भी मैं तुमसे सुनना चाहता हूँ शिवांगी।"

"नहीं अमर...। मैं नहीं बता सकती। मेरे अंदर कई अँधेरी सुरंगें हैं। तुम भटक जाओगे।"

"नहीं, तुम्हें बताना होगा।"

"ठीक है, बता दूँगी कभी।"

"नहीं, अभी बताओ।"

"अभी नहीं बाबू...। कुछ समय दो...। मैं...।"

"तो तुम बताना नहीं चाहती।"

"ऐसा नहीं है।"

"तो कैसा है... देखो प्लीज़ मुझे बताओगी नहीं तो मैं कैसे समझूँगा। तुम अचानक फ़ोन बंद कर देती हो। यह जानते हुए कि मुझे तुमसे कभी भी बात करने की ज़रूरत पड़ सकती है। तुम मेरे ख़ाली जगहों में समा चुकी हो। तुम नहीं होती हो तो फिर से मैं उन ख़ाली जगहों, खंडहरों में भटकने लगता हूँ।"

"तुम ख़ुद को सँभालो। मैं नहीं चाहती कि मेरी वजह से तुम कहीं से भी कमज़ोर बनो। और जहाँ तक बताने की बात है तो मैं बताऊँगी।"

"बताओगी न।"

"हाँ, ज़रूर बताऊँगी। कहकर नहीं तो लिखकर। लेकिन बताऊँगी।"

"हम्म...। पक्का बताओगी?"

"हाँ, बताऊँगी।"

"ऑफ़िस में सब ठीक है?"

"कहाँ, मैं ऑफ़िस नहीं गया आज। देर हो गई।"

"ओह! तो कुछ लिखिए-पढ़िए। घर में तो शांति होगी।"

"शांति, हाँ शांति ही है। सब ठीक ही है, सब शांत है, सिर्फ़ मैं ही आशांत हूँ।"

"ख़ुद को ठीक रखो। इतने तनाव में आख़िर कितने दिन तक रहा जा सकता है।"

"रह तो रहा हूँ, इतने दिन से। सिर्फ़ एक निर्णय... अगर न लिया होता तो शायद सब ठीक होता।"

"हो सकता है कि तब दूसरी तरह की समस्याएँ होतीं। हमें सकारात्मक सोच रखनी चाहिए...।"

"हम्म... सकारात्मक... उफ़्फ़...। ऊपर से यह तबियत।"

"डॉक्टर को नहीं दिखाया, दिखा लो।"

"डॉक्टर का वही संवाद- तनाव मत लिजिए। व्यायाम कीजिए।"

"हाँ, वह तो मैं भी कहूँगी- सुबह जल्दी उठा कीजिए।"

"हम्म, करना होगा।"

''तनाव तो रहेगा, लेकिन उससे लड़ना सीखना होगा। तभी आप लिख भी पाएँगे और आपकी महत्वाकांक्षा भी पूरी हो पाएगी।''

''हाँ, और कुछ तो नहीं बचा, शायद लेखन को बचा सकूँ। अगर नहीं बचा सका तो फिर जीने का कोई अर्थ नहीं रह जाएगा। तुम साथ रहो।''

''हूँ, मैं...।''

''हम्म...।''

''आ जाओ मेरे पास। सब ठीक हो जाएगा। चार महीने हो गए जब तुम सिर्फ़ दो दिन के लिए आए थे। ऐसा लगता है कि जैसे तुमसे सपने में मिली थी।''

''चार महीने हो गए... ? अरे, मुझे तो लगा कि और भी ज़्यादा हो गए हैं, मुझे लगता है कि पिछले जन्म के किसी समय में हम मिले थे और हमेशा के लिए बिछड़ गए थे।''

''...तो चले आओ।''

''हाँ, आता हूँ जल्दी ही। ऊब चुका हूँ मैं भी।''

''इंतज़ार है मुझे भी, लेकिन अपना काम देख लेना बाबू। अपना काम हर्ज़ मत करना मेरे लिए।''

''उफ़्फ़... हो हर्ज़ मुझे कोई फ़र्क़ नहीं पड़ता।''

''अरे, ऐसा थोड़े है, मिलने की ज़रूरत तो है, लेकिन ऐसा थोड़े है कि मैं मर जाऊँगी।''

''मैं मर जाऊँ। सच में मैं मर जाना चाहता हूँ।''

''शटअप! ख़बरदार जो इस तरह की बातें कीं। तुम्हें रहना है- अपने सपने के लिए, अपनी महत्वाकांक्षा के लिए। तुम्हें सबको पीछे छोड़कर एक दिन शीर्ष पर पहुँचना है और उसे देखने के लिए हम दोनों को ज़िंदा रहना है।''

''अब सहन नहीं होता।''

यह कहते-कहते मेरा गला भर आया था, मुझे लगा कि अब मैं तुरंत चीख़ मारकर रो पड़ूँगा।

''नहीं... नहीं...। रोओगे नहीं...। चुप्प...चुप्प...।''

इसके बाद एक सन्नाटा था बीच में। सिर्फ़ पंखे के चलने की आवाज़ थी। मुझे लगा कि अगर इसी तरह मैं बात करता रहा तो अंत नहीं इसका। यह होता भी था, उससे बात करते हुए समय का ध्यान नहीं रहता था। वह गुज़रता जाता था और बातें थीं कि रुकती नहीं थीं।

फ़ोन कट चुका था- बैलेंस ख़त्म। मैं फिर अकेला था।

मुझे कुछ समझ में नहीं आया। मैं अपने बेडरूम में था- मतलब उस रूम में जहाँ अनुजा सोती थी। पहले मैं और अनुजा दोनों वहाँ सोते थे। सामने टेबल पर एक फ़ोटो था जिसमें हम दोनों मुस्कुरा रहे थे- ख़ूब-ख़ूब मुस्कुरा रहे थे। मैं उस तस्वीर को देखते हुए छूट गए समय में चला गया था- उस समय में जब जीवन में कविता होती है, फूलों के खिलने, हवा के चलने और साँसों के उठने-गिरने के कई-कई अर्थ होते हैं।

अचानक मेरे अंदर पता नहीं कहाँ से एक रुलाई फूट पड़ी- पहले आँखें लोर से भरीं और इसके बाद हिचकियाँ। मैं अपने मुँह को तकिये से ढक चुका था और दहाड़ें मारकर रोता जा रहा था। उस नीरव कमरे में बेज़ान दीवारें थीं, चलता हुआ पंखा था और हँसती हुई एक तस्वीर थी, जिसका वर्तमान में कोई अर्थ नहीं था।

मैं तकिये से मुँह को ढके हुए पता नहीं कितनी देर तक यूँ ही हिचकियों और सिसकियों के साथ रोता रहा था।

अचानक एक स्पर्श से मेरी नींद खुली, ''पापा! आप ऑफ़िस नहीं गए!'' यह अंकू था। मुझे पता ही नहीं चला कि मैं कब सो गया था। मुझे याद है कि मेरी हिचकियाँ बँध रही थीं और जब हिचकियाँ लेते हुए मेरे गले में दर्द होने लगा था तो हिचकियाँ सिसकियों में बदल गई थीं- धीरे-धीरे मैं किसी दूसरे लोक में चला गया था।

मैं उठकर बैठ गया और मैंने अंकू को अपनी गोद में खींच लिया।

''पापा, देखिए मैंने अपने लिए गाड़ी खरीदी है।''

''अरे कहाँ, दिखाओ तो!''

वह प्लास्टिक की एक छोटी कार थी जिसे वह मेरे सामने लेकर आया।

''अरे वाह! ये तो बहुत सुंदर गाड़ी है। कौन-कौन चढ़ेगा इसमें?''

''मैं और आप। मम्मी को नहीं बैठाएँगे इसमें।''

"अरे क्यों?"

"वह आपको डाँटती हैं। मम्मी गंदी है।"

"ऐसा नहीं बोलते बेटा। मम्मी आपके लिए टिफ़िन बनाती हैं। हॉर्लिक्स देती हैं, फिर आपको प्यार भी करती हैं। हैं न?"

"हाँ, लेकिन वो इतना ग़ुस्सा क्यों करती हैं? उनसे कह दीजिए कि वो ऐसे ग़ुस्सा करेंगी तो मैं उनको अपनी कार में बैठने नहीं दूँगा।"

"अच्छा, ठीक है मैं उनको समझा दूँगा। अब जाइए आप कपड़े बदल लीजिए। मासी के पास जाइए।"

वह मेरी गोद से उतरकर दौड़ता हुआ मासी के पास चला गया था। मैं सोच में पड़ गया कि चार साल का यह बच्चा भी समझता है कि मम्मी ग़ुस्सा करती हैं।

मैंने कई बार अनुजा को बेहद शांत होकर समझाया था कि देखो इस तरह चिल्लाया न करो, बच्चे पर बुरा असर पड़ेगा, लेकिन वह सुनती नहीं थी।

"चुप रहिए, मैं अपने बच्चे का अच्छा-भला ख़ूब समझती हूँ, आपके सुझाव की ज़रूरत नहीं। आप तो अपने कम्प्यूटर और फ़ोन को सँभालिए और अपनी प्रिय पाठिकाओं से बात में मशगूल रहिए।"

"ओह! तुम कभी नहीं समझोगी।"

"आप समझते हैं न, अपनी समझ को रखिए अपने पास। मेरे पास इस तरह के सज़ेशन लेकर मत आया कीजिए।"

इसके बाद मैं चुप हो जाता था। मुझे लगता था कि मैं और कोई बात कहूँ तो फिर एक कलह होगी। मैं चुपचाप किसी किताब में अपना मुँह गड़ा लेता था या फ़ोन के बटन टिपने लगता था या फिर फ़ेसबुक पर लोगों के स्टेटस पढ़ने लगता था- यह सब मैं अपनी बेचैनी और परेशानी और खीझ को दबाने के लिए करता था, लेकिन वह खीझ और बेचैनी मेरे अंदर जाकर कहीं हमेशा के लिए ठहर जाती थी।

नौ

वह एक अजीब शाम थी। मैं सोच में डूबा हुआ था- वहीं उसी पार्क में बैठा हुआ, जहाँ छुटपन में अंकू को लेकर पिता आया करते थे। ख़ूब उदासी के क्षणों में जहाँ जाकर मैं बैठ जाता था, शाम के झुटपुटे में जिस जगह एक पागल बीड़ी पीता और कभी-कभी ज़ोर-ज़ोर से खाँसता रहता था।

अनुजा के स्कूल से आने के पहले ही मैं निकल आया था। अंकू खिलौने के साथ व्यस्त हो गया था और मैंने मासी को कह दिया था कि इसे भूख लगे तो कुछ खिला देना।

"बोदी, पूछने से क्या बोलेगा?" मासी ने पूछा था।

"कहना कि काम से बाहर गया हूँ।" मैंने उससे कुछ झिझकते हुए कह दिया था।

मुझे पता था कि अनुजा आने के बाद समझ जाएगी कि मैं ऑफ़िस नहीं गया हूँ। मेरे ऑफ़िस का बैग- जिसमें किताबें रहती थीं और जिसके एक हिस्से में मैं टिफ़िन रखकर ले जाता था- टेबल पर पड़ा हुआ था। मैं उसे वहीं छोड़कर बाहर निकल आया था। मैं नहीं चाहता था कि आने के बाद अनुजा चख-चख करे और मैं उसे सुनते-सुनते अपना आपा खो दूँ और फिर से उसके और हमारे बीच एक गहन तनाव पैदा हो जाए।

मैं उस दिन बहुत उदास और टूटा हुआ महसूस कर रहा था। रोने के बाद की एक गहन शून्यता मेरे दिमाग़ के अंतर में कहीं टहल रही थी। मैं चुपचाप

पार्क की बेंच पर बैठा हुआ था, बिना कुछ सोचते हुए यूँ ही जैसे सदियों से वहीं बैठा होऊँ- बिना कुछ सोचते हुए एक पत्थर की मूरत की तरह।

अचानक वह पागल आकर मेरे पास बैठ गया था। वह अजीब नज़रों से मुझे देख रहा था, जैसे मुझसे कुछ कहना चाहता हो। मैंने उसे ख़ाली नज़रों से देखा। उसकी आँखों में एक खास तरह का भोलापन और आग्रह था। मैंने उससे इशारे से पूछा- "क्या है? क्या चहिए?"

"एक टा टाका दीबी?" (एक रुपया दोगे?)

"टाका? कि कोरबे एक टाका निए?" (रुपया? क्या करोगे एक रुपया लेकर?)

"बीड़ी पिएगा।" वह हिंदी बोलने लगा था शायद वह समझ गया था कि मैं बंगाली नहीं हूँ।

"मुझे भी पिलाएगा?"

"तुम पिएगा? तुमी इहां पर बोसो हम ले के आता है।"

मैंने अपनी जेब टटोली। मेरा पर्स पॉकेट में था, मैंने देखा कुछ खुले पैसे थे उसमें। मैंने एक रुपया निकालकर उसे दे दिया। पैसा लेते ही वह बिना कुछ बोले जाने लगा। मैं उसे जाता हुआ देखता रहा। वह कुछ दूर जाकर मेरी नज़रों से ओझल हो गया। मुझे लगा कि वह फिर लौटकर नहीं आएगा-- पागल आदमी का क्या भरोसा!

मैं बहुत देर तक वहीं बैठा रहा, यह सोचकर नहीं कि वह आदमी जो मुझसे पैसे लेकर गया है, वह बीड़ी लेकर आएगा। बस इसलिए कि वहाँ बैठना मुझे अच्छा लग रहा था, ऐसा लग रहा था कि वहाँ बैठकर मैं ख़ुद से बातें कर रहा हूँ। मुझसे ही मेरा मौन संभाषण चल रहा है।

जब आप अकेले होते हैं तो सचमुच अकेले नहीं होते- स्मृतियों और स्वप्नों का एक गिरोह आकर आपको घेर लेता है। कोई अगर देखे तो लगेगा कि आप अकेले बैठे हो, लेकिन उस समय आपके चारों ओर एक हलचल-सी मची रहती है, जिसे सिर्फ़ आप सहते हो अपनी छाती पर अकेले।

मेरे मन में भी स्वप्न और यथार्थ की आवाजाही लगी हुई थी। मैंने अपने मन की हलचल को एक बार झिंझोड़कर एक तरफ़ फेंक देने की कोशिश की, लेकिन वह फिर किसी सैलाब की तरह मेरी ओर बढ़ती हुई चली आई। उसने

मुझे फिर से अपने आग़ोश में ले लिया। मैंने सोचा कि अगर मैं उठकर ज़ोर-ज़ोर से दौड़ने लगूँ तो शायद इससे मेरा पीछा छूट जाएगा। मैं उठ खड़ा हुआ और तेज़ी से एक दिशा में चलने लगा।

तभी मेरे कानों में एक आवाज़ टकराई। मैं उस आवाज़ को अनसुना कर देना चाहता था। मुझे लगा कि यह आवाज़ मेरे भीतर ही कहीं से आ रही है। मैंने एक बार अपने कान बंद कर लिए। ख़ुद को एक बारा झिंझोड़ा, लेकिन वह आवाज़ आनी बंद नहीं हुई- दादा, दादा...।

"दादा... दादा..." यह आवाज़ लगातार मेरे कानों से टकरा रही थी।

मैंने पीछे मुड़कर देखा, दूर पार्क की बेंच के पास खड़ा वही चिल्ला रहा था।

मैं लौट गया।

"कहाँ जाता है? ये देखो बीड़ी। पियो।" उसने मुझे क़रीब देखकर कहा था।

उसने एक बीड़ी मेरी ओर बढ़ाई और दूसरी जलाकर पीने लगा।

मुझे लगा था कि वह लौटकर नहीं आएगा। वह कहीं खो जाएगा। भूल जाएगा। लेकिन उसे बराबर याद था कि मैंने उसे पैसे दिए हैं और वह मेरे लिए बीड़ी लेकर आया था।

वह मेरी ओर बीड़ी पीते हुए कभी-कभी तिरछी नज़रों से देख लेता था और एक नादान-सी हँसी हँसता था। मुझे उसकी हँसी 'सोन हँसी' लग रही थी। उसकी उस सोन हँसी में एक आकर्षण था, एक बिंदासपन था और एक भोला-सा आग्रह भी था।

मैं उसके पास बैठ गया और उसकी बीड़ी लेकर अपनी बीड़ी भी सुलगा ली।

वह कुछ बोल नहीं रहा था। सिर्फ़ मुस्कुराए जा रहा था। ऐसे जैसे वह मेरे जीवन के सारे राज़ जानता हो। अनुजा के साथ मेरे संबंध की एक-एक कथा उसको मालूम हो। वह शिवांगी को भी जानता हो और उस भोपाल वाली लड़की को भी जिसके पास वादा करके भी मैं दुबारा नहीं जा सका था।

मैंने सोचा कि आज इससे ही बात की जाए। मैंने इसके बारे में सुन रखा था कि पहले वह एक सामान्य आदमी था। सरकारी नौकरी करता था। इसकी एक बहुत सुंदर पत्नी थी, लेकिन एक दिन अचानक सुना गया कि वह घर से ग़ायब हो चुका है। दो दिन बाद जब वह मिला था हुगली नदी के किनारे तो एक कचरे के ढेर पर बैठा कुछ बुदबुदा रहा था। उसके रिश्तेदारों ने जब उसे घर लाने की कोशिश की तो वह भागने लगा और उसने साफ़-साफ़ कह दिया कि अब उसका कोई घर नहीं है, कि अब वह मुक्त हो चुका है। इसके बाद उसकी पत्नी और रिश्तेदारों ने उसे पागलख़ाने भेज दिया था। बहुत दिनों तक वहाँ रहने के बाद जब वह कुछ ठीक हो गया तो घर आ गया था, लेकिन वह बेहद चुप रहने लगा था। आकर चुपचाप बैठ जाता था इस पार्क में और बीड़ी पीता रहता था। उसके ऊपर रह-रहकर पागलपन के दौरे पड़ते थे और वह तब घर-बार छोड़कर मुहल्ले में इधर-उधर घूमता रहता था। कभी-कभी बहुत ऊँचे स्वर में वह गीत भी गाता था। एक गीत जो उसके मुँह से अक्सर मैं सुनता था, वह किसी लोक-गायक के द्वारा गाया हुआ था। वह बहुत ही प्रसिद्ध गीत था। उस गायक का नाम मुझे मालूम नहीं था, लेकिन वह गीत मैं कई बार इधर-उधर सुन चुका था और जब कभी मैं पार्क में आकर बैठता था तो हमेशा नहीं, लेकिन कभी-कभी वह यही गीत गाता था। कुछ देर गाने के बाद वह चुप हो जाता था और ज़ोर-ज़ोर से खाँसने लगता था, फिर एक बीड़ी का सुट्टा मारता था और पुनः उसी गीत की पंक्तियाँ ख़ूब तेज़ आवाज़ में दुहराता था। उसका गला अच्छा था और वह सुर में गाता था।

उस दिन बहुत देर तक मैंने जब उससे कुछ नहीं कहा तो वह गुनगुनाने लगा।

फिर उसकी आवाज़ थोड़ी तेज़ हो गई। वह वही गीत दुबारा गाने लगा था :

जखुन तोमार केउ छिलो ना छिलम सुधो आमि
आखुन तोमार सब होयेछे पर होयेछी आमि बंधु...
...पर होयेछी आमि बंधु...
(जब कोई नहीं था तुम्हारे पास, सिर्फ़ मैं था
अब सभी तुम्हारे अपने हैं, और मैं अजनबी हो गया बंधु...

...मैं पराया हो गया बंधु...)

मैं चुपचाप सुन रहा था और मगन होकर वह गाए जा रहा था– मेरी ओर देखकर हँसते हुए, वही सोन हँसी हँसता हुआ– एकदम नादान मुस्कुराहट जिसे सुनकर मेरे अंदर के ग़ुबार पिघलने लगे थे। अचानक मेरी आँख के कोर पानी से भीग आए थे। मैं चाहता था कि वह गाता रहे और मैं रोता रहूँ।

अचानक वह रुक गया, ''एई कि तुम रोता है?''

वह मेरे पास आया और मेरी ओर करुणा के भाव से देखने लगा। उस समय वह मुझे पागल बिल्कुल नहीं लग रहा था। वह एक सामान्य आदमी था जो किसी को भावुक हुआ देखकर विचलित होने लगता है। उसकी आँखों में बेचैनी थी– प्रश्न थे। वह मेरे बिल्कुल पास बैठा हुआ था।

गीत रुक गया था, लेकिन अब वह मेरी आत्मा में कहीं बार-बार प्रतिध्वनित हो रहा था, मुझे कहीं लेकर जाता हुआ– उस पार्क की बेंच और उस पागल आदमी से दूर– किसी खोह में।

''एई कि तुम रोता है, पगला कहीं का।''

मैं कुछ नहीं बोलता, सिर्फ़ उसकी ओर देखता रहता हूँ– इस तरह जैसे वह सदियों से बिछड़ा मेरा कोई आत्मीय हो।

''हमको बताओ तुमको क्या प्रोब्लेम है?''

''...''

''तुम कुच नई बोलेगा, तब तुम्हरा-हमरा दोस्ती खतम...।''

''...''

''फिर हम बीड़ी भी लाकर नहीं देगा।''

''...''

''ऐ पगला चुप हो जाओ... देखो मैं हूँ न... अच्छा हम तुमको खुशी का गान सुनाएगा।''

''...''

''तुम्हारा वास्ते एक और बीड़ी लाएगा। मेरा पास एक टाका अऊर है, देखो... देखो...।''

''...''

मैं कुछ नहीं बोलता, बस रोता रहता हूँ। मैंने देखा उसने मेरा सिर अपने काँधे पर रख लिया है। उसके काँधे से अजीब-सी एक दुर्गंध आ रही है, लेकिन वह दुर्गंध मुझे परेशान नहीं करती। उस समय उसका काँधा मुझे अच्छा लग रहा है।

''तुम रोता क्यों हैं? रोने से कुछ नहीं होगा।''

''तुम समझते हो दादा?''

''हाँ, हम समझता है। तुम एक जगह पर ठहर गया है। उँहा से निकलना होगा तुमको।''

''लेकिन कैसे?''

''पागल हो जाओ- मेरा जैसा। पागल लोग के ऊपर किसी बात का असर नहीं होता।''

''तुम्हें पता है कि तुम पागल हो? तुम तो मुझे पागल नहीं लगते।''

''अरे तुम बोका है, मैं पगला है। एक और बीड़ी पियो फिर तुम्हारा दिमाग ठीक होगा।''

वह ज़ोर-ज़ोर से हँसने लगता है। उसके दाँत बाहर आ जाते हैं, जो बीड़ी पीने की वजह से काले पड़ गए हैं।

मुझे आश्चर्य होता है कि यह आदमी इतना नॉर्मल बात कैसे कर रहा है आज- यह तो पता नहीं क्या-क्या बुदबुदाता रहता है।

मैं उससे अलग हो जाता हूँ। मुझे लगता है कि मुझे इस आदमी से बात करनी चाहिए। उस समय जब रात के नौ बज चुके थे और मेरा मोबाइल फ़ोन बंद था, और मैं अपने घर से विरक्त होकर इस पार्क में बैठा था, मुझे लगा कि घर से ही शुरुआत करनी चाहिए।

''तुम्हारा घर कहाँ है दादा?''

''यही तो घर है हमरा। तुम देखता नहीं। रात को हम इधर सोता है। इस पाथर का बेंच पर।''

''नहीं, फिर भी तुम्हारा घर तो होगा, जहाँ पर तुम कभी रहते थे। घर में लोग होंगे?''

''घर, वह मर गया। मर गया वह...। घर कैसे मरता है तुम जानता है?''

''हाँ, जानता हूँ शायद।''

"नहीं, तुम कुछ नई जानता। घर में दीवार होता है न वह भस जाता है। भालोबासा मरता है पहले – आत्मीयता – जिसको तुम प्रेम बोलता है, वह मरता है। फिर दीवार भसता है, फिर जो बाग में तुम फूल लगाया रहता है, वह पुड़ (जल) जाता है।"

"फिर... ? फिर क्या होता है दादा?"

"तुम्हरा बॉउ तुमको गाला–गाली देता है, तुमको उल्टा–सीधा बोलता है। बाड़ी में झमेला होता है रोज–रोज। फिर तुम भी अपना बॉउ को गाला–गाली देता है, पड़ोस का लोग देखता है। तुम्हारा बच्चा एक कोना में भय से दड़ाया (खड़ा) रहता है। तुम उसका भी परबाह नहीं करता।"

"हम्म...। फिर...।"

"तुम घर जाना नहीं माँगता। पार्क में टहलता है, देर से बाड़ी जाता है, फिर बॉउ खूचकूच करता है... और जानता है एक दिन क्या होता है, एक दिन जब तुम घर में आता है तो देखता है कि तुम्हारा बॉउ किसी और आदमी के साथ... समझता है...।"

"किसी और आदमी के साथ?"

"अरे, वोही तुम्हारा पड़ोसी...। तुम्हारा दोस्त... जिसको तुम पैसा देता था जिसका हर समय हेल्प करता था, वही बापी...। फिर तुम सोचो कि तुम क्या करता है...।"

"क्या करता है... ?"

"धूर, पागला...। तुम एकदोम पागला है...। इतना भी नई जानता... ?"

"नहीं जानता दादा, सच में। कसम से...। बिल्कुल नहीं जानता।"

"फिर, वो बापी तो बोकाचोदा भाग जाता है, लेकिन तू अपना बॉउ को पकड़ लेता है। उसको पहले तो धूसा मारता है, फिर डंडा लेकर उसको मारता है। तुम इतना गुस्सा में होता है कि डंडा से तुम उसका माथा में मारता है और फिर खून... खून...।"

"ओह! अरे... ऐसा कैसे दादा... ?"

"फिर तुम्हारा बच्चा जाग जाता है। वह डर के मारे चिल्लाना शुरू करता है। तुम्हारा समझ में नहीं आता कि तुम क्या करेगा...। तुम जोर–जोर से रोना शुरू कर देता है, लोग जुट जाता है। बॉउ को हस्पताल ले जाता है

और वह मर जाता है, मर जाता है वह... और तुम साला पगला हो जाता है... पगला हो जाता है तुम... हाहाहाहाहाहाहाहाहाहाहाहाहा... पगला हो जाता है... हाहाहाहाहाहाहाहाहाहा...।''

वह बेचैन होकर इधर-उधर उछलने लगता है। मुझे लगता है कि वह नॉर्मल नहीं है अब। वह बीड़ी लेकर आता है और ज़ोर-ज़ोर से उसके सुट्टे मारने लगता है, फिर वह एक जगह पर अपने सिर को घुटने में लेकर बैठ जाता है और रोने लगता है- ज़ोर-ज़ोर...।

मैं चुप और निस्तब्ध। अब क्या किया जाए...।

मैं कुछ देर तक यूँ ही चुपचाप बैठा रहता हूँ। धीरे-धीरे वह संयत होता हुआ दिखाई पड़ता है। वह घुटने से अपना मुँह बाहर निकालता है और मेरी ओर देखकर मुस्कुराता है- वही सोन हँसी। लगता है कि वह अपनी एक दुनिया का सफ़र तय कर बाहर निकल आया है।

वह धीरे-धीरे मेरे पास आता है।

''क्या हुआ तुम परेशान हो गया। परेशान मत होओ।''

''जी...दादा...।''

''हाँ, उससे कुछ नहीं मिलता, कुछ हासिल नहीं होता। अगर कोई चीज बहुत दु:ख देने लगे तो उससे बाहर चला जाना चाहिए। दूर कहीं किसी जायगा में बसेरा बनाना चाहिए।''

''तुम तो बाहर नहीं गए कहीं ?''

''हम किधर जाएगा, इसलिए हम खुद से ही बाहर निकल गया। देखो मैं वह शशिभूषण नहीं है- यह कोई और है- जिसको सब लोग पगला बोलता है- जो अपना बॉउ का खून किया- अपना बच्चा को रिश्तेदार लोग का भरसा में छोड़ दिया। पगला है यह... यह शशिभूषण बंद्योपाध्याय नहीं है... मेरे वेश में ये कोई और है बाबू... कोई और है...।''

''लेकिन तुम मुझे पागल नहीं लगते शशिभूषण दा...।''

मैंने पहली बार उसका नाम लेकर पुकारा था। वह सचमुच मुझे पागल इंसान नहीं लगा था। अगर वह पागल था तो मैं- मैं भी नॉर्मल कहाँ था। तब

तो मैं भी उसके जैसा ही कोई पागल था जो रात दिन इधर-उधर भटकता रहता है... कहीं भी चैन नहीं जिसे, जो साँस-साँस हरमेश तड़पता रहता है।

''अरे कैसा बात करता है तुम...। पगला है तुम...। घर जाओ... बहुत देर हो गया। तुम्हारा बॉउ तुमको खोजता होएगा।''

''नहीं शशिभूषण दा, मुझे कोई नहीं खोजता। मेरी परवाह किसी को नहीं है।''

''अरे कैसा नहीं है, जाओ पगला। अब बीड़ी भी नहीं कि तुमको पिलाएगा। एक रुपया दो।''

''फिर बीड़ी खरीदोगे।''

''हाँ, लेकिन इस बार तुमको नहीं पिलाएगा। एकला पिएगा। तुम जाओ... भागो... पगला कहीं का...।''

मैं उसे दो रुपये निकालकर दे देता हूँ। वह बिना कुछ बोले वही सोन हँसी हँसता है और धीरे-धीरे मेरी आँखों के सामने से ओझल हो जाता है।

मैं धीरे-धीरे घर के रास्ते पर आगे बढ़ता चला आ रहा था। मेरे पाँवों में अजीब क़िस्म की थकान थी। मैं पूरे रास्ते शशिभूषण दा के बारे में सोच रहा था। वह जिस तरह से अपनी बातें कह रहा था, लगता था कि वह दुबारा उन घटनाओं को जी रहा है। वह पागल जिसे पूरा मुहल्ला पागल कहता था, वह तो चाय और बीड़ी के लिए लोगों से रुपया दो रुपया माँगता रहता था।

अचानक मुझे लगा कि मैं अपनी बिल्डिंग के आस-पास पहुँच गया हूँ। मेरा फ़ोन बंद था। मैं चाहता नहीं था कि उसे चालू करूँ, उस समय न तो मुझे शिवांगी से बात करने का जी कर रहा था और न ही उस भोपाल वाली लड़की से जिससे एक बार मिलने के बाद मैं दुबारा मिलने नहीं गया था। वह बार-बार कहती कि कब आओगे और मैं बार-बार कहता कि जल्दी। अंत में जब मैं नहीं गया तो उसने मुझसे आने के लिए कहना छोड़ दिया था। कभी-कभी देर रात गए उसका फ़ोन आता था। वह मुझसे कुछ कहते हुए फफक-फफककर रोती थी। उसकी आवाज़ में रोना इस क़दर शामिल होता था कि मुझे उसकी बातें स्पष्ट तौर पर सुनाई नहीं पड़ती थीं। वह बहुत देर तक रोती रहती थी और मैं अपराधी की तरह उससे चुप हो जाने की गुज़ारिश करता रहता था। ऐसे में

डर यह भी रहता था कि मुझे इतनी रात गए फ़ोन पर बात करते हुए अनुजा सुनेगी तो सुबह ज़रूर ताने देकर स्कूल जाएगी, या एक बहुत बुरी लड़ाई हम दोनों के बीच हो जाएगी।

उस समय जब उस लड़की के बारे में सोच रहा होता था तो यह सोचकर राहत मिलती थी कि शिवांगी बिल्कुल ऐसी नहीं है। वह समझती है और वह मुझसे बिना कुछ चाहे ऐसा प्रेम करती है जैसे कोई एकनिष्ठ योगी अपने इष्टदेव की आराधना करता है। कई बार मुझे यह अजीब भी लगता था। मुझे विश्वास ही नहीं होता था कि कोई लड़की किसी को ऐसे प्यार कर सकती है। उसकी इस चाह ने उसे मेरे मन में एक ऊँची जगह दे दी थी। मैं जितना प्यार उससे करता था, उससे अधिक उसका सम्मान करता था।

लेकिन अनुजा यह सब नहीं समझ सकती थी। वह एक टिपिकल आम औरत थी। वह हमेशा से मुझे क़ाबू में करना चाहती थी, लेकिन उसे पता नहीं था कि मुझे क़ाबू में करने के लिए अनुशासन और आदेश नहीं बल्कि प्यार की ज़रूरत थी, उस समर्पण की ज़रूरत थी जिसे खोजता हुआ पता नहीं कहाँ-कहाँ मैं भटक चुका था, और जो कहीं नहीं मिला था। हर जगह से आकर सिर्फ़ शिवांगी में मेरी सारी सोच अटक जाती थी।

मैं धीरे-धीरे घर की सीढ़ियाँ चढ़ रहा था।

मैं ऊपर आया तो मैंने देखा कि घर का दरवाज़ा खुला हुआ था और टी. वी. के चलने की आवाज़ आ रही थी। मुझे पता चल गया कि अनुजा ज़रूर उतरन या इसी तरह का कोई और सीरियल देख रही है। मैं चुपचाप अपने कमरे में चला गया और जाकर अपने शर्ट और पैंट खोलने लगा। गर्मी अधिक थी- बारिश के कारण उमस वाली गर्मी। मैं चाहता था कि नहा लूँ, लेकिन मुझे लगा कि इस समय अगर नहाऊँगा तो ज़रूर मेरे गले में दर्द पैदा हो जाएगा।

मुझे आया देखकर अंकू मेरे पैरों से लिपट गया। वह टी.वी. रूम में ही था और दौड़ता हुआ मेरे पास चला आया था।

''आप इतनी देर से क्यों नहीं आए? मम्मी ग़ुस्सा कर रही थीं।''

''काम था न बाबू। मैंने उसे अपनी गोद में उठा लिया।''

"जानते हैं पापा, मम्मी मेरे लिए लॉलीपॉप लाई थीं और आइसक्रीम भी।"

"अच्छा...।"

"हाँ, और मम्मी अभी टी.वी. देख रही हैं।"

"तुम अभी तक सोए नहीं?"

"नहीं, मैं आपका इंतज़ार कर रहा था न।"

"क्यों, किसलिए इंतज़ार कर रहे थे? तुम तो इतने समय तक सो जाते हो।"

"अरे, मैंने एक पेंटिंग बनाई थी। पता है आज फ़ादर्स डे है न।"

"ओह, तो आज फ़ादर्स डे है!"

मुझे पता ही नहीं था, शायद इसलिए कि मैं सुबह से फ़ेसबुक पर नहीं गया था, वहाँ जाता तो लोगों के स्टेटस से मुझे पता चल जाता कि आज फ़ादर्स डे है। अमूमन इस तरह के दिनों को लोग फ़ेसबुक पर ख़ूब सेलिब्रेट करते थे- कोई अपने दिवंगत पिता को याद करता था, कोई अपने वर्तमान पिता के साथ फ़ोटो खिंचवा कर शेयर करता था, कुछ लोग पिता पर कविताएँ लिखकर उसे शेयर करते थे।

अचानक उस समय मुझे अपने बूढ़े पिता का झुर्रीदार चेहरा याद आया और मेरे अंदर कोई चीज़ तेज़ी से पिघलने लगी। मैंने उस बच्चे को और कसकर पकड़ लिया और भीगी आँखों से उसे चूमने लगा।

"कहाँ है, तुम्हारी पेंटिंग दिखाओ।"

वह मेरी गोद से उतर कर कमरे की ओर भाग गया। जब वह लौटा तो उसके हाथ में एक काग़ज़ था।

"लाओ, दिखाओ।"

"ये उतनी अच्छी नहीं है, फिर भी आप देख लीजिए।"

वह थोड़ा झिझकते हुए वह काग़ज़ मेरी ओर बढ़ा देता है जिसमें वह पेंटिंग बनी हुई है। मैं उस पेटिंग पर आँख गड़ा देता हूँ। पेंसिल से बनी वह तस्वीर कई रंगों में रंगी हुई है और पास में एक क़लम की तस्वीर है। वह आदमी की तस्वीर क़लम की ओर हाथ बढ़ाए हुए है। साथ में एक छोटा लड़का है जो चुपचाप बैठा कुछ कर रहा है।

"ये कौन है?"

"अरे, ये आप हैं। यह क़लम है, आप लिखते रहते हैं न। फिर आपकी क़लम खो जाती है तो उसे खोजते रहते हैं।"

"और ये?"

"अरे, यह तो मैं हूँ, आपकी तस्वीर बना रहा हूँ।"

"ओह! अच्छा तो ये आप हैं... ?"

"तो आपकी नाक इतनी चिपटी क्यों है?"

"अरे, यहाँ कलर ज़्यादा गिर गया है... इसलिए ऐसा लग रहा है, आपको समझ में नहीं आता क्या?"

"ओह, तो ऐसा है! और मम्मी?"

"अरे, फ़ादर्स डे पर मम्मी कैसे होंगी?"

"मम्मी को दिखाया?"

"हाँ, दिखाया।"

"क्या बोलीं?"

"बोलीं कि ले जाओ अपने बाप को दिखाना।"

"ओ...।"

"पापा, ये बाप क्या होता है, पापा को बाप बोलते हैं न?"

"कुछ नहीं बेटा। तुमने खाना खाया?"

"हाँ, खा लिया। कैसी है पेंटिंग?"

"अच्छी, बहुत अच्छी।"

"तो गुड दिजिए, और... ?"

"और स्माइली भी...।"

"ओके...।"

मैंने अपने क़लम से काग़ज़ के टुकड़े पर गुड लिख दिया और एक स्माइली बना दिया। वह ख़ुश हो गया और उसने अपने होंठ मेरे गालों पर रख दिए।

"आप दाढ़ी क्यों नहीं बनाते। गड़ता है।"

"हाँ, बनाऊँगा बेटा। तुम जाओ सो जाओ अब।"

"ओके, गुड नाइट पापा।"

"गुड नाइट...।"

वह चला गया।

उसके जाने के बाद मैं आकर कम्प्यूटर रूम में एक चेयर पर बैठ गया। अनुजा अब भी टी.वी. देख रही थी। उसे पता तो चल ही चुका होगा कि मैं आ गया हूँ, लेकिन वह देखने नहीं आई और न ही यह पूछने कि मैं इतनी देर तक कहाँ था और क्या कर रहा था।

लेकिन आज पता नहीं क्यों मुझे उससे बात करने का जी कर रहा था। मैं चाह रहा था कि उससे कहूँ कि देखो मैं तुमसे प्यार करता हूँ और यह जो छोटा-सा बच्चा है, वह हमारा है। यह घर हमारा है जिसे हमें बचाना है, यह धीरे-धीरे दरकता जा रहा है और यह सिर्फ़ तुम्हारे स्वभाव के कारण हो रहा है। तुम नाहक ही हर बात पर चीख़ने-चिल्लाने लगती हो। अगर मैं भी कई जगहों पर भटक गया हूँ तो इसका कारण यह है कि तुम मेरे ऊपर ध्यान नहीं देतीं।

अनुजा मुझे तुम्हारे प्यार की ज़रूरत है- मैं कहना चाहता था।

अनुजा तुम प्लीज़ वापिस लौट आओ- मैं कहना चाहता था।

तुम देखो यह तुम्हारी ही दुनिया है- तुम्हारी और हमारी जिसे हमने मिलकर बनाने का सपना देखा था और अब धीरे-धीरे वह बिखरती जा रही है।

तुम्हारे बाग़ का वह नन्हा गुलाब अब सूखता जा रहा है।

मैं कहना चाहता था और उसके गले लगकर रोना चाहता था- ख़ूब-ख़ूब रोना चाहता था।

मैंने फ़ोन ऑन नहीं किया। मैंने कम्प्यूटर ऑन नहीं किया। मैं फ़ेसबुक पर नहीं गया। मेरा कुछ भी करने का मन नहीं कर रहा था। मुझे सिर्फ़ लग रहा था कि मैं अनुजा से बात करूँ और उसके गले लगकर रोऊँ और उससे कहूँ कि माँ और पिता को लौट आने दो अपनी जगह। भाई को लौट आने दो अपनी जगह। तुम नॉर्मल हो जाओ अनुजा।

मेरे लिए न सही अपने इस चार साल के बच्चे अंकू के लिए।

उसने टी.वी. बंद कर दिया है। मुझे लगता है कि वह अभी आएगी मेरे पास और पूछेगी कि अभी तक आप कहाँ थे। मैं उसी का इंतज़ार कर रहा हूँ।

उसके आने की आहट सुनाई पड़ती है। वह मेरे सामने से गुज़र रही है चुपचाप। मैं उससे कुछ कहना चाहता हूँ। मैं उसे रोकना चाहता हूँ, लेकिन मुझे लगता है कि मेरे कंठ को किसी ने ज़ोर से दबा दिया है, मेरे हलक़ से आवाज़ बाहर नहीं आ रही है। वह जा रही है और मैं उसे हाथ के इशारे से रोकने की कोशिश करता हूँ, जिसे वह नहीं देखती। मैं तेज़-तेज़ चलकर उसे पकड़ना चाहता हूँ, लेकिन मुझे लगता है कि मेरे पाँव सुन्न पड़ गए हैं और मैं असहाय-सा एक जगह पर जड़ हो गया हूँ।

मैं चिल्लाना चाहता हूँ- अनुजा... अनुजा... अनुजा... और मेरी आवाज़ म्यूट हो गई है।

पता नहीं कितने समय तक मैं यूँ ही कुर्सी में धँसा रहता हूँ, पता नहीं कितना समय गुज़र चुका है, पता नहीं कितना जीवन गुज़र चुका है।

दस

उसके जाने के बाद जब मुझे होश आया तब मैंने फ़ोन ऑन किया था।

पूरी सुबह मेरी और अनुजा की कोई बात नहीं हुई थी। मैंने रोज़ की तरह सभी काम किए थे। मैंने कई बार कोशिश की कि उससे बात की शुरुआत करूँ, लेकिन सुबह का वह समय इतना व्यस्त और भागम-भाग वाला होता है कि आप कोई भी गंभीर बात नहीं कर सकते। इस वजह से कई बार कोशिश करने के बाद भी मैं चुप ही रहा।

अनुजा स्कूल चली गई थी। बच्चे को भी मासी स्कूल ले गई थी।

मैंने देखा कि मेरा टिफ़िन टेबल पर रखा हुआ था। यह इस बात का संकेत था कि मैं ऑफ़िस चला जाऊँ। यह अजीब ही था कि इतने समयों में पहली बार वह मौन थी। वह चीख़ी नहीं थी। उसने मेरे ऊपर अपना ग़ुस्सा नहीं उतारा था। वह चुपचाप अपने काम करती रही थी और मैं अपना।

अंततः वह स्कूल चली गई थी और बच्चे को मैंने मासी के हवाले कर दिया था।

अब मैं घर में अकेला था। मेरा फ़ोन ऑन था। मैंने देखा कि शिवांगी के कई मिस्ड कॉल थे। भोपाल वाली लड़की ने भी दो बार फ़ोन किया था। मैं उदास और मजबूर नज़रों से फ़ोन पर आई मिस्ड कॉल्स को देख रहा था।

मुझे पता था कि शिवांगी ज़रूर फ़ोन करेगी। मेरा फ़ोन ऑन होते ही उसके पास यह संदेश पहुँच गया होगा कि यह नंबर अब कॉल के लिए

उपलब्ध है।

मैं सोच रहा था कि उसका फ़ोन आए उससे पहले मैं ही उसे फ़ोन करूँ और बताऊँ कि मैं कुछ ख़ास वजहों से परेशान था, इसलिए मैंने मोबाइल बंद कर रखा था। अगर मैंने ऐसा नहीं किया तो पता नहीं उसके कितने सवालों का सामना करना पड़ेगा।

वैसे वह ज़्यादा सवाल नहीं पूछती थी। उसे पता चल चुका था कि मेरा एक घर है, एक पत्नी है और मेरा एक बच्चा है। इसलिए वह किसी भी समय फ़ोन न करके मेरे फ़ोन का इंतज़ार करती थी।

मैं कुछ देर यूँ ही चुपचाप बैठा रहा। सोचता रहा कि उसे फ़ोन करूँ, फिर ऑफ़िस जाने के लिए तैयार भी होना था।

मैं फ़ोन करता इससे पहले ही मेरा फ़ोन बजने लगा था। मैंने सोचा कि ज़रूर शिवांगी ही होगी, लेकिन वह नहीं थी। यह भोपाल वाली लड़की थी। उसका नाम मैंने 'ट्वेंटी फ़ोर आवर म्यूजिक' नाम से सेव कर रख दिया था।

मैंने फ़ोन उठाया, "हैलो।"

"हैलो साहेब। गुड मॉर्निंग।"

"कैसी हो? क्या कर रही हो?"

"यह तो होता नहीं कि कभी फ़ोन करो। ऊपर से फ़ोन करने पर मोबाइल बंद बताता है।"

"हाँ, कुछ कामों में व्यस्त था।"

"पत्नी से लड़ाई हो गई होगी, और आप परेशान होंगे, इसलिए आपने फ़ोन बंद कर दिया होगा।"

"नहीं, ऐसी बात नहीं है।"

"तो कैसी बात है, तुम्हें मेरी बिल्कुल याद नहीं आती न!"

"अरे, नहीं ऐसी बात नहीं।"

"क्यों याद आएगी? तुम्हारी एक पत्नी है। एक बच्चा है। ऐसे में मेरी याद क्यों आएगी? तुम्हें पता है, मैं कितनी परेशान हूँ। मुझे रात-रात भर नींद नहीं आती। मैं बहुत कोशिश करती हूँ कि मेरी आँख में आँसू न आएँ, लेकिन पता नहीं कहाँ से आँसू चले ही आते हैं। लगता है कि पूरी दुनिया में

मैं अकेली हो गई हूँ।''

''हम्म...।''

''लेकिन तुम नहीं समझोगे कभी। तुम प्यार नहीं करते न, इसलिए तुम्हें समझ भी नहीं कि कैसी तकलीफ़ होती है।''

''देखो, तुम समझने की कोशिश करो। ऐसी बात नहीं है। मैं जल्दी आऊँगा तुमसे मिलने।''

''झूठ मत बोलो। मैं बहुत सुन चुकी तुम्हारा यह झूठ। तुम नहीं आओगे मैं जानती हूँ।''

मुझे लग रहा था कि अब वह फ़ोन पर ही रोना शुरू करेगी। उस समय मुझे सचमुच अफ़सोस हो रहा था कि मुझे इस लड़की से जुड़ना नहीं चाहिए था। यह लड़की मुझसे हृदय से जुड़ गई है। वह प्यार करती है मुझे। और मैं? पता नहीं मैं उससे क्या करता हूँ। प्यार भी करता हूँ या नहीं, मुझे सचमुच कुछ नहीं पता।

वह अजीब शुरूआत थी, जब उसका साथ मुझे अच्छा लगता था। लगता था कि वह एक लड़की है जिससे मैं अपना सब-कुछ कह सकता हूँ। वह अकेलापन जो मेरे अंदर था, उसके आने के बाद झरने लगा था। लेकिन मुझे सचमुच नहीं पता था कि मैं एक दिन भोपाल जाऊँगा और वह और मैं इतने क़रीब आ जाएँगे।

उस दिन जब स्कूटी नाले में चली गई थी और हमारे कपड़े लगभग ख़राब हो गए थे। हम होटल चले आए थे। उस रात मैं ख़ुद को रोक नहीं पाया था। एक तूफ़ान-सा उठा था उस रात और हम दोनों उसमें देर तक बहते रहे थे।

वह रात भर मेरे साथ थी- वह और मैं अकेले।

कभी-कभी सोचता हूँ तो यह सपने-सा लगता है।

''हैलो...।'' वह अब भी फ़ोन पर थी।

''हाँ, मैं हूँ...।''

''किस सोच में डूब गए साहेब...।''

''नहीं, कुछ नहीं। तुम्हारे घर वाले तुम पर दबाव डाल रहे हैं। तुम तीस

से ऊपर की हो गई हो। तुमसे एक रिक्वेस्ट करूँ?''

''क्या, बोलो मेरे आका...।''

''तुम घरवालों की बात क्यों नहीं मान लेतीं! तुम... तुम शादी कर लो।''

''शादी, तुम किस मुँह से यह बात कह रहे हो! तुमसे यह उम्मीद नहीं थी। तुम्हें लगता है कि जिस शरीर को तुमने छुआ है, उसे मैं किसी और को छूने दूँगी। इस जन्म में तो यह हो नहीं पाएगा और मुझे लगता है कि अब मैं तुम पर बोझ हो गई हूँ, जिसे तुम उतारकर फेंक देना चाहते हो। तो सुन लो, मैं आज के बाद तुमसे कभी बात नहीं करूँगी। यू हर्ट मी... आई हेट यू...। तुम मुझसे प्यार नहीं करते, तुम्हें सिर्फ़ मेरे शरीर से मतलब था।''

''देखो... प्लीज़ ऐसा मत कहो। सुनो मेरी बात...।''

''अब क्या सुनूँ मैं... तुम कैसे कह पाए यह बात कि मैं शादी कर लूँ।''

''देखो, मैं यह तो नहीं कह रहा कि मैं तुमसे अलग हो रहा हूँ या तुमसे दूर जा रहा हूँ। मैं तुम्हारी भलाई के लिए ही यह कह रहा हूँ।''

''मेरी भलाई...?''

''मेरी भलाई करना चाहते हो तो तुम क्यों नहीं कर लेते मुझसे शादी?''

''तुम सोचो, क्या यह संभव है?''

''हुह, छोड़ो... तुम कमज़ोर हो। एक ऐसा इंसान जिसे पता ही नहीं कि उसे क्या करना है।''

''शायद तुम सही कह रही हो।''

फ़ोन कट गया था।

मुझे लगा कि एक गहरी खाई है जिसके अंदर मैं धँसता जा रहा हूँ। उस समय मुझे शिद्दत से महसूस हो रहा था कि मैंने सचमुच उस लड़की के साथ अच्छा नहीं किया, लेकिन जो कुछ भी हुआ हम दोनों की सहमति से ही हुआ था। वह वक़्त जिस समय हम साथ थे, वह एक पवित्र समय था और हम सचमुच ख़ुश थे। एक-दूसरे के क़रीब होने के समय हमारे मन में कोई अपराधबोध नहीं था।

मुझे याद है कि वह मेरी बाँहों में थी तब मैंने कहा था, "मेरी शादी हो चुकी है, और मेरा एक बच्चा है।"

"परवाह नहीं। तुम अभी सिर्फ़ मेरे हो।" यह उसने कहा था और मुझे कसकर अपने अंदर दबोच लिया था। वह रात जो पवित्र थी। वह रात जिसमें हम सचमुच ख़ुश थे। वह रात जो हमारे और उसके बीच एक कविता लिख रही थी।

"तुम्हें पता है तुम्हारे क़रीब मैं क्यों आया?"

"क्यों?"

"क्योंकि तुम एक साहसी लड़की हो। तुम सामाजिक मान्यताओं और रूढ़ियों से मुक्त एक मनुष्य हो।"

"अच्छा, ये बात है मेरे आका...।"

"यही बात।"

"मेरी एक बात मानोगे? मानोगे तो कहूँगी।"

"कहो...।"

"मुझे एक बच्ची दोगे?"

"बच्ची, कैसे...? यह तुम क्या कह रही हो? तुम होश में तो हो।"

"मैं पूरे होश-ओ-हवास में हूँ मेरे साहब।"

"तुम्हें डर नहीं लगता...।"

"अभी तो तुमने कहा कि मैं साहसी हूँ...। तुम डर गए।"

वह खिलखिलाकर हँस पड़ी थी, और मैं चुपचाप सन्न रह गया था- कैसी लड़की है यह।

"पता है मुझे वह कविता याद आ रही है - तुमने 'शेखर : एक जीवनी' पढ़ी है- वह कविता जो शशि सुनती है, शेखर उसे सुनाता है शायद...। मुझे ठीक-ठीक याद नहीं आ रहा, लेकिन शायद ऐसा ही कुछ था कि आय वांट टू डाइ व्हाइल यू लव मी...।

आय वांट टू डाइ व्हाइल यू लव मी...।

आय वांट टू डाइ व्हाइल यू लव मी...।"

वह दुहराते हुए पूरे कमरे में जैसे परिक्रमा कर रही थी। मैं चुपचाप उसे

देख रहा था– निस्तब्ध और चुप। फिर वही पंक्तियाँ दुहराते हुए वह मेरे चारों ओर घूमने लगी, जैसी मेरी परिक्रमा कर रही हो।

"यह क्या कर रही हो देवी?" मैंने उसे गहरी नज़रों से घूरते हुए कहा।

"तुम्हारी परिक्रमा कर रही हूँ देव।"

"यह न करो, मैं इसके लायक़ नहीं।"

"तुम किस लायक़ हो इसका निर्णय तुम ख़ुद मत करो, दूसरों को करने दो देव।"

और वह बहुत देर तक मेरे चारों ओर गोल-गोल घूमती रही थी– ऐसे जैसे उसे गहरा नशा हो गया हो और वह बेहोशी की हालत में यह सब कर रही हो।

"आय वांट टू डाइ व्हाइल यू लव मी...।
आय वांट टू डाइ व्हाइल यू लव मी...।"

मैं चुपचाप बैठा हुआ सोच रहा हूँ, फ़ोन किसी मुर्दा की तरह मेरे पास पड़ा हुआ है, पंखा खड़खड़ करता हुआ चल रहा है और मुझे लगता है कि मैं जहाँ हूँ वहाँ वास्तव में नहीं हूँ। मैं बहुत दूर किसी खोह या गुफा में हूँ, जहाँ मैं अपने लिए क्षमा की भीख उस लड़की से माँग रहा हूँ। वह कुछ नहीं बोलती। वह चुप है– चुप और रूआँसी। वह धीरे-धीरे आसमान की ओर प्रयाण करती जा रही है। मैं अपने हाथ उसकी ओर बढ़ाए उसकी ओर बढ़ा जा रहा हूँ और वह धीरे-धीरे बादलों की गुफा में अदृश्य हो जाती है।

मरे हुए फ़ोन में अचानक जान आ जाती है। वह धीरे-धीरे तड़पने और चिल्लाने लगता है। मेरा ध्यान भंग हो जाता है। मैं देखता हूँ– शिवांगी है।

मैं कुछ देर सोचता रहता हूँ कि फ़ोन उठाऊँ या नहीं।

फ़ोन बंद होकर फिर से बजना शुरू हो जाता है। मैं फिर से फ़ोन की ओर देखता हूँ। मुझे लगता है कि फ़ोन की आवाज़ मेरे मस्तिष्क में किसी हथौड़े की तरह चल रही है। मुझे पहली बार अपने फ़ोन को पकड़ने में एक दहशत-सी हो रही है।

मैं घड़ी की ओर देखता हूँ– 9.45 हो रहा है। अगर और पंद्रह मिनट बाद मैं बाथरूम में न जाऊँ तो आज फिर ऑफ़िस के लिए देर हो जाएगी। आज

अगर ऑफ़िस नहीं गया तो मेरा मुच्छड़ बॉस न केवल मुझे बेइज़्ज़त करेगा, बल्कि वह शो-कॉज़ नोटिस भी पकड़ा सकता है। घर में अनुजा कलह करेगी सो अलग। लेकिन वह आज मौन क्यों थी इतनी, क्या वजह हो सकती है? अब नौ बजकर पचास मिनट होने जा रहे हैं और फ़ोन की घंटी रह-रहकर बज रही है।

अंततः मैं फोन उठा लेता हूँ, "हैलो।"

"क्या मज़ाक़ है यह! फ़ोन क्यों नहीं उठा रहे हो?"

"नहीं, वह मैं बाथरूम में था। फ़ोन चार्ज में लगा हुआ था तो सुन नहीं पाया।" मैंने उससे झूठ कहा। फ़िलहाल मेरे पास सच कहने का समय नहीं था। मैं ऑफ़िस के लिए लेट हो रहा था। मेरी नज़र लागातार घड़ी की ओर टिकी हुई थी।

"तुम्हें किसी के इमोशंस की परवाह भी है! तुम्हें पता है कि मैं कल से तुम्हें कितनी बार फ़ोन कर चुकी हूँ और कितनी परेशान हूँ! मुझे लगा कि कोई अनिष्ट तो नहीं हो गया न।"

"अरे...।"

"तुम ऐसा क्यों करते हो। एक बार फ़ोन करके कह तो सकते थे कि क्यों फ़ोन बंद है, क्या हुआ?"

"कुछ नहीं हुआ, सब ठीक है।"

"तो फिर आवाज़ भरी हुई क्यों हैं तुम्हारी? तबियत तो ठीक है?"

"हाँ, ठीक है। सिर में दर्द है थोड़ा।"

"तुम अपना ख़्याल क्यों नहीं रखते! तुम नहीं समझते कि मुझे तुम्हारी कितनी चिंता लगी रहती है?"

"जानता हूँ डियर। एक तुम ही तो हो जो वास्तव में मुझे समझती हो।"

"तो फिर क्या हुआ बताओ।"

"अभी नहीं। दोपहर में चैट पर आओ, फ़ेसबुक पर। लंच के समय मैं ख़ाली रहूँगा। तब बात होगी।"

"तुम ठीक हो न?"

"हाँ, अभी ऑफ़िस के लिए निकलूँगा। अगर नहीं निकल पाया तो देर हो जाएगी।"

"मेरी सुबह करो।"

"नहीं, आज नहीं।"

"क्या हुआ, मूड ठीक नहीं बाबू का?"

"..."

"ओके, ठीक है। जाओ ऑफ़िस के लिए तैयार हो जाओ।"

उसकी आवाज़ उदास हो गई थी। उसने .फ़ोन रख दिया था। मैं कुछ देर वहीं बुत-सा खड़ा रहा। घड़ी की ओर नज़र जाते ही जैसे मेरी देह में करंट लगा हो। मैं जल्दी से बाथरूम की ओर दौड़ पड़ा।

मैं जब ऑफ़िस की सीढ़ियाँ चढ़ रहा था, तब साढ़े दस के क़रीब बजे होंगे। मेरे क़दमों में रफ़्तार नहीं थी। मैं धीरे-धीरे सीढ़ियों की दीवार पकड़कर ऊपर जा रहा था। उस समय मेरे मन में शिद्दत से यह सच घूम रहा था कि मैं अब बूढ़ा हो चला हूँ। मेरी दाढ़ी के आधे बाल सफ़ेद हो गए हैं। मैं बालों में कलर करता हूँ। जब कोई गोष्ठी-संगोष्ठी होती है, तब मैं इसका ख़ास ध्यान रखता हूँ कि मेरे सफ़ेद बाल लोगों को न दिखें और दाढ़ी इस तरह शेव की होती है कि पके हुए बाल का पता न चले। मेरी कोशिश रहती है कि मैं कम उम्र का लगूँ। मेरी नज़र कई एक ऐसे पुरस्कारों पर थी जिन्हें पैंतीस साल से कम उम्र के रचनाकारों को दिया जाता है। उम्र अधिक होने से उन पुरस्कारों के हाथ से निकल जाने का अंदेशा बनता था।

मैं ऊपर जा रहा था कि नीचे आता हुआ अकाउंट ऑफ़िसर दिख गया। मैंने उसे नमस्ते कहा। उसने कहा, "कैसे हैं विश्वाल बाबू? अरे आपने शेव क्यों नहीं किया? हमेशा देखता हूँ कि आपकी दाढ़ी बढ़ी हुई रहती है और आप हैरान-परेशान दिखते हैं मुझे, कुछ लेते क्यों नहीं?" यह कहकर अकाउंट ऑफ़िसर गुटका चबाते हुए एक ऐसी हँसी हँसता है जो न भीतर रहती है और न बाहर, उसकी हँसी बीच में झूलती हुई दिखाई पड़ती है।

मैं आगे की सीढ़ियाँ चढ़ना शुरू कर देता हूँ। अब मैंने ग्रिल छोड दिया है और इस तरह सीढ़ियाँ चढ़ रहा हूँ जैसे मुझे कोई थकान नहीं कि अभी मैं उस तरह बूढ़ा नहीं हुआ।

कॉरिडोर में तेज़-तेज़ चलते हुए मैं अपने केबिन में धीरे-धीरे चला जाता हूँ। सीढ़ियाँ चढ़ने के कारण मेरी साँसें चढ़ गई हैं और मैं ज़ोर-ज़ोर से साँसें ले रहा हूँ। महादेव आ चुका है।

"साहब आए क्या?" मैं हाँफते हुए उससे पूछता हूँ।

"नहीं, आज वह यूनिवर्सिटी गए हैं, उनको कोई काम है। वह लंच के बाद आएँगे।

"चलो अच्छा हुआ। पानी दे दो। और चाय वग़ैरह...।"

"जी...।"

वह चला जाता है।

मैं कम्प्यूटर ऑन करता हूँ। गूगल में जाकर पहले महामाया फिर हनुमान की फ़ोटो देखकर कुछ मंत्र बुदबुदाता हूँ- रोज़ की तरह।

इसके बाद सीधे फ़ेसबुक पर।

वहाँ हमेशा गहमा-गहमी रहती है। किसी लेखक का कोई उपन्यास आ रहा था और उसने उसका कवर शेयर किया था, लोग बधाइयाँ दे रहे थे। वह उपन्यास एक बड़े प्रकाशक ने छापा था और उसकी पांडुलिपि पर एक लाख रुपये का पुरस्कार भी दिया था। वह उपन्यास पढ़ने का मेरा भी मन था। मैंने तुरंत फ्लिपकार्ट खोला और वह किताब ढूँढ़ने लगा। किताब का नाम लिखते ही पेज़ पर उस किताब का कवर खुल गया। वहाँ मैंने देखा कि 'बाय नाऊ' का एक संकेत भी दिखा रहा था। वहीं सामने मूल्य भी लिखा था- 600 रुपए। मूल्य देखकर मेरा दिमाग़ ठनक गया। मुझे लगा कि यह पुस्तक 600 रुपये में महँगी है। अगर इसका दाम 200-250 रुपये के क़रीब होता तो इसे ख़रीदा जा सकता है, लेकिन 600 की किताब?

मेरा मन खिन्न हो गया। मेरी किताब आएगी तो मैं उसका मूल्य कम रखूँगा ताकि लोग उसे बिना सोचे ख़रीद सकें। आख़िर किताबें हम पढ़ने के लिए लिखते हैं- कमाने के लिए नहीं। किताब की सार्थकता यह है कि वह ज़्यादा से ज़्यादा लोगों तक पहुँचे। लेकिन एक किताब का दाम अगर 600 रुपये रखा जाएगा तो वह पाठकों तक कैसे पहुँच पाएगी?

मुझे अपनी कविता की किताब की पांडुलिपि याद आ गई। मैं कई बार फ़ाइल खोलकर उस किताब को देखता रहता था जिसे मैंने बहुत सँजोकर तैयार

किया था। उसको लेकर मेरे असंख्य सपने थे। किताब छपेगी, चर्चा होगी और मैं एक कवि के रूप में स्थापित हो जाऊँगा... इत्यादि-इत्यादि।

मैंने फ़ेसबुक पर एक स्टेटस लगाया :

''किताबों के दाम इतने अधिक क्यों रखे जाते हैं? यदि किताब का उद्देश्य पाठकों तक पहुँचना है तो किताबों के दाम कम होने चाहिए। आप क्या सोचते हैं?''

इस स्टेटस को मैंने अपनी वॉल पर शेयर कर दिया, और अपनी किताब की पांडुलिपि को स्क्रॉल कर-करके देखने लगा। मुझे लगा कि यह कितनी अच्छी किताब है, लेकिन प्रकाशक इसे घास ही नहीं डाल रहे हैं।

एक बार एक बड़े प्रकाशक एक कार्यक्रम में मिल गए। किसी ने बताया कि ये वही हैं जिनका एक बड़ा प्रकाशन समूह है। मैंने सोचा कि इनसे एक बार बात करनी चाहिए। मैं उनके पास गया, जब वह अकेले थे और कार्यक्रम के सत्र-विराम के दौरान चाय पी रहे थे।

''सर नमस्कार, मेरा नाम अमरेश विश्वाल है।''

''ओह! हाँ विश्वाल जी। आपको जानता हूँ मैं।''

मुझे यह जानकर अच्छा लगा कि वह मुझे जानते हैं।

''जी, आप मुझे जानते हैं?''

''हाँ, आपको पढ़ता रहता हूँ, आपकी कहानियाँ अच्छी हैं।''

मेरा मुँह बन गया। मैंने आज तक एक भी कहानी नहीं लिखी थी।

''जी मैं, मैं कविताएँ लिखता हूँ। अभी पिछले दिनों 'साहित्य सरोकार' में मेरी कविताएँ थीं।''

''ओह! हाँ... हाँ...।

वह मुझसे पीछा छुड़ाकर आगे बढ़ना ही चाहते थे कि मैंने कहा, ''सर, मैंने कविताओं का एक संग्रह तैयार किया है। आप अगर सहमति दें तो मैं आपको भेजूँ। एक बार देख लीजिए।''

''ऐसा है कि कविताओं की किताबें तो आप जानते हैं कि बिकती नहीं। इन दिनों हम कविता की किताब छाप नहीं रहे। कहानी या उपन्यास हो तो ज़रूर भेजें।''

इससे पहले कि मैं कुछ और कहता, वह आगे बढ़ चुके थे और एक युवा

लेखक से हँस-हँसकर बात करने लगे थे। मुझे याद आया कि अभी कुछ ही दिनों पहले उन्होंने उसी युवा लेखक की कविताओं की किताब छापी थी।

मेरे मन में एक बहुत ही अश्लील गाली उभरी। मैं अपने एक दोस्त रचनाकार से बात करने लगा ताकि अभी-अभी हुई अपनी बेइज़्ज़ती को भुला सकूँ।

मैंने उसी समय ठान लिया था कि चाहे कुछ भी हो जाए इस प्रकाशक को अपनी कोई किताब नहीं दूँगा। अभी मुझे कोई नहीं जानता। मैं नया हूँ, साहित्य-जगत में मेरी कोई पहचान नहीं, लेकिन कल को मैं भी बड़ा बनूँगा, चर्चित बनूँगा... तब ये प्रकाशक नाक रगड़ेंगे, तब भी मैं अपनी किताब नहीं दूँगा। हुह...।

मेरा मन कसैला हो आया। मैंने सोचा कि एक बार किसी दूसरे प्रकाशक से बात करूँ जिसके बारे में दिल्ली में रहने वाले एक मित्र ने बताया था, लेकिन पता नहीं क्यों मेरा मन नहीं हुआ। मेरे स्टेटस पर भाई लोग जम गए थे। कोई प्रकाशक को गालियाँ दे रहा था तो कोई लेखक की कमज़ोरी गिना रहा था। कुल मिलाकार सार्थक संवाद की कोई जगह नहीं बनी।

मैं चुपचाप फ़ेसबुक को मिनिमाइज करके बैठ गया। इस बीच मैं चाय पी चुका था और मुझे लगा कि एक सिगरेट पीनी चाहिए।

मैं बाहर निकल आया।

अचानक फ़ोन की घंटी बज उठी थी। मैंने सिगरेट का एक गहरा कश लिया और फ़ोन रिसीव कर लिया।

"हो कहाँ? तब से मैसेज दे रही हूँ, कोई रिप्लाई नहीं।" यह भोपाल वाली लड़की थी।

"कहाँ?"

"फ़ेसबुक पर, और कहाँ!"

"ओह! मैं बाहर निकल आया हूँ। अभी जाकर देखता हूँ।"

"हम्म। कैसे होते जा रहे हो तुम?"

"आता हूँ अभी।"

मैंने फ़ोन काट दिया। सिगरेट को आख़िरी कश तक निचोड़कर पिया और अपने केबिन में आ गया।

मैंने आकर फ़ेसबुक का पेज़ खोला तो वहाँ भोपाल वाली लड़की के कई संदेश थे :

''साहेब...

मेरे मालिक...

मेरे सब कुछ...

कैसे हो? सॉरी मैंने तुमसे ऐसी बात की।

नाराज़ हो?

तुम प्लीज़ मुझसे नाराज़ मत होओ। तुम्हारे सिवाय मेरा और कौन है मेरे साहेब।''

इसके अलावा कुछ विदेशी लड़कियों के संदेश थे :

''हाई डियर, आय फ़ाउंड योर प्रोफ़ाइल इंटरेस्टिंग। वी कैन बी वेरी गुड फ्रेंड। कैन वी चैट?''

इस तरह कई विदेशी लड़कियों के संदेश आते रहते थे जिन्हें मैं अक्सर इगनोर करता रहता था। अगर याहू मैसेंजर का ज़माना होता तो ज़रूर मैं इन लड़कियों से चैट करता, लेकिन अब उस तरह की चैटिंग से मेरा मन ऊब चुका था।

''मैं नाराज नहीं हूँ।'' मैंने भोपाल वाली लड़की को एक संदेश भेजा।

''देखो तुमने शादी की बात कही इसलिए मुझे ग़ुस्सा आया।''

''हम्म...।''

''मैं किसी और से शादी नहीं कर सकती।''

''तो ऐसे अकेले रहोगी ताउम्र? ब्राह्मण घर की लड़की हो, तुम्हारे घर वाले तुम्हें ऐसे रहने देंगे?''

''लेकिन यार शादी... यह नहीं हो सकता।''

''क्यों नहीं हो सकता?''

''छोड़ो ये सब बातें...। बताओ तुम्हारी किताब कब छप रही है? वह अच्छी किताब है।''

''तो तुमने पढ़ ली।''

''हाँ, पढ़ ली।''

''तुमने कैसे पढ़ ली?''

"तुमने ही तो मुझे उसकी पीडीएफ़ फ़ाइल ई-मेल की थी, भूल गए।"

"ओह! हाँ...।"

"यार, मेरे जैसे चिरकुट लेखक को कौन छापेगा?"

"क्यों, इतनी तो छप रही हैं किताबें।"

"तुम्हें कुछ नहीं मालूम। यह हिंदी साहित्य जगत माफ़िया की तरह है। बड़े-बड़े गैंग हैं, बाबा, दादा हैं।"

"हम्म..."

"और मैं मामूली-सा एक शब्द-साधक। मैं टिक पाऊँगा यहाँ?"

"ज़रूर टिकोगे। मुझे यक़ीन है।"

"कैसे टिकूँगा?"

"तुम भी कोई गैंग ज्वाइन कर लो। सिंपल।" (दो स्माइली)

"ओह! तुम कुछ नहीं समझती। मैं ऑफ़िस में हूँ। कुछ काम करने हैं तुम जाओ। मेरा माथा मत खाओ।"

"ठीक है, जाती हूँ। एक बात कहनी है?"

"कहो।"

"आय लव यू...।"

"हम्म...। ठीक है... बाय।"

मैंने फ़ेसबुक ऑफ़ कर दिया। मुझे लगा कि एक बार और चाय पीनी चाहिए। मैंने महादेव को बुलाया, "चाय पिलाओगे महादेव?"

"जी।"

वह चाय लाने चला गया था।

अभी लंच ब्रेक होने में समय था। मैंने शिवांगी को लंच के समय ऑनलाइन आने को कहा था। किताब की बात सुनकर और उसके बारे में बात कर मेरा मन खट्टा हो गया था। मुझे कई एक ऐसी घटनाएँ याद आने लगीं जो हिंदी साहित्य के प्रति मेरा मोहभंग करने वाली थीं, लेकिन मैं पता नहीं शुरू से ही कैसे इस दुनिया में चला आया था और अब वापिस लौटने का कोई रास्ता मुझे मालूम नहीं था, और मैं करता भी क्या?

कई बार ख़ूब अकेले क्षणों में ये शब्द ही साथ देते थे। कविताएँ ही साथ चलती थीं। शिवांगी के क़रीब आने का कारण भी ये शब्द ही थे। उसे साहित्य

और शब्दों से प्यार था। हम बात करते-करते कब क़रीब आ गए थे, पता ही नहीं चला था। यह फ़ेसबुक न होता तो शायद- क्या एकदम ही- न शिवांगी मेरे जीवन में होती और न वह भोपाल वाली लड़की। काजू दे तो याहू मैसेंजर के ज़माने में आई थी, जब मेरे अंदर एक छिछोरापन था।

महादेव चाय देकर चला गया था। मैंने पता नहीं क्यों अपनी कविताओं की किताब वाली फ़ाइल खोल ली थी और एक-एक कविता को सम्मोहित होकर देख रहा था। मुझे प्रकाशकों की बातें याद आ रही थीं और मेरे अंदर कुछ भरभरा कर टूटता जा रहा था।

एक बार मन में आया कि यह पूरी फ़ाइल ही डिलीट कर दूँ, लेकिन यह करने की मेरी हिम्मत नहीं हुई। कहीं न कहीं एक आशा मेरे अंदर बची हुई थी कि यह किताब ज़रूर छपेगी और एक बार बस छपने की देर है, रातों-रात यह किताब चर्चित हो जाएगी और युवा कविता के क्षेत्र में अमरेश विश्वाल एक चर्चित नाम बन जाएगा।

काश कि ऐसा होता- मैंने सोचा।

"साहब, चाय ठंडी हो जाएगी।"

"हम्म...।" महादेव की ओर बिना देखे ही मैंने कहा। मेरी संपूर्ण चेतना उस समय किताब की फ़ाइल और एक असंभव सपने में खोई हुई थी जिससे फ़िलवक़्त मैं बाहर नहीं निकलना चाहता था।

"साहब... साहब...।"

"उम्म...।"

मैंने पहली बार महादेव को देखा। मैं उसे ऐसे देख रहा था जैसे वह महादेव न होकर कोई और हो। मैं एक बुत की तरह उससे बात कर रहा था।

"साहब, डायरेक्टर साहब बुला रहे हैं।"

"ओ... अच्छा मैं जाता हूँ।"

मैं खोया हुआ, किसी सम्मोहन में दरवाज़े की ओर बढ़ा जा रहा था- उधर, उस ओर, जिधर डायरेक्टर का रूम था।

ग्यारह

मैं चुपचाप आकर केबिन में बैठ गया। मुझे एक ज़रूरी काम करना था। एक रिपोर्ट बनाकर उसे आधे घंटे के अंदर दिल्ली फ़ैक्स करना था। कुछ देर यूँ ही बैठने के बाद मुझे लगा कि यह काम कर लेना चाहिए। मैंने आलमारी से कई फ़ाइलें निकालीं और उनमें डूब गया।

जब रिपोर्ट को फ़ैक्स करने के लिए मैं डायरेक्टर ऑफ़िस जा रहा था, तब तक लंच का समय समाप्त हो चुका था, मुझे याद आया कि मेरे बैग में मेरा टिफ़िन पड़ा हुआ है।

अनुजा ने आज भी टिफ़िन दे दिया था। वह मुझे प्यार करती है। वह कितना भी चिल्लाए, लेकिन वह ज़रूर मुझसे प्यार करती है, नहीं तो क्या कारण है कि किसी दिन भी वह टिफ़िन देना नहीं भूलती। वह थोड़ी विक्षिप्त है। कुछ लोगों का स्वभाव ऐसा होता है, लेकिन क्या किया जा सकता है, बच्चे के लिए इतना कुछ सह लेना ज़रूरी है। बहुत ही हसरत और सपने के साथ जो एक घर बना है, चाहे वह जैसा हो, उसे बचाकर रखना हमारा दायित्व है।

मेरे ज़ेहन में कई ख़्यालात एक साथ डूब और उतरा रहे थे। मैंने सोचा कि टिफ़िन निकालकर जल्दी-जल्दी खा लेना चाहिए। सारा स्टॉफ़ खा चुका था। जो लोग घर से टिफ़िन नहीं लाते थे और ऑफ़िस के कैंटीन में खाने के लिए जाते थे, वे भी खाकर लौट चुके थे। मैंने सोचा कि अभी कोई काम नहीं है तो फ़ेसबुक बंद कर देना चाहिए। वह काम करते समय भी खुला ही छूट गया था। मैं फ़ेसबुक पर गया कि उसे तुरंत बंद कर दूँ और एक-आध

रोटियाँ खा लूँ।

मैंने देखा कि कई लोगों के संदेश एक साथ डिस्प्ले हो रहे थे। मैंने उन्हें इग्नोर किया और फ़ेसबुक बंद करने ही जा रहा था कि मैंने देखा कि शिवांगी के कई संदेश थे। मुझे याद आया कि मैंने उससे कहा था कि लंच के समय उससे फ़ेसबुक पर बात करूँगा। अब वह ऑनलाइन थी और मेरा इंतज़ार कर रही थी। मैंने संदेश पढ़ना शुरू किया :

"हैलो...

हाय... आप हैं वहाँ?

आर यू देयर सर...?

बिज़ी...?

क्या हुआ, जवाब क्यों नहीं दे रहे?

अब मुझे ग़ुस्सा आ रहा है। आपने कहा था कि लंच के समय आप आएँगे। तो मैं सिर्फ़ आपसे बात करने के लिए ही ऑनलाइन हुई हूँ।

हैलो...?

????

>>>>>>

... ...

हाइइइइइइइइइइइइइइइ...

उफ्फफफफफफ...

मैं चली जा रही हूँ अब...

बाइईईईईईईईईईईईईईईईईईईईईईईईईईईईईईईई।"

मैंने देखा अभी भी उसके ऑनलाइन होने का ग्रीन सिग्नल जल रहा था। इसका मतलब वह गई नहीं थी। वह अब भी मेरा इंतज़ार कर रही थी। मैं अब रोटी को भूल चुका था। मुझे लगा कि वह वाक़ई बहुत नाराज़ हो चुकी है। मैंने संदेश भेजा :

"हैलो...

तुम हो...?

असल में मैं एक काम में फँस गया था और फ़ेसबुक खुला ही छूट गया

था, इसलिए मैं जवाब नहीं दे सका।

सॉरी...।

हैलो, तुम हो वहाँ... ?''

मैंने देखा, फ़ेसबुक बता रहा था कि वह संदेश लिख रही है। मुझे यह जानकर थोड़ी राहत मिली कि वह अभी भी है और इतनी देर तक इंतज़ार करने के बाद भी वह गई नहीं।

''ओह! कब से इंतज़ार कर रही हूँ।''

''सॉरी मैं एक काम कर रहा था। मैंने देखा नहीं तुम्हारा मैसेज।''

''कम से कम फ़ोन कर के भी तो बता सकते थे, और जब मैंने फ़ोन किया तो फ़ोन रिंग हो-होकर कट जा रहा है।''

''ओह! तुमने फ़ोन किया था!''

मैंने फ़ोन निकालकर चेक किया। सुबह से ही वह सायलेंट में चला गया था। मैंने उसे साउंड मोड में किया। मुझे अपनी आदत पर थोड़ी-सी कोफ़्त भी हुई।

''अरे, मेरा फ़ोन सायलेंट मोड में चला गया था।''

''ओह हो...। हो गया काम?''

''हाँ, हो गया। बोलो...।''

''तुमने बोलने के लिए बुलाया था न?''

''ओह हाँ, कैसी हो तुम?''

''मैं तो ठीक हूँ, तुम बताओ। तुम कैसे हो?''

''ठीक ही हूँ...।''

''तुम परेशान थे, कल पूरा दिन और रात तुम्हारा फ़ोन बंद था, पूछने पर तुमने बताया नहीं।''

''हम्म, असल में मैं अपने घर की वजह से परेशान हूँ।''

''हाँ, वह तो पता है। क्या फिर झगड़ा हुआ?''

''वह तो रोज़ ही होता रहता है।''

''कहीं, मेरी वजह से तो नहीं न?''

''नहीं, नहीं ऐसी कोई बात नहीं तुम्हारी वजह से नहीं।''

''हुआ क्या है? देखो, कम से कम तुम लोगों को अपने बच्चे के बारे में

सोचना चाहिए। वह मासूम है। आप दोनों के झगड़े का असर उस पर पड़ेगा। वह असर ताउम्र उसके ज़ेहन में रहेगा।''

''हाँ, मैं समझता हूँ। लेकिन वह नहीं समझती।''

''तो समझाइए उन्हें। शांति से कोई हल निकालिए।''

''तुम्हें क्या लगता है कि मैंने ऐसा किया नहीं है? अनेक बार यह कर चुका हूँ। शुरू में वह कहती थी कि अब से ऐसा नहीं होगा, लेकिन अब यह बात करते ही वह भड़क उठती है। मेरी कोई भी बात उसे अच्छी ही नहीं लगती। मैं कितनी भी नरमी से कोई बात कहूँ, वह उल्टा ही जवाब देती है, बोलो अब क्या किया जाए?''

''देखिए, आपको कोई न कोई समाधान तो निकालना ही होगा। मैं ख़ुद इस तरह की सिचुएशन झेल चुकी हूँ... मेरे माँ-बाप। आज मैं जिस तरह से संबंधों से निरपेक्ष हो चुकी हूँ तो उसका कारण कहीं न कहीं वह बचपन है जो ऐसे माहौल में बीता है, जहाँ मेरे माँ-बाप रोज़ ही किसी न किसी बात पर कलह करते थे।''

''हम्म...। मैं हार चुका हूँ।''

''ऐसे हारने से काम नहीं चलेगा। आपको लिखना भी है। जब तक आप इस तरह के तनावों से बाहर नहीं निकलेंगे। आपकी दृष्टि व्यापक नहीं होगी, आपका रेंज बड़ा नहीं होगा।''

''हाँ, लेकिन अगर आपके शरीर में एक घाव हो गया है तो आप शरीर को नष्ट नहीं करेंगे न। घाव को ठीक करना होगा। लेकिन लाख कोशिशों के बावजूद वह घाव मैं ठीक नहीं कर पा रहा हूँ।''

''तो अलग हो जाइए।''

''...''

''आपको अजीब लगेगा, लेकिन मैं आपकी जगह पर होती तो कब का अलगाव हो चुका होता। मैं इतनी यातना नहीं सह सकती थी। जो भी हो, मैं आपसे बात करने आई थी, लेकिन मुझे अब निकलना होगा। घर से बाहर रहने के बावजूद भी घर वाले उलझाकर रखते हैं, ये मेरा पीछा नहीं छोड़ेंगे।''

''अब क्या हुआ?''

''मम्मी जी का फ़ोन आया था कि उनकी तबियत ख़राब है। जाकर देख

लूँ कि क्या बात है। अगर ज़रूरत होगी तो डॉक्टर को दिखा लूँगी।''

''ठीक है, फिर बात होगी। आपने भेजा नहीं वह लंबा संदेश?''

''कौन-सा संदेश?''

''अपने बारे में कि आप क्यों परेशान रहती हैं। आपने कहा था कि आप लिखकर भेजेंगी। मुझे जानना है।''

''एक शर्त पर?''

''कहिए।''

''आप भी लिखकर भेजेंगे अपनी परेशानियाँ। अच्छा रहेगा न यह। इंसान लिखते समय सब कुछ खुलकर और सही-सही बता सकता है। बोलते समय या बात करते समय बहुत सारी बातें छूट जाती हैं।''

''हम्म।''

''जब आप दिल्ली आए थे और हम पहली बार मिले थे, तब हमारी उस तरह बात कहाँ हो पाई! हम कई और मसलों में उलझ गए थे। (एक स्माइली) ''

''हम्म (दो स्माइली)''

''ठीक है, अब आज्ञा दीजिए।''

''ओके।''

''बाय...।''

''बाय...।''

यह एक लंबी बात थी जिसके बाद मेरा मन उखड़-सा गया था। शुरू के दौर में उसके साथ की बातें मुझे ऊर्जा से भर देती थीं, अब भी कई बार ऐसा होता था, लेकिन कई बार बातों में हम यथार्थ की कठोर परतों से टकरा जाते थे और हमारा मन किसी कँटीली झाड़ी में फँस जाता था। वह लाख कोशिश करने के बाद भी निकलता नहीं था बहुत देर तक।

शाम के पाँच बज गए थे। मेरा मन फ़ेसबुक से ऊब चुका था। मैं चाहता था कि उस एक प्रकाशक को फिर एक बार संदेश दूँ जो आजकल युवाओं की कई किताबें एक साथ छाप रहा था और उसे फ़ेसबुक पर ज़ोर-शोर से प्रसारित

कर रहा था। मैंने एक बार उसे एक संदेश भी दिया था, लेकिन उसका कोई जवाब नहीं आया था। मैं उसी संदेश को एक बार फिर से रिसेंड करना चाहता था, लेकिन मेरा मन नहीं हुआ।

वह मुच्छड़ बॉस अब तक नहीं आया था। मेरा मन अब ऑफ़िस में नहीं लग रहा था। आज मैंने लंच भी नहीं किया था- बैग में ही रह गई थीं रोटियाँ और आलू की भजिया। शायद ख़राब भी हो गई हों। टिफ़िन की याद आते ही मुझे वो गायें याद आईं जो ऑफ़िस से स्टेशन के रास्ते में भटकती हुई मिल जाती थीं। कई बार जब मैं टिफ़िन नहीं खा पाता था, तब रास्ते में रोटियाँ उन गायों को खिला दिया करता था और ख़ुद उस पार्क में मूँगफली बेचने वाले बूढ़े से मूँगफली ख़रीदता और बैठकर देर तक खाता रहता था- चुपचाप। ऐसा नहीं होता था कि मैं हर रोज़ काम की वजह से ही टिफ़िन न खाऊँ, अधिकतर यह इसलिए होता था कि मेरा मन ठीक नहीं रहता था और मैं टिफ़िन नहीं खाता था। लेकिन टिफ़िन को घर ले जाने का मतलब एक और कलह को आमंत्रण देना होता था, इसलिए मैं उसे रास्ते में गायों को खिला देता था।

मैंने एक बार अपने बैग को टटोल कर देखा, टिफ़िन वहीं रखा हुआ था। बैग में कुछ किताबें रखी हुई थीं जो मेरे प्रिय कवि और कथाकारों की थीं। बहुत दिन से मैं एक कहानी लिखना चाहता था जिसमें मैं अपने जीवन के सारे दु:ख भर दूँ, लेकिन कभी भी एक अनुच्छेद से ज़्यादा नहीं लिख पाता था और पन्ने फाड़कर फेंक देता था या अक्षरों को गोंजकर काला कर देता था, ऐसे जैसे कि उन पर स्याही पोत दी गई हो।

मैंने बैग को कँधे पर लटका लिया। फिर याद आया कि कम्प्यूटर को तो शट-डाउन किया ही नहीं। मैंने कँधे से बैग उतारा और कम्प्यूटर को शट-डाउन किया। फिर सोचा कि किससे कहूँ कि अब मैं जा रहा हूँ। मैंने महादेव को देखकर कहा, "आज मैं निकल जा रहा हूँ।"

"जी साहब।" उसने कहा और आगे बढ़ गया। फिर मैंने सोचा कि एक बार तपन दा से कह देना चाहिए। वह बहुत सीनियर थे और कुछ ही दिनों बाद रिटायर होने वाले थे।

"तपन दा, मैं आज चला जाता हूँ।"

"चला जाएगा? बऊ का याद आता है? जाओ जाओ, हम देख लेगा

सब।''

तपन दा ने ज़ोर से हँसते हुए मज़ाक़ किया। मैंने उनका चेहरा देखते हुए मुस्कुराने की कोशिश की। लेकिन मेरे चेहरे से हँसी नहीं फूटी, वह हँसी एक अजीब शक्ल में ढल गई।

''क्या हुआ, तुम परेशान लगता है। अरे हँसा करो। जब कृष्नो बुलाएगा तो सबको जाना पड़ेगा।''

''जी...।''

''जी, क्या। मस्त रहो। सारा चिंता हमरा माफिक कृष्णो को दो, उसके ऊपर डाल दो और हमरा माफिक हो जाओ- बिंदास।''

''जी।''

''जाओ। हम सब देख लेगा।''

''शुक्रिया, तपन दा।''

''अरे किसको कहता है भाई... मस्त रहो।''

मैं कमरे से बाहर निकल आया। फिर मुझे लगा कि जैसे कुछ छूट रहा है। मैंने चलते हुए दिमाग़ पर बहुत ज़ोर डाला। याद आया कि मैं रजिस्टर में सिग्नेचर करना तो भूल ही गया।

मैं लौट पड़ा।

''फिर भूल गया। कितना बार बोला कि यह काम सबसे पहले किया करो। कौन देखता है कि तुम आया कि नहीं, गया कि नहीं। लेकिन यह रजिस्टर सब कुछ बोलता है।''

''जी।''

तपन दा कुछ और भी कहना चाहते थे, लेकिन मैं जल्दी से बाहर निकल आया।

मेरा दिमाग़ स्थिर नहीं हो पा रहा था। मैंने सोचा कि आज फिर स्टेशन की ओर पैदल ही निकला जाए। पैदल चलने से हो सकता है कि मेरा मन कुछ ठीक लगे। घर जाने का मन आज भी नहीं हो रहा था। अनुजा मौन थी, पता नहीं उसके दिमाग़ में क्या चल रहा था। शिवांगी से बात करके भी आज अच्छा

नहीं लगा और न ही उस भोपाल वाली लड़की की बातें मुझे अच्छी लगीं। मैं एक साथ कई बातों से रूबरू था। एक ओर से कोई कहता- मैं तुमसे प्यार करती हूँ। जिस शरीर को तुमने छुआ है उसे कोई दूसरा नहीं छू सकता। तभी एक दूसरी आवाज़ आती थी- तुमने आकर मेरी सोच बदल दी। मेरे जीवन में आने के लिए धन्यवाद।

मैं अनुजा से कहना चाहता था कि मेरे जीवन में आने के लिए धन्यवाद। मैं उस भोपाल वाली लड़की से कहना चाहता था कि मुझे सहने के लिए शुक्रिया। मैं शिवांगी से कहना चाहता था कि मुझे समझने के लिए तुम्हारा आभार... लेकिन फ़िलवक़्त मेरे पास कोई नहीं था। मैं चुपचाप पैदल धीमे-धीमे स्टेशन की ओर चला जा रहा था। इस बात से बेपरवाह कि मेरे सामने से कितने लोग गुज़र रहे हैं, कौन किससे क्या बातें करते हुए जा रहा है। मैं ख़ुद में गुम बढ़ता जा रहा था और मेरे दिमाग़ की हलचल किसी भी तरह से शांत नहीं हो रही थी।

मैं एक पेड़ के नीचे खड़ा हो गया। मैंने महसूस किया कि मेरी साँसें तेज़-तेज़ चल रही हैं। मैं सोचते हुए शायद बहुत तेज़ चलने लगा था, इस कारण मुझे थकान भी लग रही थी।

एक बूढ़ा आदमी पेड़ की सोर पर बैठा हुआ था, साथ में उसकी पत्नी थी। बूढ़ा शायद बीमार था और उसकी पत्नी कहीं से इलाज कराकर उसे ला रही थी। पत्नी के हाथ में टेस्ट के रिपोर्ट थे। बूढ़ा अचानक खाँसने लगा था। बूढ़ी औरत ने तुरंत अपने झोले से पानी की बोतल और गिलास निकाला और पानी को गिलास में भरकर अपने हाथों से बूढ़े को पिलाने लगी। मैं यह दृश्य देख रहा था। बहुत देर तक उन्हें देखने की मेरी हसरत कम ही नहीं हो रही थी। उन्हें मैं बार-बार देखता था और मेरी आँखें डबडबा आती थीं।

मैं उन्हें देखता रहा। बूढ़ी ने हाथ पकड़कर बूढ़े को सहारा दिया, दोनों साथ चलने लगे और मैं उन्हें दूर तक जाते हुए देखता रहा- वहीं उस पेड़ के नीचे खड़े होकर।

मेरी आँखें बार-बार डबडबा आ रही थीं। मुझे लगा कि मुझे भी पेड़ के उस सोर पर कुछ देर बैठना चाहिए जिस पर अभी-अभी वह बूढ़ा बैठा था। मैं चुपचाप चलता हुआ जाकर उस सोर पर बैठ गया।

मुझे लगा कि अब एक सिगरेट पीनी चाहिए।

मैंने अपनी जेब टटोली, उसमें एक अधजला सिगरेट मिल गया। मैंने सिगरेट जला लिया।

''तो जनाब सिगरेट का शौक़ भी रखते हैं।'' लगा कि पीछे से शिवांगी कह रही थी। मैंने पीछे मुड़कर देखा- वहाँ कोई नहीं था।

वह दिल्ली के प्रगति मैदान के पास का एक फ़ुटपाथ था, जहाँ हम खड़े हो गए थे और मैंने अपनी जेब से सिगरेट निकाली थी।

''तो जनाब सिगरेट का शौक़ भी रखते हैं।'' कहा था उसने।

वह हमारी पहली मुलाक़ात का पहला दिन था। मैं कोलकाता से चलकर दिल्ली गया था उससे मिलने। दिल्ली विश्व पुस्तक मेला तो एक बहाना भर था। मुख्य उद्देश्य उससे मिलना था।

''हाँ, बस कभी-कभी।'' मैंने झेंपते हुए कहा था।

''मुझे ऑफ़र नहीं किया आपने?''

''अरे, तुम पीती हो?''

''आप, ऑफ़र करते तो सोचते, लेकिन आप तो ख़ुद ही पीने लगे।''

''मैंने सोचा...''

''क्या सोचा, यही कि लड़कियाँ सिगरेट नहीं पीतीं अक्सर।''

उसने शरारत से मेरी आँखों में अपनी दृष्टि जमा दी थी। मैं थोड़ा झेंप रहा था। यह झेंप उसकी बातों से कम हमारी मुलाक़ात पहली होने के कारण ज़्यादा थी।

''मेरे पास और नहीं है, रुको मैं लेकर आता हूँ।''

''रहने दो, इसी में से एक-आध कश हम भी तान लेंगे।''

वह हमारी पहली मुलाक़ात का पहला दिन था। विश्व पुस्तक मेले का समय। जनवरी अभी-अभी गई थी। फ़रवरी की हवा चलने लगी थी। ठंड अभी भी हल्की-हल्की थी। वैसे दिल्ली में इस समय तक मौसम गरम होने लगता था, लेकिन इस बार ठंड थोड़ा ठहर गई थी। मैंने एक होटल लिया था - मैंने नहीं - हमने।

वह दिल्ली स्टेशन पर खड़ी मिली थी और वहाँ से एक ऑटो पकड़कर हम कई होटलों से होते हुए होटल ग्रीन व्यू पहुँचे थे।

सुबह की हल्की ठंड थी। उसने एक कपड़े से अपना मुँह ढक रखा था। मोबाइल होने के कारण उसे ढूँढ़ने में मुझे कोई तकलीफ़ नहीं हुई थी।

वह थोड़ी घबराई हुई-सी लग रही थी।

मैंने सिर्फ़ उसे फ़ेसबुक पर देखा था- वह भी बहुत कम तस्वीरें। लेकिन ध्यान से देखने पर उसे आसानी से पहचाना जा सकता था। फ़ोटो में वह थोड़ी दुबली लगती थी और उसकी उम्र भी थोड़ी कम। पहली बार वह मुस्कुराई तो मैंने उसके दाँत देखे। उसके दाँत कुछ बड़े थे और हल्के बाहर निकले हुए, लेकिन वह उस तरह बेढंगे नहीं लगते थे।

मेरे मुक़ाबले उसकी लंबाई कम थी।

उसे देखते ही मैंने कहा था, ''तुम नाटी हो, और थोड़ी मोटी भी।''

''तुम लंबे हो और बाँस की तरह दुबले भी।'' उसने झट कहा था।

हम दोनों हँस पड़े थे।

कमरा अच्छा ही था। हज़ार रुपये में दिल्ली में कमरा मिल जाना, वह भी यह बिना पूछे कि यह लड़की कौन है, ठीक ही था।

वह पहाड़गंज से सटा हुआ एक इलाक़ा था जिसका नाम अब मुझे याद नहीं। हाँ, होटल का नाम ग्रीन व्यू था। यह दीगर बात थी कि होटल के कमरे से बाहर कहीं भी कुछ भी हरा नहीं दिख रहा था।

हम कुछ देर उस होटल में थे। वह पूरी तरह से तैयार होकर आई थी। मुझे फ्रेश होना और नहाना था- ट्रेन की थकान थी।

मैंने उसे रूम के बिस्तर पर बैठने के लिए कहा और बाथरूम में घुस गया।

जब बाहर निकला तब भी वह वहीं बैठी हुई थी। मैंने एक हॉफ़ पैंट और एक टी-शर्ट पहन लिया था। मैंने बैग से कंघी निकाली और अपने बाल सँवारने लगा था। ऐसा लग ही नहीं रहा था कि ये हम ही हैं जो घंटों फ़ोन पर बात कर चुके थे, फ़ेसबुक पर अल्हड़ता से प्रेमालाप कर चुके थे। ऐसा लग रहा था कि हम दो अजनबी हैं जिन्हें एक कमरे में रख दिया गया है।

''तुम भी अगर कपड़े चेंज करना चाहो तो कर सकती हो।'' मैंने कमरे

के सन्नाटे को तोड़ते हुए कहा था।

“नहीं, ठीक है। अभी हमें पुस्तक मेले के लिए निकलना है न?”

“हाँ, लेकिन पहले कुछ खा लें। मुझे भूख लगी है। मैं ऑर्डर करता हूँ।”

“अरे, नहीं रहने दो। मैं कुछ लाई हूँ बनाकर।”

“अरे वाह, क्या लाई हो?”

उसने अपने बैग से दो टिफ़िन बॉक्स निकाले। मैंने उसके हाथ से वे डिब्बे ले लिए और खोलकर देखने लगा। एक डिब्बे में सैंडविच था और दूसरे में आलू के पराठे।

“तुम्हारी फ़ेवरिट। तुमने कहा था कि जब हम मिलेंगे तो मैं यह खिलाऊँ तुम्हें।”

“ओह, तुम्हें याद था। मैं तो भूल गया था।”

“पुरुष बहुत जल्दी भूल जाते हैं। स्त्रियाँ याद रखती हैं।”

“पुरुष भी याद रखते हैं जनाब।”

मैं उसके क़रीब आ गया था और उसके दोनों हाथ पकड़ लिए थे। उसने अपने हाथ यूँ ही रहने दिए। मैंने उसके हाथों को हल्के से दबा दिया।

“तुम्हारे हाथ ठंडे हैं।”

“टेंशन से हो जाते हैं कभी-कभी।”

“तुम टेंशन में हो?”

“नहीं, लेकिन थोड़ा अजीब लग रहा है।”

“क्या अजीब लग रहा है?”

“यही, कभी सोचा नहीं था कि हमारी इस तरह मुलाक़ात होगी। बातों-बातों में हम कितनी दूर चले आए।”

“हम्म...।”

“अच्छा, तुम्हें भूख लगी थी न। तो फिर खाओ। सब तुम्हारे लिए ही लाई हूँ।”

“तुम नहीं खाओगी? तुम भी खाओ।”

“नहीं, मैंने खाया है। ठंडे हो गए हैं न। मैंने रात के दो बजे उठकर ही बना लिए थे।”

“सोई नहीं रात भर?”

''नहीं, पता नहीं क्यों नींद ही नहीं आ रही थी। बेचैनी में बिस्तर पर छटपटाती रही। फिर सोचा कि यह कर लूँ।''

''मैं तो सो गया था। मुझे पता ही नहीं चला कि मैं कहाँ हूँ।''

''अच्छा?''

''दवा खाता हूँ न। तो उससे नींद आ जाती है।''

''ओह, वह डिप्रेशन वाली दवा। एस. जेटालो प्लस?''

''तुम्हें नाम याद है?''

''कितनी बार, तुम भूल जाते थे। मैं .फोन करके याद दिलाती थी कि दवा ज़रूर खा लेना। इस तरह याद हो गया।''

मैं उसे ध्यान से देख रहा था। यह कैसी लड़की है। यह सचुमच मुझे बहुत प्यार करती है। और मैं? क्या मैं भी इस लड़की से उतना ही प्यार करता हूँ जितना कि वह करती है। क्या कर सकता हूँ? जब आपके जीवन में बार-बार प्यार आता है तो वह उतनी शिद्दत से नहीं आता जितनी कि पहली बार आता है। जैसे आप पहली बार किसी की तस्वीर देखकर बहुत प्रभावित होते हैं, लेकिन वही तस्वीर बार-बार देखने लगो तो एक दिन आपके देखने का अंदाज़ बिल्कुल बदल जाता है। जब आप किसी लड़की को पहली बार छूते हो तो शरीर में जो सिहरन और झनझनाहट पैदा होती है, वह दूसरी किसी लड़की को छूते समय नहीं पैदा होती। यह मैं महसूस कर चुका था।

मुझे वह भोपाल वाली लड़की याद हो आई। उसके भी पहले काजू दे जिसे एक बरसाती रात में मैंने चूमा था।

लेकिन मैं यह सब सोचना नहीं चाहता था। स्पर्श की छटपटाहट मेरे अंदर उतनी नहीं थी।

''हाँ, मैं भूल जाता था।''

''तुम भूलते बहुत हो। मुझे भी एक दिन ऐसे ही भूल जाओगे।''

''अरे, नहीं ऐसा कैसे। तुम मेरे जीवन का और उससे भी बढ़कर मेरी सोच का एक अटूट हिस्सा हो। तुम्हें कैसे भूल सकता हूँ।''

''पता नहीं।''

''क्या पता नहीं? अरे मुझे भूख लगी है।''

"हाँ, तो खाओ। मैंने तुम्हारा हाथ नहीं पकड़ा हुआ है।"

"नहीं...।"

"अरे खाओ। एक तो पहले ही यह ठंडा है, और सूख जाएगा। फिर कहोगे कि अच्छा नहीं बना।"

"नहीं कहूँगा।"

"तो खाओ।"

"तुम खिला दो।"

उसने पराठे का एक टुकड़ा तोड़ा और मेरे मुँह की ओर बढ़ाया। मैंने मुँह खोल दिया।

"तुम बिल्कुल बच्चे हो।"

"हम्म।"

"छोटे से बच्चे। तुम्हें बहुत केयर की ज़रूरत है।"

"हम्म।"

जब उसने यह बात कही तो मैं झटके से उसकी गोद में सो गया। उसके कपड़े मेरी नाक से टकराए। उसमें साबुन की गंध थी। साबुन की गंध में उसके शरीर की गंध मिल गई थी। मैं खाता जा रहा था और बार-बार उसके सीने से चिपटता जा रहा था। अचानक पता नहीं उसे क्या हुआ, उसने अपने होंठ मेरे होंठ पर रखे और उसे चूम लिया।

मैंने देखा उसका चेहरा लाल हो आया था। उस ललाई में सिर्फ़ शर्म नहीं थी और भी बहुत कुछ था जिसे मैं सिर्फ़ महसूस कर सकता था, उसे शब्द नहीं दे सकता था।

खाना ख़त्म हो चुका था।

"उठिए जनाब, खाना ख़त्म हो गया है।" उसके कहने में एक थरथराहट थी जिसे मैं महसूस कर रहा था।

मैं उठकर बैठ गया।

"चलिए, नहीं तो देर हो जाएगी लौटते-लौटते। आप थके हैं। आकर आपको आराम भी करना चाहिए।"

"किस बात की जल्दी है तुम्हें?"

"अरे मेरी एक सहेली की किताब ग्यारह बजे रिलीज़ होने वाली है,

पुस्तक मेले में ही। सोच रही हूँ कि आपको भी साथ ले चलूँ।''

''ओह! तो ये बात है।''

''हम्म...। ये बात है...'' उसने मेरी नाक पकड़कर एक बार हिला दी।

मैंने देखा कि वह पहले की घबराहट अब उसके चेहरे पर नहीं थी। अब वह नॉर्मल हो गई थी, लेकिन मैं झेंप रहा था और इसे उस पर ज़ाहिर नहीं होने दे रहा था।

हम ठीक ग्यारह बजे पुस्तक मेले पहुँच गए थे। हम सीधे उस स्टॉल पर गए जिस पर उसकी सहेली की किताब का विमोचन होने वाला था। स्टॉल के पास ही एक मंच-सा बना हुआ था- वहाँ कुछ लेखक बैठे हुए थे। मैं कई लेखकों को पहचानता था। उसमें से एक लेखक ऐसे थे जिनसे फ़ेसबुक पर मेरी बात होती थी।

दर्शक-दीर्घा में भी कई पहचाने चेहरे थे। मैं पीछे जाकर एक कोने में कुर्सी पर बैठ गया। वह आगे जाने की ज़िद कर रही थी, लेकिन मैंने उससे भी वहीं पीछे बैठने का इशारा किया ताकि यदि किसी लेखक की ठेपी खुल गई तो आराम से कटा जा सके।

''तुम्हारी सहेली वह है क्या जो मंच पर सबसे साइड में बैठी है?'' मैंने पूछा।

''नहीं, वह जो नीली साड़ी में खड़ी है न मंच के सामने, वह है।''

''क्या लिखा है इसने?''

''कविता।''

''कमाल है, कविता की किताब छपती है और प्रकाशित होती है और उसका इस तरह विमोचन भी होता है।''

''हाँ, क्यों? एक दिन तुम्हारी किताब का भी विमोचन होगा।''

''हुह, जब छपेगी तब न?''

''छपेगी, ज़रूर छपेगी।''

अचानक मैंने देखा कि वह प्रकाशक जो मुझे कलकत्ते में मिला था, वह भी मंच पर आकर बैठ गया। ओह! तो ये हैं जिन्होंने कविता की किताब छापी

है। हाँ, भई, लड़कियों की किताबें तो छापेंगे ही ये हरामी।

"तुम्हारी सहेली से पहचान है इस मोटू प्रकाशक की?" मैंने पूछा।

"हाँ, पहचान तो है। फिर भी पच्चीस हज़ार लिए हैं छापने के?

"पच्चीस हज़ार?"

"हाँ, आजकल कविता की किताब बिना पैसे के थोड़े छपती है और यह अंजलि कौन-सी बड़ी कवयित्री है?"

"ओह... !"

मेरा मन निराश और भारी हो गया। वह मोटू प्रकाशक मंच से बोल रहा था, "हमारी कोशिश है कि हम नए और युवा लेखकों को सामने लाएँ जो अच्छा लिख रहे हैं। हमारा काम सिर्फ़ प्रकाशन का ही नहीं है, हमारा काम यह भी है कि हम दूर-दराज के ऐसे लेखकों की पहचान करें, जो अच्छा लिख रहे हैं और जिनके ऊपर किसी का ध्यान नहीं जा रहा है... हमारा काम एक मिशन..."

मैं उठ खड़ा हुआ। मैंने शिवांगी का हाथ पकड़ा और कहा, "चलो।"

"अरे बैठो न कुछ देर।"

"नहीं, अब और नहीं। ये सब के सब चूतिया और हरामी हैं।"

"क्या हो गया तुम्हें?"

"कुछ नहीं चलो यहाँ से।"

हम लोग इस स्टॉल से उस स्टॉल तक भटकते रहे। अचानक दाढ़ी बढ़ा हुआ एक लड़का मुझे मिल गया।

"अरे अमरेश, तुम।"

मैं हक्का-बक्का-सा उसे देख रहा था और पहचानने की कोशिश कर रहा था।

"पहचाना मुझे?"

"ओह! हाँ, फ़ेसबुक पर मिले थे न?"

"अबे चूतिया, मैं शैलेंद्र हूँ। शैलेंद्र पांडेय। याद है हम साथ पढ़े थे।"

"ओह! हाँ शैलेंद्र। कैसे हो यार?"

"अच्छा हूँ। यहाँ मेले में मेरे संस्थान का स्टॉल है। अंबेडकर अंतरराष्ट्रीय विश्वविद्यालय का।"

"ओह! अच्छा, मैं आऊँगा।"

"भाभी जी भी साथ हैं...।"

"हाँ।"

उसने शिवांगी को नमस्ते किया। मैं चुपचाप उससे बाद में मिलने को कह कर आगे बढ़ गया।

अब और भटकने की हिम्मत नहीं थी।

हम बाहर निकल आए।

प्रगति मैदान के फ़ुटपाथ पर हम सिगरेट पी रहे थे- मैं और शिवानी। उसने बस दो कश लगाए थे और खाँसने लगी थी। बाक़ी सिगरेट मैं तब तक निचोड़ता रहा जब तक कि मेरे हाथ न जलने लगे।

"चलो, अब।"

"कहाँ? कहाँ चलना है अब?

"अरे, यहाँ से चलो। तुम्हारी आँखें बता रही हैं कि तुम थके हुए हो।"

"ओह! ऐसा क्या?"

"चलो होटल चलते हैं।"

"हम्म...।"

हम पहाड़गंज जाने वाली एक बस पर चढ़ गए थे।

"अरे अमरेश बाबू घर नहीं जाना है क्या?" एक आवाज़ मेरे कानों में टकराई। मैं जैसे होश में आया और देखा कि तारक साइकिल पर बैठा तेज़ गति में चला जा रहा था, जब मैंने उसे देखा तो वह मुस्कुरा पड़ा।

"ज़्यादा सिगरेट मत पिया कीजिए।" वह कहते हुए निकल गया।

मैंने सिरगेट को मरोड़कर घास के एक जंगल में फेंक दिया और उठ खड़ा हुआ।

मैंने अपना झोला उठाया और चल पड़ा।

मैं चलता जा रहा था और स्मृतियों के कबूतर मेरे पीछे-पीछे उड़ते चले आ रहे थे।

होटल के कमरे में धुँधली रोशनी थी।

मैं आते ही बिस्तर पर लेट गया। मुझे थकान महसूस हो रही थी।

''तुम आराम करो, थक गए हो।'' उसने धीरे से कहा। इतने धीरे से कि सिर्फ़ वह और मैं ही सुन सकते थे और कोई नहीं।

मैंने आँखें बंद कर लीं।

कुछ ही देर बाद मेरे सिर पर किसी के हाथ का फिसलना महसूस हुआ। मैंने एक बार थोड़ी देर लिए आँखें खोलीं- यह वही थी मेरे बिल्कुल पास बैठी हुई।

मैंने फिर आँखें बंद कर लीं। मुझे उसका वह स्पर्श उस समय सुखद लग रहा था। मुझे याद आया कि पता नहीं कितने दिन से नहीं दिन नहीं कितने साल से अनुजा ने मेरे माथे को सहलाया नहीं था। मेरे सिर में हल्का दर्द रहता था तब- मैं कहता, ''सिर में दर्द है।''

''मुझसे यह आशा न रखिए कि मैं दबा दूँगी, मैं भी बाहर से खटकर आती हूँ।'' वह विरक्त आवाज़ में कहती।

''नहीं, दबाने को नहीं कह रहा।''

''तो क्या मतलब है कहने का।''

''नहीं मैं ऐसे ही कह रहा था।''

''आप लोग ऐसे ही कहते हैं। एक आपकी माँ है जिसे हमेशा देह में दर्द उठा रहता है। आप लोग मुझसे ये आशा नहीं कर सकते कि मैं यह सब करूँगी।''

''कौन कह रहा है?''

''आप सभी यही चाहते हैं, तभी आप लोग ख़ुश रहेंगे।''

''ओह! बात को किस तरह आगे बढ़ाती हो।''

''कभी नहीं कहूँगा अब।''

''बेहतर होगा। ...और अपनी पूज्य माता जी को भी समझा दीजिए...।''

इसके बाद बहुत देर तक पता नहीं वह क्या-क्या बकती रही थी। मैं कमरे से दूर बैठक में आकर किसी किताब में खो गया था।

"क्या सोच रहे हो, सो गए क्या?" यह शिवांगी थी।

"तुम्हें अजीब नहीं लग रहा, मेरी शादी हो चुकी है और मेरा बच्चा है।" मैंने उससे धीरे से पूछा।

"क्यों, अजीब क्यों लगेगा। ये मेरा अपना चुनाव है और मुझे कोई अफ़सोस नहीं।"

"क्या सचमुच?"

"इसमें शक की गुंजाइश क्या है, तुम मुझे जानते हो। कई बार तुमसे कह चुकी हूँ। हाँ, अगर तुम्हें कुछ फ़र्क़ पड़ता है, तो अलग बात है।"

"नहीं, मुझे लगता है तुम्हारे यहाँ आकर मेरे अंतर के तूफ़ान को ठहरने की ये जगह मिली है।"

"और तुम्हारे ऊपर ठहरने की मेरी ज़बरदस्ती भी नहीं। तुम मुक्त हो।"

"हाँ?"

मैं उसे ऐसे देख रहा था जैसे किसी और को देख रहा होऊँ। यह अट्ठाईस साल की कोई लड़की नहीं थी मेरे सामने। यह सृष्टि की एक अद्भुत और अपूर्व जीव थी।

"हाँ। रही बात समाज की तो उसकी परवाह मैं नहीं करती। बचपन से कभी नहीं की।"

"वह परवाह तो मैं भी नहीं करता। लेकिन...।"

"लेकिन...?"

"मैं अनुजा से भी प्यार करता हूँ। वह चाहे जैसी हो। तुम्हें पता है, वह मेरे ख़ून में शामिल है... और मैं...।"

"मैं जानती हूँ। मैं यह कभी नहीं कह सकती कि तुम अनुजा से दूर हो जाओ। बस तुम जब उनके कारण परेशान रहते हो तो मुझे बुरा लगता है कि जैसे मैं तुम्हारे साथ होती तो इस तरह की परिस्थितियाँ उत्पन्न नहीं होने देती।"

"तुम पहले क्यों नहीं आईं मेरे जीवन में?"

"तुम्हारे जीवन में जब अनुजा आई थीं, तब मैं स्कूल में पढ़ती थी। तुम्हारी उम्र अब चालीस की होने वाली है। मैं तुमसे बारह साल छोटी हूँ। कैसे

आ सकती थी तुम्हारे जीवन में?"

"हम्म...।"

"तुम्हें बुरा नहीं लगता? मैं कई बार तुमसे कह चुका हूँ कि मैं अनुजा से भी प्यार करता हूँ।"

"नहीं।"

"बिल्कुल नहीं?"

"एकदम नहीं। अगर ऐसा होता तो मैं तुम्हारे क़रीब नहीं आती। ऐसा नहीं कि मेरे जीवन में कोई पुरुष नहीं आया। कई आए। लेकिन मेरी इस ओर कभी रुचि ही नहीं थी। मैंने किसी के भी प्रस्ताव को स्वीकार नहीं किया। घर के लोग शादी कर देना चाहते थे। जब भी शादी की कोई बात होती मेरे दिमाग़ पर एक भारी दबाव बन जाता था। मुझे लगता था कि मैं परिवार का हिस्सा नहीं बन सकती। मुझसे होगा ही नहीं यह सब। फिर जब वह शादी टूट जाती तो घर के लोग ख़ूब परेशान होते, लेकिन मुझे अंदर-अंदर ख़ुशी होती। लगता कि किसी भारी मुसीबत से मेरा पीछा छूट गया है।"

"तुम किस मिट्टी की बनी हो? तुम्हें जितना जानता हूँ, उतना ही तुम्हारे पास आता हूँ। मेरी परेशान आत्मा को सुकून मिलता है। मेरा मन तुम्हारी ओर श्रद्धा से झुकता जाता है। यू आर सिंपली ग्रेट।"

"ग्रेट-ब्रेट कुछ नहीं। बस ऐसी ही हूँ मैं। ऐसे ही सोचती हूँ।"

"हम्म...।"

मैंने उसके चेहरे को अपने दोनों हाथों से ढक लिया और उसके होंठों को अपने पास लाते हुए, उन्हें एक बार ख़ूब आत्मीयता से चूम लिया।

उसने कोई विरोध नहीं किया। उल्टे वह मेरे गालों और माथे को चूमने लगी।

मैंने उसे धीरे-धीरे बिस्तर की ओर खींच लिया।

हम गले मिलकर एक-दूसरे को चूम रहे थे, वह एक पागल क्षण था। उस क्षण में एक गहरी आत्मीयता थी, एक विश्वास था और प्यार था जिसकी सबसे ज़्यादा ज़रूरत ऐसे क्षणों में होती है।

मैं एक बार थमा और मेरी आँखों ने पूछा, "क्या?"

वह भी एक बार थमी। उसकी आँखों ने भी पूछा, "क्या?"

हम कुछ देर रुकने के बाद फिर से एक-दूसरे से लिपट गए।

मन की भाषा धीरे-धीरे देह की भाषा में तब्दील होती जा रही थी।

एक साँस उठ रही थी।

एक साँस गिर रही थी।

फिर एक साँस उठकर आकाश जितनी ऊँची हो जाती थी और फिर गिरकर पाताल की गहराई में विलीन हो जाती थी।

''चूची...।'' मैंने कहा।

''क्या?'' उसने पूछा।

''चूची, नहीं समझती?''

''नहीं, नहीं समझती।''

''धत्त...। तुम्हारे ये दो जो अब भी कपड़े में ढके हुए हैं।''

''ओह! ये... कौन-सी भाषा बोल रहे हैं आप देव?''

''यही तो आदिम मनुष्य की भाषा है देवी।''

''मुझे मुझसे आज़ाद करो देव।''

''अभी करता हूँ। मेरे हाथ थरथरा रहे हैं।''

''आपके हाथ तो अनुभवी हैं। ...फिर भी?''

''तुम्हारे समीप मैं अपने सारे अनुभव भूल चुका हूँ देवी।''

''ऐसे नहीं, पहले अँधेरा होने दो।''

''वह तो है।''

''नहीं, बिजली की रोशनी से आँखें चौंधिया रही है मेरी।''

बत्ती गुल हो गई थी।

''ख़ून के धब्बे। मेरी सहेलियों ने बताया था। दर्द। पहली बार है न।''

''चुप। कुछ नहीं होगा। मैं हूँ न।''

''हाँ, तुम पर भरोसा है देव- ख़ुद से भी ज़्यादा।''

''हाँ।''

अँधेरे में फुसफुसाहट थी। देह की भाषा ऐसी ही होती है।

एक तूफ़ान था जो मेरे गर्त में आकर मिल गया था। वह उसे अपनी देह पर सह रही थी। पूरा कमरा एक अजीब से दर्द से काँप रहा था और हम एक

नए रास्ते की दुर्गम यात्रा कर रहे थे।

कभी लगता था कि हम मंज़िल को छू रहे हैं, फिर अचानक बीच में कोई पहाड़ या कोई गहरी खाई आ जाती थी।

हम फिर चलना शुरू करते थे- नए सिरे से। बार-बार हाँफते हुए क़दम। साँस-साँस एक हो रही थी।

वह एक पवित्र और गर्म रात थी।

वह रात हर बार अकेले होने पर मेरे ज़ेहन के मैदानी इलाक़ों में बजती थी।

मैं सुबह की ट्रेन से वापिस कोलकाता लौट आया था।

वह स्टेशन तक छोड़ने आई थी।

मुझे लगा कि जब ट्रेन छूटेगी तो उसकी आँखें भर आएँगी। वह कहेगी कि फिर कब आओगे?

उस समय मुझे भोपाल वाली उस लड़की की भरी हुई आँखें याद हो आई थीं।

''फिर आओगे न जल्दी?'' भोपाल वाली लड़की ने कहा था।

''हाँ, जल्दी आऊँगा।'' मैंने उसके गालों पर ढुलक आए आँसू पोंछ दिए थे।

तभी गार्ड ने व्हिसिल दी थी और हरी झंडी लहरा उठी थी।

लेकिन शिवांगी की आँखों में आँसू नहीं थे। वह सिर्फ़ मुझे देख रही थी- लगातार। मुझे लगा कि अगर बहुत देर तक उसे यूँ ही देखता रहा तो मेरी आँखों से पानी बह निकलेगा।

थैंक यू... थैंक यू शिवांगी- मैं कहना चाहता था उसके गले से लगकर। बिना यह परवाह किए कि हम दिल्ली स्टेशन के एक भीड़ से भरे प्लेटफॉर्म पर खड़े थे। मैंने उसकी आँखों से अपनी नज़रें हटा ली थीं।

मैंने कुछ नहीं कहा, सिर्फ़ हमारी आँखें बोल रही थीं।

आँखें समझ रही थीं।

ट्रेन धीरे-धीरे सरक रही थी।

चार हाथ हवा में हिल रहे थे और हिलते हुए धीरे-धीरे दृश्य से ग़ायब हो गए थे।

"दादा आज पार्क में नहीं बैठोगे?" मैंने अपनी आँखें उठाईं। चिनिया बादाम बेचने वाला वह बूढ़ा था। मैं चलते हुए उस पार्क तक आ गया था।

मैंने उस बूढ़े से कुछ नहीं कहा। उसके हाथ पकड़ लिए और उसे साथ लेकर पार्क में आकर बैठ गया।

वह एक पत्थर की बेंच थी- परित्यक्त-सी।

वहाँ कम ही लोग बैठते थे- लगभग कोई नहीं।

मैं जब आता था तो कभी-कभी उस बूढ़े को वहाँ बैठा हुआ देखता था।

बूढ़े की आँख में मोतियाबिंद के धब्बे थे। उसे कम दिखाई देता था। कभी-कभी बीड़ी पीते हुए वह खाँसता था तो उसके गले से ढेर सारा बलगम बाहर निकलता था।

"आज भूख नहीं लगी?" बूढ़े ने पूछा।

"हाँ, लगी है।" मैंने कहा।

बूढ़ा एक काग़ज़ में चिनिया बादाम निकालने लगा। मैंने उससे कहा, "रहने दो। मेरे पास रोटी है। तुम खाओगे?"

"बूढ़े ने कुछ नहीं कहा। सिर्फ़ मुझे देखता रहा। उसने एक बार अपना मुँह चलाया जिसमें शायद पानी भर आया था।"

मैंने टिफ़िन का डिब्बा निकाला, उसमें आलू की भाजी और तीन रोटियाँ थीं।

मैंने एक रोटी पर थोड़ी-सी भाजी रखकर उस बूढ़े को दे दिया। बूढ़ा अपना हाथ नहीं बढ़ा रहा था। उसे मेरी रोटी लेने में थोड़ी शर्मिंदगी-सी लग रही थी। उसकी आँखें सिकुड़ आई थीं। वह झेंप की एक हँसी हँसते हुए मेरी ओर देख रहा था। वह सोन हँसी नहीं थी।

"ले लो। खाओ।"

उसने रोटी ले लिया। मैंने भी एक रोटी ली, उसमें थोड़ी-सी भाजी रखी और उसका एक रोल बना लिया। बूढ़े ने भी मेरी देखा-देखी रोटी का रोल

बना लिया।

हम दोनों चुपचाप रोटी खाने लगे।

जब रोटी ख़त्म हो गई तो बूढ़े ने मेरी ओर देखते हुए कहा, "मेरे पास पानी है।"

उसने अपने कपड़े के झोले से एक पुरानी-सी बोतल निकाली और मेरी ओर बढ़ा दी। बोतल पानी से आधी भरी हुई थी। मैं पानी पीने लगा... जब पानी थोड़ा बच गया तो मुझे बूढ़े की याद आई कि वह भी पानी पिएगा। मैंने बोतल में थोड़ा पानी बचा लिया और बूढ़े को दे दिया। बूढ़े ने इतने-से पानी को पिया भी और उससे अपने हाथ भी धो लिए।

"घर कहाँ है? पास में?" मैंने पूछा।

"नहीं, यहाँ से थोड़ा दूर, किष्टोपुर में।"

"घर में बच्चे-बहू होंगे?"

"नहीं, एकला रहता है। कोई नहीं। ठाकुर जी का मंदिर है, उसमें रहता है।"

"क्यों, अपना घर नहीं?"

"नहीं, बहुत पहले छिलो (था)। आखून (अब) नेई है।"

"ओह! तो बहू भी नहीं। शादी नहीं किया?"

"बहुत अच्छा किया। अगर शादी कर लेता तो मर जाता तुम।"

"ओरे नेई बाबा। हमरा बऊ था। छै मैइना आगे मोर गया।"

"ओह... !"

"तब घर में रहता था- बऊ-बाच्चा का साथ में। फिर जब बऊ नहीं रहा तो हमरा रहना बऊमाँ को आच्छा नहीं लगता था, बहुत बकता था। हमरा लड़का से बहुत झमेला करता था। लड़का कुछ नेइ बोलता था, उदास रहता था। तो फिर एक दिन हम बोला जे हम ठाकुरबाड़ी में रहेगा। और हम इहाँ चला आया, और चिनिया बादाम बेचने लगा। ईश्वर चलाता दै, जितना दिन चलता है। तुम चिनिया बादाम खाओ। खाएगा? आज का चिनिया बादाम बहुत अच्छा है, ले लो बाबू।"

बूढ़ा यह सब कहते हुए उदास हो गया था। उसकी आँखें सिकुड़ आई थीं और आँखों का पीला कीचड़ बाहर निकल कर झाँकने लगा था।

"बुढ़ापा बहुत बड़ा रोग आचे दादा। पाटनर का सबसे जादा ज़रूरत इसी उमर में होता है।"

"हम्म। तुमको अपनी बीवी की याद आती है न?"

बूढ़े ने कुछ नहीं कहा। उसकी आँखें किसी उजाड़ सरेह की तरह सूनी हो गईं। उसने अपने काँपते हाथ को अपने झोले में डाला और उसमें से कुछ निकाला। मुझे लगा कि वह काग़ज़ का कोई चौकोर टुकड़ा है। उसने उस टुकड़े को मेरी ओर बढ़ा दिया। मेरी ओर बढ़ाने से पहले उसने उस काग़ज़ के टुकड़े को भर आँख देख लिया।

"क्या है यह?" मैंने पूछा।

"जोनकी, जोनाकी है यह। हमारा बऊ।"

मैंने देखा कि वह एक पासपोर्ट साइज़ की फ़ोटो थी, जो एक बूढ़ी की थी। बूढ़ी के नयन–नक़्श तीखे थे। वह थोड़ी साँवली थी, लेकिन सुंदर थी।

"बहुत झगड़ा करता था यह हमसे। ये मत करो, वो मत करो। हमको चैन से रहने नहीं देता था। लेकिन देखो वह चला गया। बोलता था कि जब हम नहीं रहेगा, तब तुम समझेगा, तब तुमको कोई नहीं पूछेगा। ठीक बोलता था वो। हम समझता नहीं था। घर से बाहर निकल जाता था, देर रात तक पार्क में घूमता रहता था। वह चला गया। मुझे एकला छोड़कर चला गया।"

बूढ़ा भावुक हो गया था। उसका गला रूँध गया था। वह पता नहीं यह सब मुझे क्यों कह रहा था। वह ऐसे बात कर रहा था, जैसे मैं बहुत दिन का बिछड़ा हुआ उसका कोई साथी होऊँ।

"अब क्या किया जा सकता है। जो होना रहता है, वह तो होता ही है।"

"हाँ, छोड़ो ये सब पचड़ा हम गाता रहेगा और तुम सुनता रहेगा। लो चिनिया बादाम खाओ। लेकिन एक बात बोलेगा कि जब तुम्हारा पास कोई चीज रहता है तो उसका गुरुत्व तुम नहीं समझता है। उसका चला जाने का बाद उसका असली गुरुत्व समझ में आता है। वह चला गया। जोनाकी चला गया। ओह! तुम लिया नहीं... खाओ। रुको हम नमक और लंका (मिर्च) भी देता है तुमको।"

बूढ़े ने एक हरी मिर्च और एक पुड़िया नमक भी मिर्च के साथ रख दिया। मेरा मन भारी हो गया था। मैं शायद अनुजा के बारे में सोच रहा था। बची हुई

रोटी मैंने गाय को दे दी थी और टिफ़िन बॉक्स नल के पानी में धोकर बैग में रख लिया था।

"नहीं, दादा मन नहीं हो रहा।"

"क्यों, अच्छा है। खाकर तो देखो।"

"नहीं, दादा आज मन बहुत भारी हो गया।"

"हम समझता है। तुम बहुत दुःखी रहता है। आकर बीच-बीच में इस पार्क का इस बेंच पर बैठता है। हम तुमसे कुछ नहीं पूछेगा। हम जानता है कि तुम बताएगा भी नहीं हमको। लेकिन एक बात कहेगा कि संबंधों को बचाकर रखना एक कला है। इट्स एन आर्ट।"

पहली बार बूढ़े के मुँह से अंग्रेज़ी सुनकर मुझे अच्छा लगा।

मैं उठ खड़ा हुआ।

"अच्छा दादा, मैं निकलता हूँ। देखता हूँ शायद 7.13 की ट्रेन मिल जाए।"

"अच्छा। फिर आएगा तबे कोथा होगा।"

"जी।"

"बादाम खाता तो अच्छा लगता। तुम रख लो बाद में खा लेगा।"

मैंने बादाम को काग़ज़ में मोड़कर बैग में रख लिया।

बारह

मैं जब घर के पास के बस स्टॉप पर उतरा तो नौ बज रहे थे।

मैं धीरे-धीरे घर की ओर चल पड़ा। घर के क़रीब पहुँचकर घर की यादें ज़ेहन में घनीभूत होती जा रही थीं। मुझे सबसे पहले अंकू का चेहरा याद आया। मैं एक दुकान के पास रुका और उसके लिए कुरकुरे का एक पैकेट ख़रीद लिया। मैंने उसी दुकानदार से कुछ सिगरेट भी ख़रीदे। दुकानदार जान-पहचान का था। अक्सर उसके यहाँ से मैं सिगरेट और चॉकलेट या सिगरेट और कुरकुरे या चिप्स ख़रीद लेता था।

मैं जब घर के बिल्कुल पास पहुँचा तो मेरे पैर भारी हो गए थे।

मेरे शरीर में एक अजीब-सी सिहरन दौड़ पड़ी थी। मुझे अनुजा का गंभीर चेहरा याद आ गया।

वह रात से चुप थी।

पता नहीं उसके मन में क्या चल रहा था।

मैंने फ़ोन को पॉकेट से निकालकर एक बार चेक किया, उसकी कोई मिस्ड कॉल नहीं थी।

मैं धीरे-धीरे घर की सीढ़ियाँ चढ़ रहा था।

घर में टी.वी. के चलने की आवाज़ आ रही थी। अंकू किसी बात पर ज़ोर-ज़ोर से कुछ कह रहा था। वह अभी सोया नहीं है- मैंने सोचा।

दरवाज़ा अंदर से बंद था। मैंने काँपते हाथ से कॉलबेल का स्विच दबा

दिया। एक कबूतर की आवाज़ से सारा घर गुँजायमान हो उठा।

"पापा... पापा... पापा आ गए।" यह अंकू था जो दरवाज़े के पास आकर खड़ा हो गया था।

"मम्मी जल्दी से खोलो न दरवाज़ा। पापा आ गए हैं।"

दरवाज़ा खुल गया। सामने अनुजा खड़ी थी। उसने एक बार मेरी ओर अजनबी नज़रों से देखा और फिर वापिस मुड़ गई। अंकू मेरे पैरों से लिपट गया।

"पापा, आज क्या लाए हैं आप मेरे लिए?"

मैंने उसे कुरकुरे का पैकेट पकड़ा दिया। वह ख़ुश हो गया और दौड़ते हुए टी.वी. रूम में चला गया।

मैं घर के अंदर दाख़िल हो चुका था।

मैं कपड़े चेंज कर और हाथ-मुँह धोकर कम्प्यूटर चेयर पर बैठ गया।

चार साल का वह बच्चा दौड़ते हुए मेरे पास आकर खड़ा हो गया। उसका कुरकुरे ख़त्म हो चुका था। मैंने उसे अपनी गोद में उठा लिया।

"आप पानी पिएँगे, मैं ला दूँ?" उसने पूछा।

"नहीं, थोड़ी देर में ला देना।"

"आप थक गए हैं न?"

"हम्म...।"

"आप जिस ट्रेन से आते हैं, वह बहुत लंबी है?"

"थोड़ी लंबी है।"

"हम लोग भी ट्रेन से जाएँगे कल। मम्मी कह रही थीं। बहुत मज़ा आएगा।"

"कहाँ जाओगे?"

"ट्रेन में जाएँगे।"

"मम्मी ने कहा?"

"हाँ, और मम्मी मेरे लिए टेडी भी ख़रीद कर देंगी।"

"ओह! आप भी चलिए न हमारे साथ। बहुत मज़ा आएगा।"

"हम्म...।"

"मगर मम्मी तो कह रही थीं कि आप नहीं जाएँगे।"

"देखते हैं बेटा।"

मैं सोच में पड़ गया। कहाँ जाएगी अनुजा? अभी तो स्कूल की छुट्टियाँ भी नहीं हैं। उसके मौन का यह मतलब है! वह चुप रहकर यह योजना बना रही थी, लेकिन वह क्यों और कहाँ जाना चाहती है? मुझे उससे पूछना होगा। मैंने बच्चे को पलंग पर बिठा दिया और एक बार टी.वी. रूम में चला गया। वह टी.वी. देख रही थी। उसने मेरी आहट को पहचाना, एक बार मेरी ओर देखा फिर नज़रें टी.वी. पर गड़ा दीं।

मैं उससे पूछना चाहता था- क्यों?

लेकिन वह मुझसे निरपेक्ष इस तरह टी.वी. के स्क्रीन में खोई हुई थी कि मैं कुछ भी पूछ नहीं सका।

मैं लौट आया और आकर फिर से वहीं बैठ गया, जहाँ से उठा था।

मैंने कम्प्यूटर ऑन कर दिया। एक मीठी-सी आवाज़ कम्प्यूटर से निकली और स्क्रीन के आइकन चमकने लगे।

अब? -मैंने सोचा।

मुझे कुछ भी नहीं सूझा तो मैंने फ़ेसबुक के आइकन पर कर्सर को डबल क्लिक कर दिया। मेरे सामने फ़ेसबुक का पेज़ खुल गया। कई लोगों के फ्रेंड रिक्वेस्ट थे, मैंने इग्नोर किया। किसी लड़की ने एक बहुत ही घटिया कविता लिखी थी। मैंने देखा कि कई भाई लोग वहाँ आह-वाह करने में लगे थे। कई लोगों के प्रोफ़ाइल पिक्चर बदल गए थे। एक दोस्त ने अपनी प्रोफ़ाइल पिक्चर की जगह 'मेरा नाम जोकर' की एक प्रसिद्ध तस्वीर लगा रखी थी। मुझ देखकर अच्छा लगा। मुझे लगा कि अपनी तस्वीर की जगह मैं भी किसी और की तस्वीर लगा दूँ। मैं सबसे दुःखी आदमी की एक तस्वीर गूगल में सर्च करने लगा, मुझे वह नहीं मिली। अंततः मैंने प्रसिद्ध पेंटर वैन गॉग की एक तस्वीर डाउनलोड की और उसे अपनी प्रोफ़ाइल पिक्चर बना दिया। उस तस्वीर में एक आदमी कुर्सी पर झुककर बैठा है। उसे देखकर ऐसा लग रहा है कि दुनिया के सारे बोझ उसके कँधे पर लाद दिए गए हैं और वह उन्हें सहन नहीं कर पा रहा है। उस तस्वीर को तुरंत कई लोगों ने लाइक किया। किसी ने लिखा- नाइस

पिक, ऑसम... इत्यादि-इत्यादि। कुछ देर बाद ही मैं बोर हो गया और मैंने वह पिक्चर डिलीट कर दी और प्रो.फ़ाइल पिक्चर को ब्लैंक छोड़ दिया।

"हाय।"

मेरे स्क्रीन की बत्ती हरी हो गई। यह किसी का संदेश था। मैंने अन्यमनस्क ढंग से उसे खोला, देखकर थोड़ी राहत मिली- यह शिवांगी थी।

"व्यस्त हो?"

"नहीं। बोलो। कैसी हो?"

"मैंने वादा किया था न कि मैं तुम्हें अपने बारे में बताऊँगी, क्यों .फ़ोन बंद कर देती हूँ और अकेली हो जाती हूँ?"

"हम्म?"

"तो मैंने अपनी डायरी के कुछ पन्ने स्कैन किए हैं। उसे भेज रही हूँ।"

"कहाँ?"

"यहीं, अटैच कर रही हूँ। पढ़ना और बताना। अगर तुम्हें कुछ बुरा लगे तब भी।"

"हम्म।"

"अलग-अलग पन्ने हैं। मैंने एक जगह लिखकर स्कैन कर दिया है। पढ़ लेना। पढ़कर शायद मुझे समझने में तुम्हें मदद मिलेगी।"

"हम्म...।"

"उसने .फ़ाइल अटैच करके भेज दी। एक-एक कर कई पन्ने इमेज़ .फ़ाइल में मेरे सामने आ गए। मैं उन्हें पढ़ने में देर नहीं करना चाहता था। एक अधैर्य से भरी उत्सुकता मेरे मन में आकर बैठ गई थी।"

पहला पन्ना

मेरी हालत अजीब-सी रही है। मैंने जिसे भी शिद्दत से चाहा है, वह मेरे हाथों से पानी की तरह बह गया है। कुछ समय तक उसके होने की नमी मेरी हथेलियों में बनी रहती है, फिर वह भी सूख जाती है। रिश्ते मेरे लिए हमेशा से ऐसे ही रहे हैं।

मेरे लिए घर का कोई अर्थ कभी रहा नहीं। मेरे लिए घर एक ऐसी जगह थी, जहाँ मेरे माता-पिता हमेशा एक-दूसरे पर इल्ज़ाम थोपकर एक दूसरे को

नोचने की फ़िराक़ में रहते थे। मेरा पूरा बचपन इसी तरह की कलह में बीता जिससे दुनिया बेहतर नहीं बनती। मेरे अंदर एक डर और एक शून्य समा गया जो कभी भी मिटने वाला नहीं था।

मेरी समझ में कभी नहीं आया कि मैं किसे प्यार मानती हूँ। मेरे अपने जो हर समय मेरे चारों ओर थे, उनसे जितनी आत्मीयता मिलती थी, उससे अधिक दुत्कार मिलता रहा।

मैं हमेशा से बुलंदशहर की एक कॉलोनी में बने कुएँ पर जाकर बैठ जाती थी। वहाँ ढेर सारे कबूतर आते थे। मैं उनमें से कई कबूतरों को पहचानती थी। उन कबूतरों में से एक कबूतर को चुन लिया था। वह मेरा अपना कबूतर था। वह जिससे मैं प्यार करती थी। वह रोज़ आकर कुएँ के पास दाना चुगता था। मैं उसे पुचकार कर अपने पास बुलाती थी। वह आ जाता था। मेरी गोद में मेरी हथेलियों पर वह देर तक रहता था। वह मेरा पहला प्यार था।

एक दिन कुएँ के पास बैठी बहुत देर तक मैं उसका इंतज़ार करती रही–सारे कबूतर आए, लेकिन वह नहीं आया।

मैंने कबूतरों से पूछा कि मेरा दोस्त कबूतर कहाँ है?

किसी कबूतर ने उसका पता नहीं बताया। मैं बहुत देर तक वहाँ बैठी रही उस दिन। अपनी आँख में आँसू लिए, लेकिन वह कबूतर नहीं आया।

मैं बहुत देर से घर पहुँची। मम्मी ने पूछा, "कहाँ थी?" मैंने कोई जवाब नहीं दिया।

उस दिन मम्मी और पापा के बीच बहुत ज़ोर का झगड़ा हुआ था। मम्मी ग़ुस्से में थीं। उस दिन पहली बार मम्मी ने मुझे छड़ी से पीटा।

मैं देर तक एक कमरे में सिसकती रही। उस दिन मैंने खाना नहीं खाया।

इसके बाद बहुत दिन तक मैं उस कबूतर की खोज में उस कुएँ के पास जाती रही। सारे कबूतर आते रहे, सिर्फ़ वह ही नहीं आया।

दूसरा पन्ना

मैं बहुत छोटी थी उस समय। पाँचवीं क्लास में पढ़ती थी।

धीरे-धीरे मैं उस कबूतर को भूल गई, लेकिन एक बात को अब भी नहीं भूल पाती हूँ। पता नहीं यह बात तुम्हें कैसी लगे। किस तरह की प्रतिक्रिया

तुम्हारे मन में उभरे, लेकिन यह बात मैं तब न कह पाई थी जब हम मिले थे। तब भी मैं कहना चाहती थी, पर कहने का साहस नहीं हुआ था। लिखकर कहते हुए संकोच कम हो रहा है, लेकिन मेरा ख़ून उतनी ही तेज़ी से उबल रहा है, जितना कि इस घटना को याद कर उबलता है।

वह स्कूल से छुट्टी का समय था। भोला पांडे मास्टर मुझे घर जाने वाले रास्ते में मिल गए थे। उन्होंने कहा कि चलो तुम्हें घर तक छोड़ दूँगा। मैंने कहा कि मैं चली जाऊँगी, लेकिन वह नहीं माने और मेरे साथ-साथ चलने लगे।

घर के रास्ते में एक पार्क पड़ता था जो दोपहर को सुनसान रहता था। फूल के नाम पर उस पार्क में लंबी-लंबी झाड़ियाँ उग आई थीं। एक बार उस पार्क में एक गेहुँअन साँप मिला था, तब से हम लोगों का उस पार्क में जाना बंद हो गया था। शाम को इक्का-दुक्का लोग उस पार्क में जाते थे। उस पार्क में बच्चों के खेलने की जगहें बरसात और धूप में मद्धिम और उजाड़ पड़ गई थीं, लोहे के झूले में मोर्चे लग आए थे।

पार्क के समीप जब हम पहुँचे तो मास्टर भोला पांडे रुक गए, ‘‘थोड़ा रुको। मैं तुम्हें एक चीज़ दिखाऊँगा।’’

‘‘कौन-सी चीज़? मुझे जल्दी घर जाना है, नहीं तो मम्मी ग़ुस्सा करेंगी।’’ मैंने कहा।

‘‘एक चिड़िया ने अंडे दिए हैं, वही दिखाऊँगा।’’ मास्टर ने कहा।

‘‘नहीं, मैं नहीं जाऊँगी, इस पार्क में साँप रहता है।’’ मैंने विरोध किया।

जब भोला मास्टर ने देखा कि मैं किसी तरह से नहीं मान रही हूँ तो उसने मुझे गोद में उठाया और तेज़ी से पार्क के अंदर घुस गए। मैं पैर पटकती रही, और मैंने ज्यों ही रोना शुरू किया, त्यों ही उसने अपने गमछे से मेरा मुँह बाँध दिया।

मेरी आँखें खुली हुई थीं। वहाँ दो लोग और थे। एक झाड़ी के पीछे वे लोग मुझे ले गए... और...।

सॉरी, मुझे माफ़ करना, इसके आगे मैं लिखकर भी तुम्हें कुछ बता नहीं पा रही हूँ। मैं जब होश में आई तो मेरा शरीर खरोंच और वीर्य से लथपथ था। मेरे शरीर पर एक भी कपड़ा नहीं था।

बहुत मुश्किल से मैं उठी और मैंने अपने हाथों से वीर्य को साफ़ किया।

अपने कपड़े पहने और धीरे-धीरे घर आई।

उस दिन बहुत देर हो चुकी थी और मम्मी छड़ी लेकर दरवाज़े पर बैठी हुई थीं।

मैं लड़खड़ाकर चल रही थी। मुझे चक्कर जैसा आ रहा था। लगता था कि मेरे शरीर से किसी ने सारा रक्त निचोड़ लिया है।

"कहाँ थी रे कलमुँही, अभी आ रही हैं महारानी। तूने तो मेरी नाक में दम करके रखा है।" यह माँ थी जो मुझे देखते ही शुरू हो गई थीं।

उन्होंने मेरा चेहरा देखकर भी नहीं जाना। मेरे कपड़े देखकर भी उन्हें अहसास नहीं हुआ कि मेरे साथ क्या हुआ है।

वह छड़ी से मुझे मारती जा रही थीं और मैं लड़खड़ाते हुए घर के अंदर घुसती जा रही थी- तब तक जब तक कि मैं फिर से बेहोश नहीं हो गई।

तीसरा पन्ना

नहीं, जिन लोगों ने मेरे साथ ऐसा किया था, उन्हें कुछ नहीं हुआ। पिता ने चुप रहने को कहा और एक अस्पताल में मुझे भर्ती करा दिया। वहाँ कुछ दिन रहने के बाद मैं घर वापिस आ गई। फिर उस स्कूल में मैं कभी नहीं गई। पिता का तबादला दिल्ली हो गया और हम यहाँ चले आए।

मुझे एक स्कूल में भर्ती कराया गया, लेकिन मेरे अंदर पुरुषों को लेकर एक गहरी वितृष्णा भर चुकी थी। यहाँ तक कि मैं अपने पिता से भी नफ़रत करती थी।

मैंने आज तक किसी भी पुरुष को अपने पास नहीं आने दिया, नहीं आने दूँगी का एक मौन संकल्प पता नहीं कहाँ से आकर मेरे ज़ेहन में बैठ गया था।

मेरे अंदर वह एक ग्रंथि की तरह बैठा हुआ है। मुझे लगता है कि मेरे अंदर कुछ ऐसे अंग हैं जिन्हें मुझे नोचकर फेंक देना चाहिए, लेकिन मैं ऐसा नहीं कर पाती। काश कि मैं ऐसा कर पाती।

लेकिन मैं सोचती हूँ कि क्या यही सच है ? क्या उसी एक घटना के कारण ही मैंने यह संकल्प ले लिया या संकल्प जैसी कोई चीज़ मेरे अंदर आकर धीरे-धीरे जम गई ? एक बात और कहनी है कि मैंने अपने पिता को रात में माँ

को डंडे से पीटते हुए देखा है- माँ की उघड़ी हुई नंगी देह और उस पर पिता का प्रहार। लेकिन सुबह उठकर माँ सारे काम वैसे ही करने लगती थी, जैसे कुछ हुआ ही न हो। यह तब अधिक होता था जब माँ एक स्कूल में नौकरी करती थी। अब लगता है कि पिता माँ पर शक करते थे। बाद के दिनों में माँ ने आख़िर नौकरी छोड़ी। तब के बाद से माँ का बिस्तर अलग हो गया। मेरे घर छोड़ देने तक पिता अलग कमरे में ही सोते थे। यह अजीब था मेरे लिए। ऐसा अजीब कि मेरे ज़ेहन में वे छवियाँ अभी भी ताज़ी हैं।

मेरे अंदर एक ठहराव है, एक ख़ालीपन है। ढेर सारा ग़ुस्सा है- अपने परिवार के लिए और इस समाज के लिए भी। इसलिए मुझे समाज का और परिवार का कोई भी वह नियम मान्य नहीं है, जो मुझे घेरता-बाँधता है।

चौथा पन्ना

यह अंतिम पन्ना है। इसमें तुम्हारी भी बातें होंगी। यदि कुछ बुरा लगे तो माफ़ कर देना। तुम पहले पुरुष हो जो मुझे पुरुष की तरह नहीं लगे, वरना तो पुरुष मेरे लिए हर समय एक ख़ूँख़ार जानवर की तरह रहा है।

लेकिन उस दिन जब मैं तुम्हें विदा करके आई- एक प्रेमिका की तरह नहीं- एक दोस्त की तरह तो अकेले कमरे में देर तक एक जगह बैठी रही। लग रहा था कि मेरे अंदर एक सन्नाटा पसर गया है। मुझे यह भी पता नहीं था कि तुम फिर वापिस लौटकर आओगे या नहीं।

मैं उस पूरी रात तुम्हारे चेहरे में वह समर्पण खोजती रही थी जो एक स्त्री और पुरुष के बीच दो देह एक हो जाने के बाद उपजता है। वह कैसा समय था कि हम मिल रहे थे, लेकिन मेरे अंदर किसी ख़ास क़िस्म की कोई पागल उत्तेजना नहीं थी। मैं तुम्हारी देह को अपने ऊपर धारण किए हुए, किसी दूसरी ही चीज़ की खोज में भटक रही थी। तुम पहली बार असफल हुए थे तो तुम्हारे अंदर एक झेंप थी। तुम दूसरी बार असफल हुए तो तुम्हारे अंदर एक डर था।

तुम्हें याद है कि मैंने तुमसे पूछा था कि कहीं मैं ही ठंडी तो नहीं। और तुमने बहुत प्यार और आत्मीयता से मुझे समझाया था कि पहली मुलाक़ात में इस तरह हो सकता है। हमें एक-दूसरे को और गहराई से समझने की ज़रूरत

है, लेकिन मुझे यक़ीन नहीं हुआ था।

तुम फिर मेरे आग़ोश में थे। इस बार तुम्हारी आँख में मुझे एक चमक दिखी थी। मैं दर्द से कराह रही थी और मेरी जाँघों के बीच से कुछ कतरे बहकर निकल रहे थे। उ.फ़.फ़! लेकिन वह दर्द भी सुखद था कितना।

फिर कई बार तुम और हम डूब चुके थे। तुम्हें यक़ीन नहीं होगा कि पहली बार मैं उस ग्रंथि को भूल गई थी। वह जो बचपन से मेरे मन और देह में कहीं समाई हुई थी।

अब एक और बात। तुम्हारे जीवन में एक और लड़की है। वह भोपाल में रहती है। मैंने उसके और तुम्हारे बीच की सारी चैट को पढ़ लिया है। यह कैसे हुआ, तुम यह भी ज़रूर जानना चाहोगे ? तुमने मेरे टैबलेट से .फ़ेसबुक में लॉगिन किया था– उस दिन जब हम साथ थे। जब मैं घर आई और एक दिन बाद .फ़ेसबुक खोला तो तुम्हारे आईडी से ही मैं लॉगिन हो गई।

मैंने उत्सुकतावश मंजरी के मैसेज पढ़े, क्योंकि कई बार तुम बातों में उसका ज़िक्र कर चुके थे। मैंने तब सोचा था कि यह कैसा इंसान है, क्या यह हर स्त्री से इसी तरह बात करता है ? लेकिन फिर मैंने उस क्षण को याद किया और तुम्हारे चेहरे की सच्चाई को याद किया। मुझे यक़ीन था कि तुम एक न एक दिन मंजरी के बारे में भी मुझे सब कुछ बताओगे। तुमने बताया, लेकिन वह सब नहीं जो मैं तुम्हारे मैसेज बॉक्स में पढ़ चुकी थी।

सुनो– तुमसे एक आग्रह करूँ ? एक बार मंजरी से मिलने चले जाओ। वह तुम्हें बहुत प्यार करती है। वह एक साधारण लड़की है। उसे प्रेम और विछोह प्रभावित करते हैं। मेरी जैसी पत्थर नहीं है वह। उस तरह पत्थर तो मैं भी नहीं रही अब। तुमने मुझे पिघला जो दिया है।

पता नहीं मेरी इन बातों के बाद तुम कैसे रिएक्ट करोगे, लेकिन तुम उस लड़की से ज़रूर मिलने जाना। एक बार ही सही।

और हाँ, मैंने तुम्हारी आईडी से एक बार ही .फ़ेसबुक पर लॉगिन किया था– वह भी एक दुर्घटना की तरह। मैंने साइन आउट कर लिया है। अब कभी भी मैं तुम्हारा संदेश नहीं पढ़ पाऊँगी। किसी के संदेश इस तरह पढ़ने को मैं नैतिक अपराध मानती हूँ, इसके लिए जो सज़ा मुक़र्रर करोगे, मुझे मंजूर होगी।

फिर भी माफ़ी माँगना तो एक बार बनता ही है।

...शिवांगी।

मैं बहुत देर तक उसका नाम पढ़ता रहा जो उसने अंत में लिखा था। मुझे कई बार इन पन्नों को पढ़ते हुए डर भी लगा, मेरे ज़ेहन में सरसराहट भी हुई और एक गौरवबोध भी कि मैं एक ऐसी लड़की को जानता हूँ- बेहद सुलझी हुई और साफ़। मुझे किसी ऐसे की ही ज़रूरत थी- बिल्कुल यही।

मैं देर तक अपनी आँखें फ़ेसबुक के पन्ने पर डाले रहा। पन्ने के कई अंशों को बार-बार पढ़ा। मुझे लगा कि फ़ोन लगाकर उससे अभी मुझे बात करनी चाहिए, लेकिन अनुजा अब भी जगी हुई थी। दस बजने वाले थे और अब सीरियल ख़त्म होने वाला था। कुछ ही देर में वह उठेगी, टी.वी. बंद करेगी, लाइट ऑफ़ करेगी और जाकर सो जाएगी।

सुबह से वह चुप है तो शायद अब भी चुप ही रहेगी।

अंकू कई बार मेरे आस-पास घूमकर चला गया था। उसके पास एक खिलौना था जिससे वह अपने में मगन खेल रहा था।

वह अब तक जाग रहा था।

"आपका काम हो गया हो तो मेरे रूम में आइए, आपसे कुछ ज़रूरी बात करनी है।" यह अनुजा की आवाज़ थी जो पीछे से आई थी। मैंने पलटकर देखा, वह पीछे खड़ी थी।

मैंने फ़ेसबुक पेज़ को मिनिमाइज किया, और बस इतना भर कह सका, "हाँ...।"

वह अपने रूम में चली गई थी। बच्चे को उसने दूसरे रूम में सुला दिया था। मैंने जाकर एक बार देखा। वह हाथ में वही खिलौना लिए आँखें बंद कर चुका था। मैंने उसकी देह पर पड़ी चादर को ठीक किया और अनुजा के कमरे की ओर बढ़ता चला आया।

"बैठिए।" अनुजा ने ऐसे कहा कि जैसे वह मुझसे पहली बार बात कर रही हो और मैं कोई मेहमान होऊँ।

मैं पास की एक कुर्सी पर बैठ गया। वह पलंग पर ही बैठी रही।

"हाँ, कहो..." बात की शुरुआत मैंने ही की। वह कुछ देर सोचती रही। फिर उसका चेहरा बेहद गंभीर हो आया।

"मैं जा रही हूँ कल।"

"कहाँ, क्यों?"

"मैं अब आपके साथ नहीं रह सकती।"

"क्यों? क्या ग़लती हुई है मुझसे? क्यों जा रही हो तुम और कहाँ?"

मेरी आवाज़ थरथरा रही थी। मैंने उसका हाथ पकड़ लिया।

"कहीं भी जाऊँ, यह बताना मैं ज़रूरी नहीं समझती।" उसने मेरा हाथ झटक दिया।

"देखो, मैं अगर तुम्हें बहुत बुरा लगता हूँ तो ठीक है। मैं तुमसे बात नहीं करूँगा। तुमसे दूर रहूँगा, लेकिन कम से कम उस बच्चे के बारे में सोचो, उसकी क्या ग़लती है। तुम फिर से सोचो।"

"मैंने सोच लिया है। दो दिन से मैं यही सोच रही हूँ।"

"देखो, प्लीज़ तुम बताओ। मैं क्या करूँ? क्या करने से तुम अपना यह निर्णय बदल दोगी?"

"तुम कुछ नहीं कर सकते।"

"देखो, मैंने सब कुछ सहा है, सिर्फ़ इसलिए कि यह संबंध बचा रहे। अब भी तुम जो शर्त रखोगी, मैं उस पर चलने और उसे मानने की कोशिश करूँगा।"

"हुह, आप अपनी नौंटकी छोड़िए।"

"देखो, मैं प्यार करता हूँ तुमसे। चाहे जो भी हो हमारे बीच। लेकिन तुम मेरे ख़ून में समाई हुई हो। मैं तुम्हारे न रहने पर कुछ नहीं कर सकता। यह जीना, यह लिखना-पढ़ना यह सब तुम्हारे कारण है अनु। प्लीज़ अनु मेरी बात को समझो।"

मैं लगभग रूँआसा और दीन होकर उसके सामने खड़ा था, लेकिन मैं देख रहा था कि मेरी उस हालत का उसके ऊपर कोई असर नहीं हो रहा है। वह उसी तरह दृढ़ थी- दृढ़ और कठोर।

"मुझे जो कहना था कह दिया। इसके बाद और कोई बात नहीं। अगर

बात दुहराएँगे तो बहुत बातें बढ़ेंगी। वह सब मैं नहीं चाहती। मेरी तबियत भी ठीक नहीं। इसलिए प्लीज़ अब आप जाइए। शुक्र मनाइए कि आप अब तक लॉक-अप में नहीं हैं। मेरा एक बयान आपको और आपके पूरे परिवार को जेल में सड़ा सकता है।''

''ओह अनु ! कब बड़ी बनोगी तुम ? कब इतनी समझदार होओगी कि तुम मेरी बातों को समझ पाओ ?''

''और आप कब समझेंगे मुझे ?''

''देखो मैं समझता हूँ, लेकिन तुम नहीं समझतीं। उस बच्चे के बारे में सोचो। उसका तो कोई क़सूर नहीं।''

''वह मेरे साथ जाएगा और वह ठीक रहेगा। मैंने उसे समझा दिया है। आपको उसकी चिंता करने की ज़रूरत नहीं।''

''ठीक है जो ठीक लगे करो।''

मेरी आँखें भर आई थीं। उस मद्धिम अँधेरे कमरे में भी यह दिख रहा था कि मेरी आँखें छलछला आई हैं और मैं अपनी आँखों के गीले कोर को अपनी हथेलियों से पोंछ रहा हूँ।

मैं कमरे से बाहर निकल रहा था। लग रहा था कि मेरे पाँव को सुन्न करने का इंजेक्शन दे दिया गया है। मैं लड़खड़ा रहा था और मेरी आँखें भर-भर आ रही थीं।

तेरह

यह पहली बार नहीं था।

वह इसके पहले भी इस तरह से बात करती थी। उसने एक बार तो तलाक़ के पेपर मेरे सामने रख दिए थे और कहा था, ''इस पर अपने साइन करो।'' मैंने फिर उसे बहुत मनाया था- आँख में आँसू लेकर, बच्चे का वास्ता देकर।

वह चीख़ने-चिल्लाने के कुछ दिन बाद ऐसी हरकत करती थी।

पिता ऐसे मौक़ों पर कहते, ''इसका दिमाग़ सही नहीं है। इसके अंदर कोई ग्रंथि है। इसे किसी मनोचिकित्सक से दिखाओ। अगर कोई इस तरह जीवन में जुड़ जाता है तो उसे साथ लेकर चलने में ही बुद्धिमत्ता है। मुझे तुम्हारी समझदारी पर विश्वास है।''

मैं हर बार अपनी पूरी कोशिश करता था कि सब कुछ ठीक हो जाए। आख़िर वह मेरी पसंद थी। घरवालों के विरोध के बावजूद सिर्फ़ पिता की सहमति से उसे मैं घर ला सका था। वह मेरा निर्णय था। मैं अपने निर्णय को झूठा साबित नहीं होने देना चाहता था।

वह शिवांगी को नहीं जानती थी। वह उस भोपाल वाली लड़की को जानती थी। उसने एक बार बात भी की थी उससे। उसकी बातों से मुझे कभी ऐसा नहीं लगा कि वह जानती है कि मेरे इस तरह के संबंध उन दोनों से हैं। अगर समय आता तो मैं यह कहने के लिए तैयार था कि वे मेरी दोस्त हैं- गहरी दोस्त। मैं

उनसे अपने दु:ख शेयर करता हूँ, उनकी बातों से वैसे ही मुझे ताक़त मिलती है जैसे किसी अन्य दोस्त से मिल सकती है। जैसे कोई पुरुष दोस्त हो सकता था मेरा, उसी तरह से वह भी थीं, लेकिन इस तरह की नौबत कभी नहीं आई थी, हालाँकि मैं इसके लिए हमेशा मानसिक रूप से तैयार रहता था। मैं स्वीकार करता हूँ कि उनके मामले में मैंने एक-दो झूठ भी अनुजा से बोले थे, लेकिन वह झूठ अपने संबंधों को बचाने के लिए थे- धोखा देने के लिए नहीं।

मैं बैठक के अँधेरे में चुपचाप बैठा हुआ था। मुझे कुछ भी अच्छा नहीं लग रहा था। मैं उस समय सिर्फ़ अनुजा के बारे में सोच रहा था। अचानक मुझे याद आया कि मेरा कम्प्यूटर ऑन है और मुझे उसे बंद कर देना चाहिए। मैं निराश क़दमों से कम्प्यूटर तक गया, मैंने देखा कि फ़ेसबुक का पेज़ मैंने बंद नहीं किया था, सिर्फ़ मिनिमाइज करके छोड़ दिया था। वहाँ भोपाल वाली लड़की के कई संदेश थे। मैं अन्यमनस्क ढंग से उन्हें पढ़ने लगा :

"हलो...

तुम हो वहाँ...

जवाब क्यों नहीं दे रहे। तुम ऑनलाइन दिख रहे हो और मुझे जवाब नहीं देते।

किसी को इस तरह इग्नोर करना अच्छी बात नहीं है।

तुम्हारी बहुत याद आ रही है। तुम्हारा फ़ोन बंद है।

देखो, मैं तुम्हारे बिना जी नहीं सकती। घर में आज बहुत कलह हुई है, मेरी शादी को लेकर।

तुम आओगे कभी?

तुम नहीं आओगे। घरवालों के दबाव में मैं शादी नहीं कर सकती। मुझे कोई और नहीं छू सकता। मैं मर जाऊँगी।

बोलो कुछ? इस तरह चुप मत रहो। देखो, मेरा जीना मुश्किल हो रहा है।

तुम्हें याद है- आय वांट टू डाइ व्हाइल यू लव मी। मेरे साहेब... मेरे आका... कुछ तो बोलो...

,,,

???

...

कहाँ हो ?

मैं अगर मर जाऊँ तो मेरी चिता को आग देने आओगे ?

बोलो ? आओगे ?

वादा करो मेरे साहेब...। आओगे न... ?

बाय... गुडनाइट...।

मुझे बहुत बुरा लग रहा है... आ जाओ प्लीज़..."

इसके बाद वह फ़ेसबुक से ऑफ़लाइन हो गई थी। मैं चाहता था कि एक संदेश लिखूँ कि मैं व्यस्त था, लेकिन मेरा मन ऐसा उखड़ा हुआ था कि मैं यह नहीं कर पाया।

मैंने कम्प्यूटर को शट-डाउन किया और आकर फिर उस अँधेरे कमरे में बैठ गया जो टी.वी. रूम और बैठक दोनों था।

मैं बहुत देर तक बैठा सिगरेट पीता रहा था। मुझे लगा कि एक बार फिर से मुझे अनुजा के कमरे में जाकर उससे बात करनी चाहिए। एक बार उसे फिर से समझाना चाहिए। वह इस तरह नहीं जा सकती। वह सुबह तक ठीक हो जाएगी। वह अभी ग़ुस्से में है। उसका दिमाग़ अभी ठीक नहीं है।

मैंने सिगरेट बुझा दी और दबे क़दमों से उसके कमरे में पहुँचा... लाइट बंद थी, पूरे कमरे में अँधेरा था। वह सो चुकी थी। मैंने देखा कि दो बैग में सामान पैक करके रखा हुआ है- मेरा दिल बैठ गया! क्या अनुजा सचमुच जाने का निर्णय ले चुकी है। नहीं, ऐसा नहीं हो सकता। वह अगर चली जाएगी तो अंकू भी चला जाएगा, फिर मैं क्या करूँगा। नहीं... नहीं ऐसा नहीं हो सकता।

मैंने सोचा कि एक बार अनुजा के माथे पर हाथ रखकर उसे जगा दूँ और कहूँ कि प्लीज़ मत जाओ, लेकिन ऐसा करने की मेरी हिम्मत नहीं हुई।

मैं बैठक में आकर सोफे पर लेट गया। दिन भर के बाद पहली बार लेटा तो लगा कि मैं सचमुच थक गया हूँ। मेरी रीढ़ की हड्डियाँ तड़क रही थीं। सिर में हल्का-हल्का दर्द हो रहा था।

मेरे दिमाग़ के अंदर कुछ नाम बार-बार गूँज कहे थे- अनुजा, शिवांगी, मंजरी... और इन सब नामों को चीरता हुआ बार-बार अनुजा की आवाज़ कानों

से आ टकरती थी, ''मैं जा रही हूँ। कहाँ, यह पूछने की ज़रूरत नहीं। तुम्हें बताना मैं ज़रूरी नहीं समझती।''

''मैं मर जाऊँगी तो मेरी चिता को आग देने आओगे? बोलो आओगे?''

''तुम उस भोपाल वाली लड़की से मिल लेना, तुमने मुझे जीने का एक नया अर्थ दिया है। शुक्रिया... शुक्रिया...।''

पता नहीं कितनी देर तक मेरे कानों में तरह-तरह की आवाज़ें गूँजती रही थीं और मैं सोफे पर पता नहीं कितनी देर तक छटपटाता हुआ पड़ा रहा था।

सुबह अंकू ने मुझे उठाया, ''पापा... पापा... हम लोग जा रहे हैं। मम्मी ने कहा है कि हम लोग ट्रेन से जाएँगे।''

मैं अचानक उठ बैठा- हड़बड़ाया हुआ।

''अरे, तुम स्कूल नहीं जाओगे आज? आठ बजने वाले हैं... चलो जल्दी से तैयार हो जाओ।'' मैं उनींदी अवस्था में ही उससे कह रहा था।

''अरे, पापा मम्मी ने कहा कि स्कूल नहीं जाना है।''

''तो...?''

''ट्रेन से जाना है बहुत दूर...। आप भी चलिए न। मम्मी कह रही हैं कि आप नहीं जाएँगे।''

''मैं मम्मी से बात करता हूँ अभी बेटा...।''

मैं उठकर अनुजा के कमरे की ओर गया। वह पूरी तरह से तैयार थी। उसने दोनों सूटकेस बाहर निकाल लिए थे।

''तो तुम जाओगी ही?''

''...''

''देखो, प्लीज़। तुम जो कहोगी मैं वही करूँगा। रुक जाओ। मत जाओ प्लीज़।''

''फ़ैसला हो चुका है मिस्टर अमरेश विश्वाल।''

''अनु...। देखो... प्लीज़ समझो...।''

मैं उसके सामने जाकर उसे समझाने की कोशिश कर रहा था और वह तमतमाकर इधर-उधर हट जा रही थी।

"रास्ता छोड़िए हमें जाने दीजिए और प्लीज़ मेरा पीछा मत कीजिएगा।

"अनु...।"

वह दोनों हाथ में सूटकेस लेकर सीढ़ियों से नीचे उतर रही थी।

"देखो यह भारी है, तुम नहीं उठा पाओगी। अच्छा ठीक है, तुम जाना चाहती हो न, मैं नहीं रोकूँगा... मुझे यह सामान उठाने दो।"

"नहीं आप रहने दीजिए। मैं उठा लूँगी।"

मैं चुपचाप देख रहा था। वह जा रही थी। बच्चा भी जा रहा था, "पापा आप भी चलिए। चलिए न तैयार हो जाइए।"

मैं हाफ़ पैंट पहने हुए ही नीचे उतर गया।

"अनु...। प्लीज़ लौट जाओ।"

"देखिए, आप लौट जाइए नहीं तो मैं ऐसा हंगामा करूँगी कि मुहल्ले के लोग जुट जाएँगे।"

उसने रिक्शा लिया। रिक्शे वाले ने सामान रिक्शे पर लादा और चल पड़ा।

अंकू रूआँसा हो आया, "पापा आप भी आइए। मैं नहीं जाऊँगा, पापा को बुलाओ... पापा को बुलाओ।"

उसकी आवाज़ देर तक मेरे कानों में गूँजती रही। मैं बहुत दूर तक उस रास्ते पर चलता रहा जिस रास्ते पर रिक्शा उन्हें लेकर गया था।

चौदह

जब घर की ओर लौट रहा था, तब वह घर नहीं रह गया था। वह उजाड़ हो गया था। जैसे कोई तेज़ आँधी आई थी और सब कुछ उड़ाकर चली गई थी और जो बचा हुआ था वह अवशेष था। सारा सामान इधर-उधर बिखरे हुआ था। मैं अकेले बिखरा हुआ सामान समेटता हुआ, नम आँखों से आख़िर थककर एक जगह बैठ गया था।

घर के दरवाज़े खुले हुए थे जिसे तेज़ हवा का झोंका खोल और बंद कर रहा था और एक इरिटेट करने वाली आवाज़ आ रही थी। मुझे बहुत तेज़ ग़ुस्सा आया था और दरवाज़े को मैंने धड़ाम से बंद कर दिया था- जैसे उससे बदला ले रहा होऊँ।

वह पहले भी गई थी। उसका दिमाग़ बीच-बीच में उड़ जाता था और वह ऐसा ही करती थी, लेकिन इस बार का उसका जाना मुझे डरा गया था। वह संबंध तोड़ने के बाद बेहद गंभीर और दृढ़ लग रही थी। इस बार की उसकी दृढ़ता मुझे अंदर तक हिलाकर चली गई थी।

साढ़े आठ बजने वाले थे। मैंने घड़ी की सूइयाँ देखीं और मुझे दफ़्तर का वह मुच्छड़ बॉस याद आया जो आज कहीं नहीं जाने वाला था, ऑफ़िस में ही रहने वाला था। मैं इतने तनाव में था कि मेरे अंदर की पॉटी सूख गई थी। ऐसे मौक़ों पर अक्सर ऐसा होता था। जब तक वह न हो मैं ब्रश करना और नहाना नहीं कर सकता था।

मैं एक बार अनुजा के घर जाना चाहता था।

मैंने घर में उसके होने की कल्पना की। मुझे लगा कि वह गई नहीं है, वह घर के अंदर ही कहीं है और अभी-अभी बाथरूम से निकलकर आएगी और मुझ पर किसी बात को लेकर वीभत्स ढंग से चिल्लाएगी। लेकिन ऐसा नहीं था। वह चली गई थी। अभी-अभी उसे मैं रिक्शे तक छोड़कर आया था और स्टेशन तक जाने वाली पगडंडी पर दूर तक पैदल गया था। बहुत पहले ही रिक्शा मेरी आँखों से ओझल हो चुका था, लेकिन मेरे क़दम रुक नहीं रहे थे। मुझे लगता था कि इस तरह उन रास्तों पर चलने से लौटता हुआ कोई रिक्शा मुझे मिल जाएगा, जिस पर वह और चार साल का मेरा बच्चा आते हुए दिखाई दे जाएँगे, लेकिन ऐसा कुछ भी नहीं हुआ।

मैं बिल्कुल अकेले घर लौटा था- निराश और थका हुआ, ऐसे जैसे रास्ते में मेरा सब कुछ किसी ने लूट लिया हो और मुझे वस्त्रहीन करके छोड़ दिया हो और मैं छुपते-छुपाते अपने घर की ओर लौट रहा हूँ।

मुझे और कुछ नहीं सूझा तो मैंने एक सिगरेट जला ली और धीरे-धीरे उसके कश लेने लगा। मुझे लगा कि मुझे चाय की तलब लगी है। सुबह-सुबह वह अपने लिए और अंकू के लिए हॉर्लिक्स बनाती थी तो उसी सस्पैन को धोकर मेरे लिए ग्रीन टी बना लेती थी और चुपचाप मेरे सामने रखकर चली जाती थी। उसके न रहने पर मुझे उस ग्रीन टी की याद आई और मुझे लगा कि मुझे फूट-फूटकर रोना चाहिए।

वह चली गई थी। कहाँ? यह मुझे नहीं बताया था। वह कब आएगी या नहीं आएगी... मुझे कुछ भी नहीं बताया था।

पौने नौ बजने वाले थे अगर नौ बजे से मैं तैयार होना शुरू नहीं हुआ तो दफ़्तर के लिए लेट हो जाऊँगा और फिर वह मुच्छड़ बॉस मुझे बुलाकर अनाप-शनाप बकेगा और यह मुझे बिल्कुल अच्छा नहीं लगेगा। न चाहते हुए भी मैं किचेन तक गया और गैस ऑन कर उस पर सस्पैन में गरम पानी रख दिया। मैंने ग्रीन टी की पत्तियाँ नहीं डालीं, साधारण चाय की पत्तियाँ डालीं और उसमें दूध और चीनी मिला दिया। चाय कुछ देर में उबलने लगी। मुझे सचमुच पता नहीं था कि मैं चाय बना रहा हूँ। मुझे लग रहा था कि मैं अपने पहले घर की अभ्यर्थना कर रहा हूँ। इस घर की देवी को याद कर रहा हूँ और एक असंभव प्रतीक्षा में किचेन में खड़ा हूँ।

मैंने चाय को उसी कप में छान लिया जिसमें वह मुझे ग्रीन टी देती थी और बैठक में आ गया। मुझे पता था कि वह नहीं दिखेगी, लेकिन मैं बार-बार खिड़की से झाँककर बाहर की ओर देख रहा था।

यह एक ऐसी प्रक्रिया मेरे बाहर और भीतर चल रही थी जिस पर मेरा बिल्कुल ही वश नहीं था।

वह चली गई थी।

मैंने एक आख़िरी बची सिगरेट को भी जला लिया। अगर उसको मेरी परवाह नहीं तो मैं क्यों करूँ। मैंने एक झटका अपने दिमाग़ को दिया, चाय की एक सुड़की ली और सिगरेट का एक लंबा कश लेकर धुएँ को बैठक में उड़ा दिया।

रात से ही मेरा फ़ोन बंद था। मैंने उसे ऑन कर दिया। एक अजीब आवाज़ के साथ वह खुलने लगा। मैंने अपनी आँखें मोबाइल की स्क्रीन पर गड़ा दीं।

कुछ ही देर बाद जब मोबाइल ऑन हुआ तो संदेश आने की कई आवाज़ें आईं। मैंने देखा कि मंजरी ने कम से कम दस बार मुझे फ़ोन किया था और शिवांगी ने दो बार। मंजरी का एक संदेश भी था, ''प्लीज़ मुझसे बात करो। इट्स अर्जेंट। यह तीन बजे रात का दिया हुआ संदेश था।''

मैंने संदेश को एक बार फिर से देखा, ''प्लीज़ मुझसे बात करो। इट्स अर्जेंट।''

मैंने एक बार सोचा कि उसे फ़ोन लगाऊँ। मुझे शायद आभास था कि क्या ज़रूरी बात हो सकती है। मैंने फ़ोन पर नंबर डायल किया और फिर पता नहीं क्या सोचकर उसे कट कर दिया। तुरंत ही उधर से फ़ोन आना शुरू हुआ। मैंने बिना कुछ सोचे रिसीवर दबा दिया, ''हैलो। हाँ, मैं बोल रहा हूँ।''

''कहाँ हो तुम? तुम्हें मेरी बिल्कुल परवाह नहीं न। कम से कम एक बार तो फ़ोन करके ख़बर ले लेते?''

''नहीं, वह मैं परेशान था।''

''यह परेशानी तो सिर्फ़ बहाना है। है न? दरअसल, तुम मुझे प्यार ही नहीं करते। झूठ बोलते हो तुम।''

''देखो, मैं सचमुच परेशान था, बल्कि हूँ।''

''ओह! तो तुम्हें मेरी परेशानी से कोई लेना-देना नहीं न?''

"तुम भी बिल्कुल उसी की तरह बात करती हो। बिल्कुल टिपिकल औरतों की तरह।" मेरे अंदर एक खीझ उभर आई थी। मुझे लगा कि कोई और तीखी बात करके मुझे फ़ोन रख देना चाहिए, लेकिन वह कुछ बोल रही थी। मैं चाहकर भी फ़ोन रख नहीं पा रहा था, बल्कि मैं चाहता था कि मैं फ़ोन न रखूँ।

"ठीक से बात करो प्लीज़। यह शायद हमारी आख़िरी बात है।" उसका गला भर्राया हुआ था। ऐसा लग रहा था कि वह रात भर रोती रही है और सोई नहीं है।

"आख़िरी बात? आख़िरी बात क्यों?"

"पता नहीं, लेकिन अब और जीने का मन नहीं करता।"

"पागल की तरह बात मत करो। मुझे और परेशान मत करो प्लीज़।"

"नहीं, अब तुम्हें सचमुच परेशान नहीं करूँगी। तुम्हारा एक घर है। मैं ज़बरदस्ती घुस आई वहाँ। तुम्हारा कोई क़सूर नहीं। सारी ग़लती मेरी है। दरअसल, मुझे सोचना चाहिए था कि तुम किसी और से प्यार कर ही नहीं सकते। तुम एक पुरुष हो जो अपनी देह तो किसी को भी दे सकता है , लेकिन अपना मन वह किसी को नहीं दे सकता। वह वहीं है- तुम्हारे पहले प्यार के पास। तुम दीदी को बहुत प्यार करते हो। इस बात को स्वीकार क्यों नहीं करते?"

"देखो, मैं देह के लिए तुम्हारे पास नहीं गया था। यह तुम भी जानती हो।"

"हाँ, तुम लेकिन अच्छे हो। मुझे तुम्हारे ऊपर कभी क्रोध नहीं आता। पता नहीं क्यों पर शायद इसलिए ही मैं तुम्हें अपना सब कुछ दे सकी। वह सब जो किसी और को नहीं दे सकती। न पहले दिया था और न अब।"

"हम्म। मैं समझता हूँ। मुझे माफ़ कर दो मैं अब तक नहीं आ सका तुमसे मिलने।"

"मेरी चिता को आग देने के लिए आओगे?"

"पागल मत बनो। तुम्हें जीना है। अभी बहुत कुछ करना है। तुम्हारी उम्र नहीं यह सब बात करने की। प्लीज़ चुप हो जाओ।"

वह हिचकियाँ लेकर रोने लगी थी। उसके रुदन को सुनकर लगता था कि मुझे अभी उसके पास चले जाना चाहिए। लेकिन कैसे? वह इतनी दूर भोपाल

में थी और मेरे पास कोई मंत्र नहीं था कि आँख बंद करूँ और उसके पास पहुँच जाऊँ।

"देखो प्लीज़ तुम चुप हो जाओ।"

"अब सहन नहीं होता। घर के लोग बोझ समझकर अपना भार सिर से उतार रहे हैं। मैं यह सब होने नहीं दे सकती। नहीं सह सकती यह सब। तुम आ जाओ प्लीज़, एक बार आ जाओ।"

"हाँ, मैं कोशिश करता हूँ। प्लीज़ तुम चुप हो जाओ।"

वह किसी तरह चुप नहीं हो रही थी। मुझे उस पर दया और ग़ुस्सा दोनों एक साथ आ रहा था, शायद अपराधबोध भी कि यह लड़की मेरी वजह से इस तरह हो गई है। मैं ख़ुद को माफ़ नहीं कर पा रहा था।

अचानक उसकी रुलाई थम गई थी।

मैं हैलो-हैलो किए जा रहा था, लेकिन कोई आवाज़ नहीं आ रही थी उधर से। शायद फ़ोन कट हो गया था।

मैंने तुरंत नंबर डायल किया- द नंबर यू हैव डायल्ड इज़ स्विच्ड ऑफ़।

फिर से मैंने फ़ोन लगाया, लेकिन फिर से वही आवाज़- द नंबर यू हैव डायल्ड इज़ स्विच्ड ऑफ़।

इस तरह परेशान होकर मैं बार-बार फ़ोन लगाता रहा, लेकिन बार-बार वही आवाज़ आती रही।

मैं बहुत देर तक यूँ ही चुपचाप बैठा रहा।

ऐसा लग रहा था कि जैसे मेरे सिर के दो टुकड़े हो जाएँगे। मैंने अपने सिर को एक बार ज़ोर से झटका।

समय बीतता जा रहा था और मैं चुपचाप एक जगह बैठा हुआ बहुत देर तक पता नहीं क्या सोच रहा था। शायद कुछ सोच भी नहीं रहा था। मैं शून्य हो गया था। एक बुत में तब्दील हो गया था। अचानक मुझे याद आया कि मुझे ऑफ़िस भी जाना है- साढ़े नौ बज रहे थे। बहुत देर हो चुकी थी, लेकिन मैं फिर भी घर में नहीं रहना चाहता था।

मैं बहुत देर बाद उठा और तैयार होने लगा। मैंने ब्रश नहीं किया। नहाया नहीं। सिर्फ़ कपड़े पहने और बाहर निकल गया।

पंद्रह

"आपसे नौकरी नहीं सँभलती तो छोड़ क्यों नहीं देते। बहुत सारे लोग बेरोज़गार हैं इस देश में, कम से कम उनको चांस मिलेगा। मैं तंग आ चुका हूँ आपसे।"

यह मुच्छड़ बॉस था और मैं उसके केबिन में चुपचाप खड़ा यह सब सुन रहा था।

"हाँ, सर आप ठीक कह रहे हैं। मैं भी अब नौकरी नहीं करना चाहता। मैं भी बहुत तंग आ गया हूँ इस नौकरी से और सबसे ज़्यादा अपने आपसे।" मैंने इतने गंभीर और आहत स्वर में यह कहा कि मुच्छड़ भी एक बार मेरी ओर एक गहरी दृष्टि से देखने लगा। उसे लगा कि वह कुछ ज़्यादा ही बोल गया है।

"देखिए विश्वाल बाबू मैं आपके भले के लिए कह रहा हूँ। सरकार हमें पैसे देती है तो हमारा भी फ़र्ज़ बनता है कि हम सरकार को कुछ दें।"

"जी सर, आप बिल्कुल सही कह रहे हैं। मैं छोड़ दूँगा यह नौकरी।"

मेरे भर्राए गले और रूँआसे चेहरे को देखकर मुच्छड़ बॉस उठ खड़ा हुआ। वह मेरे पास आया और उसने मेरे कँधे पर हाथ रख दिया, "विश्वाल बाबू, लगता है कि आप बहुत परेशान हैं। आप अपने केबिन में जाइए। ज़रूरत पड़ेगी तो मैं बुला लूँगा आपको।"

"जी सर...।"

"और हाँ, मेरी बातों का बुरा मत मानिएगा। मुझे भी नौकरी करनी है। ऊपर से लोग पूछते हैं। जवाब देना पड़ता है।" वह दाँत निपोरकर हँसने लगा

था। उस दिन मुझे लगा कि यह मुच्छड़ उतना ख़राब आदमी नहीं है जितना कि मैं समझता था।

मैं अपने केबिन में आकर बैठ गया। मुझे सचमुच लग रहा था कि अब मुझे यह नौकरी नहीं करनी चाहिए। अनुजा तो चली गई थी। क्या वह फिर लौटकर आएगी? कई बार वह जाकर फिर लौटकर आ गई थी, लेकिन इस बार का उसका जाना हर बार के जाने से अलग जाना था। इतनी गंभीर और विरक्त वह पहले कभी नहीं दिखी थी। ख़ूब बुरी परिस्थितियों में भी उसकी आँखों के कोर में एक अटका हुआ प्यार मैं देख लेता था। लेकिन इस बार... इस बार वह मुझे नहीं दिखा। मैंने अपने पॉकेट से मोबाइल निकाला और अनुजा का नंबर डायल कर दिया। फ़ोन की घंटी देर तक बजी और बजकर शांत हो गई, कोई लड़की कह रही थी- आप जिस नंबर को डायल कर रहे हैं, वह उत्तर नहीं दे रहा। मैंने बार-बार फ़ोन करना शुरू किया... फिर फ़ोन स्विच ऑफ़ हो गया।

मैंने फ़ोन को टेबल पर फेंक दिया और अपने दोनों हथेलियों से अपनी आँखें बंद कर कुर्सी पर ओलर गया। मुझे लगा कि कुछ देर और इस तरह बैठा रहा तो मैं अपने अंदर उबल रही भावनाओं के उद्वेग को रोक नहीं पाऊँगा।

मैं बाहर निकल आया और एक सिगरेट सुलगा ली। मुझे लगा कि एक बार मुझे शिवांगी से बात करनी चाहिए, वही एक है जो मेरी बातों को समझ सकती है। मैंने उसे फ़ोन लगा दिया।

"हैलो।" उसकी आवाज़ आई।

"हाँ, शिवांगी मैं ही बोल रहा हूँ।"

"क्या हुआ? इतनी परेशान आवाज़ क्यों है?"

"बस ऐसे ही, मन नहीं लग रहा।"

"नहीं, ज़रूर कोई बात है। मुझे बताओ। देखो तुम मुझे सब कुछ बता सकते हो, तभी हमारा रिश्ता है, उस रिश्ते की अहमियत है।"

"हम्म। मैं समझता हूँ।"

"अनुजा..."

"हाँ, अनुजा को क्या हुआ? बताओ मुझे।"

"वह... वह चली गई।"

"ओह! फिर लड़ाई हुई थी? तुम लोग क्यों इस तरह लड़ते हो? कम से कम अपने बच्चे के बारे में सोचो।"

"मैंने बहुत समझाया, बहुत मनाने की कोशिश की, लेकिन वह नहीं मानी।"

"ओह! और अंकू?"

"उसे भी साथ लेकर..."

मैं आगे कुछ नहीं कह सका। मेरा गला रुँध गया और मुझे लगा कि मैं रो रहा हूँ। मैंने जल्दी से अपना रूमाल निकाला और अपने आँसू पोंछ लिए कि कोई देख न ले।

"प्लीज़, ऐसा मत करो। चुप... चुप...। मैं हूँ न। सब ठीक हो जाएगा।"

"कैसे ठीक होगा? कुछ ठीक नहीं होगा अब?"

"हो जाएगा। वह तुम्हारे बिना नहीं रह सकतीं। जहाँ तक मैं तुम्हें और तुम्हारी बातों से उनको समझ पाई हूँ, तुम दोनों एक-दूसरे के बिना नहीं रह सकते। तुम परेशान मत होओ, जब उनका दिमाग़ ठीक हो जाएगा वह लौट आएँगी।"

"फ़ोन भी नहीं उठा रहीं। फ़ोन बंद कर दिया।"

"ओले मेला बाबू। तुम मेरे पास चले आओ। जब तक वह नहीं आती तुम मेरे पास रहना।"

"हम्म...।"

"कुछ खाया?"

"नहीं।"

"तो जाकर कैंटीन में कुछ खा लो, और ज़्यादा सोचो मत। इस तरह होता रहता है। घर को बचाना और चलाना एक बड़ी ज़िम्मेदारी है। सब ठीक हो जाएगा।"

"हम्म। तुम बहुत अच्छी हो।"

"नहीं।"

"नहीं, तुम बहुत अच्छी हो। मैं तुमसे जितना प्यार करता हूँ, उससे ज़्यादा श्रद्धा करता हूँ। तुम्हें जितना जानता हूँ, तुम्हारे प्रति मेरे मन में इज़्ज़त और

बढ़ती जाती है।''

''पागल हो तुम। पहले जाकर कुछ खाओ। मैं फिर फ़ोन करती हूँ। ठीक बाबू?''

''हम्म।''

''चलो अब बाय...। मैं फ़ोन करती हूँ।''

''हम्म...।''

मुझे थोड़ी राहत मिली। मुझे लगा कि शिवांगी ठीक कह रही है, अनुजा नहीं रह सकती मेरे बग़ैर जैसे उसके बग़ैर मैं नहीं रह सकता।

लेकिन वह क्या है कि मैं मंजरी की भी चिंता करता हूँ और शिवांगी पर भी मुझे इतना प्यार आता है, जिस तरह शिवांगी ने सब कुछ जानते-समझते हुए मुझे अपनाया है क्या उसी तरह सब कुछ जानने के बाद अनुजा भी मुझे अपना पाएगी, या कि कोई भी स्त्री?

किस मिट्टी की बनी है यह शिवांगी। मैं जितना जानता हूँ उसके बारे में उतना ही श्रद्धा से उसके सामने नत हो जाता हूँ।

मैंने कैंटीन जाकर ब्रेड और घुघनी खा ली है। चाय पी ली है। एक सिगरेट भी पी है और मुझे पहले से बेहतर महसूस हो रहा है। मुझे लग रहा है कि सब कुछ ख़त्म नहीं हुआ। अब भी बहुत कुछ बचा है कि अब भी बहुत कुछ बचाया जा सकता है।

मैं आकर केबिन में बैठ जाता हूँ और कम्प्यूटर ऑन करके सीधे फ़ेसबुक पर चला जाता हूँ। आज किसी दूसरे काम में मेरा मन नहीं लग रहा है।

मैं देखता हूँ कि मंजरी के कई संदेश हैं। वह शायद कुछ देर पहले ऑनलाइन थी, ये संदेश उसी समय के थे :

''मेरे साहेब।

अब इस दुनिया में जी नहीं लगता।

घरवाले शादी के लिए दबाव डाल रहे हैं और मैं यह कर ही नहीं सकती। मैं तुम्हें समझती हूँ। तुम्हारा एक घर है। तुम नहीं आ रहे हो तो इसमें तुम्हारी कोई ग़लती नहीं है। मैंने शुरू में सोचा था कि मैं ख़ुद को सँभाल लूँगी, ऐसे भी जिया जा सकता है। लेकिन ऐसे जिया नहीं जाता। हम चाहे लाख ख़ुद को बदल लें, लेकिन हमें बार-बार अपने ही अंदर बैठे संस्कारों से लड़ना पड़ता

है। हम कई बार ख़ुद से ही हार बैठते हैं। मैं हार चुकी हूँ मेरे साहेब।

इसलिए अब जा रही हूँ। हमेशा के लिए।

लेकिन तुम घबराना नहीं। मैं तुम्हारे ऊपर कोई आँच नहीं आने दूँगी। तुम्हें कुछ नहीं होगा। मैं अपना फ़ेसबुक अकाउंट डीएक्टिवेट कर रही हूँ और जितने भी संदेश तुमने मुझे मोबाइल में या व्हाट्सऐप पर भेजे हैं, उन्हें डिलीट कर रही हूँ। कोई भी नहीं जान पाएगा कि तुमसे कोई एक लड़की कभी अपनी जान से भी ज़्यादा प्यार करती थी।

अलविदा कहने से पहले एक बार तुम्हारी आवाज़ सुनना चाहती थी। अगर तुम्हारे पास समय हो तो मुझे फ़ोन कर लेना। मैं जानती हूँ कि तुम नहीं आओगे। कभी नहीं। कभी मैंने तुमसे कहा था कि मेरी चिता को आग दे देना, शायद मेरे मरने के बाद मेरी आत्मा को सुकून मिल सके, लेकिन पता नहीं वह तुम कर पाओगे या नहीं।

कैसे कर पाओगे? क्या कहोगे हमारे घर के लोगों से? कभी-कभी कुछ चीज़ें असंभव होती हैं, हमारे जैसे देश में तो और भी ज़्यादा।

यह संदेश पढ़कर इसे मिटा देना।

विदा।

फिर किसी जन्म में मिलते हैं। इस बार मिलेंगे तो पहले मिलेंगे कि तुम्हारे पास कोई बंदिश न हो, अगर फिर जन्म होता है तो...।

मैंने सल्फास की कई गोलियाँ एक साथ खा ली हैं मेरे साहेब...।

...

मौन है सिर्फ़ अब। ख़ुश रहना। दीदी को ख़ुश रखना। वह तुमसे लड़ती हैं, लेकिन तुम्हें प्यार भी करती हैं।

चलूँ अब...। विदा... मिलते हैं फिर... कभी... कहीं... किसी जनम में।''

मैंने पढ़ते ही तुरंत घबराकर उसे फ़ोन लगाया। फ़ोन बंद था। एक और फ़ोन नंबर था उसका, जब पहला नंबर नहीं मिलता था तो दूसरा नंबर मिल जाता था। मैंने वह दूसरा नंबर भी डायल किया। वह भी बंद बता रहा था। मेरा दिल तेज़ी से धड़क रहा था। मुझे उस समय समझ में नहीं आ रहा था

कि क्या करूँ?

मैं तुरंत केबिन से बाहर निकल आया। कैसी पागल लड़की है यह। मैंने उस दिन कितना समझाया था इसे। क्या कर रही है यह। कहीं वह मुझे डरा तो नहीं रही। नहीं, वह ऐसा क्यों करेगी? इस तरह का मज़ाक़ तो उसने कभी नहीं किया मेरे साथ।

मैंने शिवांगी को फ़ोन लगाया और उसे सारी बात बताई।

"उफ़्फ़ ! जिसका मुझे डर था वही हुआ।"

"क्या उसने कहा कि वह गोली खा चुकी है?"

"हाँ...। कहा उसने...। उसके संदेश हैं मेरे इनबॉक्स में। यह भी आज ही होना था? मैं क्या करूँ कुछ समझ में नहीं आ रहा है।"

"मैंने कहा था न कि चले जाओ एक बार। उससे मिलकर समझा दो उसे...। वह तुम्हें बहुत प्यार करती है। वह एक साधारण लड़की है, उसे प्यार और आत्मीयता की ज़रूरत है। उस प्यार के कारण ही उसने तुम्हें सब कुछ सौंप दिया था और उसी प्यार के कारण... उफ़्फ़...।"

"अब मैं क्या करूँ तुम ही बताओ?"

"उसे कॉन्टेक्ट करने की कोशिश करो।"

"उसका तो फ़ोन ही बंद है।"

"उसकी किसी सहेली या दोस्त का नंबर तुम्हारे पास नहीं जिससे कह सको, जो उसके पास तुरंत पहुँच सके?"

"नहीं, कोई याद नहीं आ रहा। असल में कोई है भी नहीं। उसने एक बार लैंडलाइन से मुझे फ़ोन किया था। मैंने उस नंबर को सेव भी किया था, लेकिन वह पुराने मोबाइल के साथ गुम हो गया, फिर कभी ज़रूरत ही नहीं पड़ी।"

"ओह...। अब मैं क्या बताऊँ। मैं भी तो इतनी दूर दिल्ली में हूँ।"

"ठीक है, तुम परेशान मत होओ, मैं कुछ करता हूँ। मुझे ही कुछ करना होगा।"

"क्या करोगे?"

"देखता हूँ, क्या कर सकता हूँ।"

मैंने फ़ोन काट दिया। वह शायद और कुछ कहना चाहती थी, लेकिन और कुछ भी सुनने का धैर्य मेरे अंदर शेष नहीं रहा था।

सोलह

क़रीब छह घंटे की उड़ान के बाद फ़्लाइट भोपाल एअरपोर्ट पर पहुँची थी।

रात के साढ़े आठ बज चुके थे। शिवांगी से बात करने बाद ही मैं ऑफ़िस से निकल गया था। पास के एक एजेंट से भोपाल की पहली उपलब्ध फ़्लाइट की टिकट ली थी। मेरे पास एक झोले में हमेशा रहने वाली किताबों के सिवाय कुछ नहीं था। शुक्र था कि मेरे पर्स में मेरा एटीएम था और एकाउंट में पैसे। मुझे कोलकाता एअरपोर्ट पहुँचने में देर नहीं लगी। चार बजे की फ़्लाइट थी और मैं वहाँ ठीक तीन बजे पहुँचा था। सुरक्षा जाँच के बाद मैं फ़्लाइट में सवार हो गया था। मैंने एक बार अनुजा को फ़ोन लगाया था, उसका फ़ोन अब भी बंद था। मैं लगातार मंजरी के फ़ोन पर डायल किए जा रहा था, लेकिन फ़ोन बंद था तो बंद ही था। मैंने शिवांगी को फ़ोन नहीं किया। मुझे लगा कि मेरे फ़ोन से वह और परेशान हो जाएगी, लेकिन मैंने सबसे पहले उसे ही बताया था, इसलिए सोचा कि उससे एक बार बात कर लेनी चाहिए।

''हाँ, मैं कोलकाता एअरपोर्ट पर हूँ।'' मैं शिवांगी से फ़ोन पर कह रहा था।

''तो तुम जा रहे हो। ठीक। पहुँच जाना तो मुझे बताना। सावधानी से जाना। भावना में आकर कोई ऐसा क़दम मत उठाना कि तुम्हारे ऊपर कोई आँच आए। मुझे तुम्हारी चिंता रहेगी।''

''हम्म।''

मैंने फ़ोन काट दिया था।'

पहली बार जब भोपाल आया था तो स्टेशन पर उतरा था और सीधे होटल चला गया था। उसने स्कूटी पर घूमते हुए बताया था कि वह वहाँ पेड़ के पीछे उसका घर है। मैंने उचककर देखा था एक सादे रंग में रंगा मकान था और घर के सामने एक नीम का बड़ा पेड़ था। मुझे वह पेड़ याद रह गया था। उसका पता मेरे मैसेज बॉक्स में इसलिए था कि मैंने एक बार उसे एक किताब भेजने के लिए उसका पता मैसेज करने के लिए कहा था।

मैंने एअरपोर्ट से बाहर निकलकर एक ऑटो ले लिया और उससे इंद्रपुरी के मिनॉल रेजिडेंसी ले चलने को कहा। उसने कहा कि वह दो सौ रुपये लेगा। मैं ऑटो में बैठ गया और वह अपनी रफ़्तार में चल पड़ा।

मैं लगभग एक घंटे बाद इंद्रपुरी पहुँचा। ऑटोवाले ने पूछा, ''मिनॉल रेजिडेंसी के अंदर ले चलूँ साहब?''

''नहीं, मुझे यहीं उतार दो।''

मैं उतर गया।

मुझे पता नहीं चल पा रहा था कि किससे कहूँ, या किससे पूछूँ? मैं मिनॉल रेजिडेंसी के गेट के बाहर कुछ देर खड़ा रहा। मैंने देखा कि सामने एक पान-सिगरेट की दुकान थी। वहाँ कुछ लोग इकट्ठा थे। मैं चलकर वहाँ तक गया और खड़ा होकर उनकी बातें सुनने लगा।

''नहीं, पढ़ती नहीं थी भाई।''

''कॉलेज में नहीं पढ़ती थी?''

''नहीं, एम.ए. पास किया था, फिर पता नहीं उसके दिमाग़ में क्या आया।''

''ज़माना खराब है भाई। पंडित जी कितने भले आदमी हैं, कितना मीठा बोलते हैं। कभी किसी से न झगड़ा, न तक़रार और यह दिन देखना था उन्हें।''

''सुना है कि उसकी शादी तय हो गई थी।''

''हाँ, भाई।''

"अरे अभी तो कल ही लोग आए थे, छेंका-बरइछा करके गए हैं, लड़की को नेग-न्योछावर देकर गए हैं।"

पानवाले ने पान की पीक थूककर कहा। वह कुछ देर से मुझे ही घूर रहा था। उसे शक न हो, इसलिए मैं उसके पास चला गया और एक पैकेट गोल्ड फ़्लेक देने को कहा।

मैं वहीं खड़े होकर सिगरेट पीने लगा। लोग बात करते रहे।

"अरे रमेसरा चाह लेकर आ। सरऊ बात नहीं सुनता है।" एक अधेड़ आदमी बग़ल के चायवाले दुकानदार की ओर देखते हुए चिल्लाया।

"बहुत बुरा हुआ यार मस्टरवा के साथ।"

"क्या कोई एक्सीडेंट हुआ है भाई?" मैंने उस अधेड़ से ही पूछा।

पहले तो उसने मुझे ऊपर से नीचे की ओर देखा फिर कहा, "नहीं भाई, यहीं पंडित जी की लड़की थी एक। आज सुबह सल्फास की गोली फाँक ली। पता नहीं क्या मन में आया उसके। किसने क्या कहा। कुछो पता नहीं चल रहा है।"

मुझे लगा कि मेरे अंदर की हड्डियाँ पिघल रही हैं। कान में किसी ने खौलता हुआ गरम लोहा डाल दिया है। मैं इतना घबरा गया था और इतना नर्वस हो गया था कि मुझसे और कुछ पूछते नहीं बन रहा था। फिर भी मैंने हिम्मत की पूछने की, "क्या हुआ बच गई है न?"

"का पता हॉस्पिटल तो ले गए हैं लोग। सुना है कि हालत सीरियस थी। अब तक कोई ख़बर नहीं आई है।"

"किस हॉस्पिटल में।"

"अरे यहीं राजेश्वरी हॉस्पिटल में ले गए हैं। सुबह जब ले जा रहे थे तब तो मैं यहीं था।"

"कहाँ है यह हॉस्पिटल?"

"अरे मुरारी ई राजेश्वरी हॉस्पिटल कहाँ है?"

"बगल में तो है धुनी काका, राइसेन रोड में। का बाबू आप पत्रकार हैं का?"

"हाँ, ऐसा ही कुछ समझ लीजिए।" मैंने कहा और वहाँ से तेज़ क़दमों से चल पड़ा। मुझे जल्दी से राइसेन रोड में राजेश्वरी हॉस्पिटल को खोजना था।

मैं जब राजेश्वरी हॉस्पिटल पहुँचा तो मुझे पता ही नहीं था कि जाना कहाँ है। मुझे न बेड नंबर मालूम था और न कमरा नंबर। मुझे सिर्फ़ उसका नाम मालूम था। पिता का भी वह ज़िक्र करती थी और भाई का भी कई बार उसने ज़िक्र किया था। वह कहती थी कि मैं राघवेंद्र शुक्ल पंडित की बेटी हूँ, कि मेरे ढेर सारे भाई हैं, कि राखी के दिन राखी बाँधते-बाँधते मैं थक जाती हूँ। उसने फ़ेसबुक पर अपने पिता की कई तस्वीरें शेयर की थीं, अपनी माँ और भाइयों की भी। मैं चोर नज़रों से देख रहा था कि उन तस्वीरों की शक्ल का कोई आदमी दिख जाए।

अचानक एक आदमी धोती पहने हुए आता दिखा- ललाट पर तिलक लगाए जिसके अब निशान ही बाक़ी रह गए थे। वह परेशान था। उसकी आँखें बुझी हुई थीं और उसकी चाल से सदियों की निराशा झलक रही थी। मैं तुरंत पहचान गया। अरे ये तो उसके पिता हैं- मंजरी के पिता। मुझे उस समय कुछ नहीं सूझा। मैंने बदहवासी में उनसे कहा, ''अंकल जी नमस्ते। मंजरी अब कैसी है?''

उन्होंने मुझे पहचानने की कोशिश की। अपने चश्मे को थोड़ा ऊपर किया, लेकिन जब नहीं पहचान पाए तो उन्होंने कहा, ''तुम कौन हो भाई?''

''मैं मंजरी के पिछले ऑफ़िस में काम करता हूँ। उसने तो जॉब छोड़ दिया, लेकिन मैं अब भी वहीं हूँ। मैं सुबह से उसको फ़ोन लगा रहा था। दरअसल, वह नौकरी नहीं मिलने की वजह से परेशान थी। हमारे ऑफ़िस में एक वैकेंसी आई है तो मैं सोच रहा था कि उसे बता दूँ। मुझे एक दोस्त से पता चला कि वह हॉस्पिटल में है।''

''हाँ...।'' कहते हुए उनका गला भर आया।

''अब वह ठीक है? कहाँ है वह? क्या मैं उसे देख सकता हूँ।''

''किससे मिलोगे? मिट्टी से? वह...''

इसके आगे वह कुछ नहीं कह पाए। उनके गले से आवाज़ नहीं निकल रही थी। वह असहाय होकर रोने लगे थे।

मैं सन्न रह गया। लगा कि मुझे काठ मार गया हो। मेरी ज़बान से कुछ भी नहीं निकल रहा था। मैं एक दीवार से चिपट गया और ख़ुद को संयत करने की कोशिश करने लगा। कुछ देर बाद मैं लड़खड़ाते क़दमों से वहाँ तक पहुँचा

जहाँ मंजरी को रखा गया था- उस मिट्टी को जो कुछ दिन पहले बोलती थी, हँसती थी, मुझसे झगड़ा करती थी, मुझ पर नाराज़ हुआ करती थी। वह हमेशा कहती रही कि तुम आओ, कब आओगे ? और मैं हमेशा कहता रहा कि जल्दी आऊँगा।

मैं अब आया था, जब वह मिट्टी हो गई थी।

मुझे याद आया फ़ेसबुक का उसका आख़िरी स्टेटस जो उसने लगाया था :

हमने माना कि तग़ाफ़ुल न करोगे लेकिन
ख़ाक हो जाएँगे हम तुमको ख़बर होने तक

मैं उसे देख रहा था। वह जैसे गहरी नींद सो रही थी। मैं उसके क़रीब नहीं जा सकता था। उसे घेर कर कई लोग विलाप कर रहे थे और मैं दूर खड़ा उसके चेहरे को निहार रहा था। मैं रो भी नहीं सकता था। मुझे उस समय लग रहा था कि मैं उसके पास चला जाऊँ और चीख़-चीख़कर कहूँ कि मुझे माफ़ कर दो- मैं तुम्हारा हत्यारा हूँ। मैंने ही तुम्हारी हत्या की है।

लेकिन मैं चुप था- खड़ा था एक खंभे की ओट में, बहुत देर तक, मौन रोता हुआ।

रात के ग्यारह बज रहे थे जब उसकी अर्थी को उठाकर ले जाया जाने लगा। उसकी माँग में सिंदूर नहीं था, उसके हाथों में चूड़ियाँ नहीं थीं, वह लोगों की नज़र में कुँआरी थी, लेकिन मैं जानता था कि वह उस अर्थ में कुँआरी नहीं थी- वह एक स्त्री थी, पूर्ण स्त्री जिसने सिर्फ़ मेरी वजह से ख़ुद को ख़त्म कर लिया था।

मैं चुपचाप अर्थी के पीछे चलता हुआ श्मशान तक पहुँचा था। उसके साथ और भी बहुत सारे लोग थे- कुछ लोग अपनी आँखों को अपने रूमाल या गमछे से पोंछते हुए, कुछ लोग मौन चलते हुए और कुछ लोग फुसफुसाते हुए।

उसे चिता पर लिटाया जाने लगा। मैंने एक बार उसे छू लेना चाहा। मैंने और लोगों के साथ उसे एक तरफ़ से पकड़ लिया। उसके हाथ मेरे हाथ में आ गए थे। हल्की-सी रोशनी थी। उस रोशनी में भी उसके हाथ में 'अ' लिखा हुआ दिख गया। 'अ' मतलब अमरेश। मैं काँप गया और मेरी आँखों से आँसू की अविरल धारा फूट पड़ी।

वहाँ मौजूद लोगों में से कोई नहीं था जो मुझे पहचानता था। सब लोग मुझे आश्चर्य से देख रहे थे। मैंने ख़ुद को सँभाला। उससे दूर हो गया। पंडित जी ने आग लहकाई और उसके पिता ने उसके मुख में आग को समर्पित कर दिया।

"मेरी चिता को आग देने आओगे?" मुझे लगा कि वह कह रही है।

"हाँ, मैं आऊँगा। मैं आ गया हूँ। मैं हूँ तुम्हारे पास। तुम सुनो। तुम हो अगर कहीं आस-पास तो सुनो। मैं आ गया हूँ।" मैं देर तक बुदबुदाता रहा।

आग लहकती रही और उसके शरीर का एक-एक अंग जलता रहा। वह शरीर जिसे उसने मुझे सौंपा था और फिर उसे किसी और को सौंपना नहीं चाहती थी। यह कैसा संस्कार था? यह कैसा नियम था जिसने उसे बाँध दिया था? कब ख़त्म होंगे ये नियम? कब हम इस शरीर की पवित्रता और शरीर की एकनिष्ठता से ऊपर उठ पाएँगे? आख़िर हम मिट्टी हैं- ख़ून और माँस हैं हम। तो फिर यह मोह क्यों? इस तरह के संस्कार क्यों?

वह जलकर राख हो चुकी थी।

उसकी चिता पर गंगा-जल छिड़क दिया गया था।

लोग लौट चुके थे।

मैं वहीं पास में दुबककर बैठा हुआ था- चुप और निस्सहाय- बहुत देर तक... तब तक जब तक कि उसकी चिता की राख ठंडी नहीं हो गई।

मैं होश में था या नहीं, मैं नहीं कह सकता।

मैं क्या सोच रहा था, उसे बताने के लिए अब मेरे पास शब्द नहीं हैं। उसे कहा नहीं जा सकता। उसे लिखा नहीं जा सकता। कभी नहीं कितनी भी कोशिश कर ले कोई, लेकिन वह बोल नहीं सकता, लिख नहीं सकता।

मैं उठकर उसकी चिता तक गया था और उसकी चिता की राख को अपने शरीर पर मलने लगा था। मैं देर तक उस राख में नहाता रहा– अनवरत, शांत। पता नहीं कब तक?

पता नहीं कब तक?

मेरे क़दम बदहवासी में पता नहीं कहाँ चले जा रहे थे– पक्षी बोलने लगे थे। उन्हें नहीं पता था कि मैं एक ज़िंदा लाश को फूँककर लौट रहा हूँ। उस रात की सुबह हो रही थी। अचानक जब मुझे होश आया तो मैं एक बड़ी झील के किनारे था– यह वही झील थी जहाँ मैं उसके साथ आ चुका था। मैं झील में समाता जा रहा था– गहरा-गहरा और गहरा... तब तक जब तक कि मैं अचेत नहीं हो गया।

जब मुझे होश आया तब धूप निकल आई थी। मेरे सामने एक मछुआरा खड़ा था, "कैसे हो भाई? अब कैसा लग रहा है?"

मैंने उसे सिर्फ़ देखा– एक गहरी नज़र से। मेरे गले में असह्य दर्द हो रहा था कि ज़ोर की एक खाँसी उभरी थी और मैं उल्टियाँ करने लगा था। मछुआरे ने मुझे सहारा दिया।

"चलो अच्छा है कि तुम ठीक हो। इतनी सुबह गहरे पानी में क्यों उतर गए थे?" उसने पूछा।

"एक तारा था उगा हुआ, उसकी शक्ल बिल्कुल उसी से मिलती-जुलती थी। मैं उसे पकड़ने जा रहा था। फिर मुझे कुछ याद नहीं।" मैंने धीरे-धीरे बुदबुदाते हुए कहा।

"अच्छा चलो पास में मेरा घर है, आराम कर लो कुछ देर।"

"नहीं दादा, बस अब मैं चला जाऊँगा।"

मैं उठ बैठा और लड़खड़ाते क़दमों से चल पड़ा। मछुआरा बहुत देर तक मुझे जाते हुए देखता रहा।

मैं जब स्टेशन पहुँचा तो दोपहर हो चुकी थी। एक गाड़ी खड़ी थी प्लेटफॉर्म पर।

"यह गाड़ी कहाँ जाएगी दादा।" मैंने एक बूढ़े से पूछा।

"हावड़ा जाएगी। तुम्हें कहाँ जाना है?"

"मुझे कहाँ जाना है?"

अचानक मुझे याद आया कि मैंने टिकट तो लिया नहीं है। मैंने अपना पर्स निकाला। मेरे पास जो रुपये थे, वे भीगे हुए थे। मुझे याद आया कि मेरा मोबाइल भी भीग चुका होगा। मैंने उसे बाहर निकाला, कवर की वजह से वह उतना भीगा हुआ नहीं लग रहा था, लेकिन वह बंद हो चुका था। मैं काउंटर के पास जाकर खड़ा हो गया। लेकिन पता नहीं क्यों मुझे टिकट कटाने का मन नहीं किया। मैं वहीं ज़मीन पर बैठ गया और अपने मोबाइल को ऑन करने लगा। मुझे अच्छा लगा जब एक हल्की और धीमी आवाज़ के साथ वह चालू हो गया। मैंने अनायास ही फ़ेसबुक खोल लिया। मैंने कुछ नहीं देखा- न कोई स्टेटस और न कोई रिक्वेस्ट और न किसी का कमेंट।

मैंने प्रोफ़ाइल ऑप्शन को क्लिक किया और अपनी फ़ेसबुक आईडी डिलीट कर दी, बिना कुछ सोचे- निर्ममता के साथ।

मुझे लगा कि एक बार शिवांगी को फ़ोन करना चाहिए। कई बार उसकी कॉल आ चुकी थी, लेकिन मैंने उसे फ़ोन नहीं किया। अनुजा को भी फ़ोन करने का कोई फ़ायदा नहीं था। अब मेरे लिए फ़िलहाल एक ही आसरा था। वहीं- हाँ, वहीं... फ़िलहाल वहीं।

मैंने ए.टी.एम. से पैसे निकाले और टिकट काउंटर के सामने खड़ा हो गया।

"मुझे दिल्ली का एक टिकट दीजिए।"

कुछ ही देर बाद मैंने देखा कि दिल्ली जाने वाली ट्रेन प्लेटफॉर्म पर आ चुकी है। मैं लोगों को अफरा-तफरी में ट्रेन से चढ़ते-उतरते देखता रहा। मेरे हाथ में दिल्ली का टिकट था और मैं चुपचाप प्लेटफॉर्म पर खड़ा था। थोड़ी देर बाद ट्रेन धीरे-धीरे खिसकने लगी। मैं चुपचाप ट्रेन को जाते हुए देखता रहा। ट्रेन रफ़्तार पकड़ती जा रही थी और मैं पीछे छूटता जा रहा था।

***